KB181318

변혁의 역사, 월경의 문학

— 한국현대시사비판

변혁의 역사, 월경의 문학

─ 한국현대시사비판

박윤우

국학자료원

머리말

시학 연구와 대학에서의 문학교육의 현장에 선 지 어언 듯 30년이 지났다. 반갑지만은 않은 갑자생 잔칫상을 앞에 놓고, 묵혀둔(아니 미뤄놓은) 논문들의 먼지를 털자니, 컴퓨터 안에서 각자도생하던 '개체'들을 소환하느라 기억력 저하의 비애를 새삼 느낀다. 그사이 또 나는 한편으로는 갑자년 맞이 병원살이를 하느라, 이 무심하고 적막한 코로나 정국과 '안면몰수' 비대면 수업에 편승하여 묵은 때 벗기기에 부심할 따름이었다.

그동안 나의 학문적 관심은 여전히 해방을 전후한 변혁기의 한국 현대시문학사의 문제들에 집중되었고, 여전히 현대시 교육에 대한 태생적 관심으로부터 자유롭지 못했으며, 학회 활동에 연이 되어 재중조선인문학과 한중간 문학문화교육의 교류의 문제에도 관심을 기울여왔다. 그러면서도 나의 학자적 신변은 세류의 변화에 실려 소위 '문화콘텐츠'라는 이름의 학제에 편입되었고, 그 잘나간다는 대중문화 연구와 매체교육의 문제에도 곁눈질하기 시작하였다.

'그만 하자―!' 내가 열심(?)하는 어느 가수의 지나간 노래 한 구절처럼 갑자생 티를 내기에는 나의 게으름이 한량없다. 이제는 쌓아둔 옛일들을 한번은 정리하고, 은밀한 제3의 기획을 진행시킬 일만 남은 듯하다.

지금은 타계하신 옛 은사님의 강의는 언제나 뒤돌아보는 날카로운 눈빛 사이에 매번 내용을 대신한 물음, 즉 문제 제기의 화두를 던지는 것으

로 제자들의 미래를 책임지셨기에 감사하다. 시쳇말로 '커버 댄스'의 경지
는 언감생심일지언정 고답적인 제명으로서 '한국현대시론연구'와 '한국
현대시사비판'의 두 길은 내게 이미 정해진 수순이었다. 전자는 많은 수
의 남들이 먼저 간 길이라 이 늦은 '시간'에 후자의 길을 열어본다.

　해방기를 전후한 현대시사 연구의 의미와 가치는 새삼 말할 필요가 없
을 정도로 중요하다. 그것은 민족의 역사라는 점에서도 그렇거니와, 한국
근대문학의 '명색'이 다시금 회복과 재생, 혹은 새로운 창조의 이름으로
'현대성'의 대전환을 이루게 되는 지점이었던 때문이다. 그런 의미에서 역
사 기억처럼 문학 기억 역시 이 시기를 그저 '전환기' 혹은 '과도기'라는
의미로 내려놓으려는 망각의 구습을 넘어서야 한다. 대상을 바라보는 눈
은 현실주의적 입장론의 공간적 사유만이 아니라, 진행하는 역사 속의 시
간적 사유라는 프리즘을 통과해서만이 진정한 내면적 의미망을 구성할
수 있다.
　1부는 그 역사적 변혁의 측면에서 민족 해방과 한국전쟁, 월남과 국토
분단으로 이어지는 시간 속에서 해방기 시와 시론, 1950년대 모더니즘 시
론, 월남문인의 시세계와 같은 내용으로 구성하였다. 김기림, 이용악, 오장
환의 시와, 김동석, 김규동의 시론, 양명문의 시가 그 중심대상이 되었다.
　2부는 우리 근현대문학사를 규정한 사회역사적 상황이 조건화한 시인

의 존재성을 살펴보고자 구성한 부분이다. 1930년대 이후 일제의 통치정책과 군국주의 전쟁 도발을 기점으로 이루어진 대규모 유이민과 고향상실의 역사가 만들어낸 월경(越境)과 시적 공간의 타자성의 문제를 살펴보고자 하였다. 상해, 간도, 만주, 동경 등지, 그리고 월북과 저 대륙의 서쪽(?)끝 붉은 광장에 이르기까지 그 동선을 따라가면서 주요한을 위시하여 백석, 이용악, 오장환, 이육사, 윤동주 등의 시인이 소환되었거니와, 그 사이 그곳의 삶은 조선족 시문학으로 정착되기도 한다.

3부는 다시금 살아 숨쉬는 '지금 여기'의 문제로서 시교육의 관점에서 현대시사를 바라본 내용들이다. 교과서와 교실에서 시 텍스트의 존재양상과 수용적 의미의 탐색, 근대적 의미의 서정으로서 '자아성찰'의 문제에 대한 검토, 뉴미디어와 다문화사회로 변모하는 현실문화 속의 시 생산과 수용에 대한 비판적 인식과 같은 문제들을 전경화한 바, 이러한 문제의식들은 단지 연구자의 눈에 비친 대상으로서만이 아니라, 인식의 주체인 학습독자대중들에게 요구되는 문화실천의 한 장으로서 전이 가능성을 염두에 둔 '계몽적 기획'에 준하는 것이다.

어려운 출판 현실에도 아랑곳하지 않고 한국학과 한국문학 연구의 저변 확대를 위해 헌신해 오신 국학자료원 정찬용 전 사장님과 그의 뜻을 이어 새로운 미래의 지평을 개척하는 데 진력하시는 정구형 사장님께 이

책을 출간해주신 데 대한 마음으로부터의 감사를 표한다. 아울러 그동안 학문적 선배로서 많은 조언과 도움을 아끼지 않으신 우한용, 송현호, 최병우, 윤여탁 교수께 감사드리며, 언제나 학문적 동료로서 대학로 지킴이가 되어주는 이명찬, 정우택, 김신정, 강영미 교수에게는 진한 술 여러 잔을 약속한다.

난 가을에 태어나, 가을을 애정한다. 가을은 결실과 풍요의 계절이라 하는데, 독서와 사색의 계절이기도 하며, 도깨비가 단풍국에서 시집을 읽으며 붉은 단풍잎 하나 쿵—하고 떨어지는 심장의 박동을 온몸으로 느끼는 순간이기도 하다. 그 형용을 넘어서는 마음의 평화와 인간답게 살기 위한 환경 조성을 위해 이젠 나도 '변혁'의 한 걸음을 내딛어야 할 때인 듯하다. 불현듯 나의 뇌리 속에 수많은 옛 기억의 파노라마가 할리우드 SF 영화의 한 장면처럼 번쩍거리고 스치는 까닭은 무엇인지⋯

—甲子의 해를 보내며

望北漢淸水

著者

차례

양명문 시에 나타난 낭만적 아이러니와 월남문인의 문학세계

2부 '越境' : 변방에서의 글쓰기와 시적 주체의 현실인식

일제강점기 한국 현대시인의 월경과 인문학적 의미

3부 '啓蒙' : 현대시 교육에서 문학사적 맥락의 수용

1부 '變革'

격동기 한국현대사와 문학적 대응

해방기 시의 역사 기억과 문학사 교육의 문제

1. 서론

문학사는 역사과정 속에서 전개된 그 사회의 구성주체들의 치열한 삶의 역정과 현상들을 총체적으로 형상화한 일종의 집합적 결과물이다. 특히 우리 역사가 근대로 진행하는 과정에서 나타난 질곡과 모순을 문학사는 보다 구체적인 방향에서 검증하고 있는 바, 이러한 문학사적 노력은 곧 개별문학사로서 민족문학의 특수성을 구성하며, 그런 의미에서 우리 문학사를 바라보는 정당한 시각을 확보하기 위한 관점을 세우는 일은 곧 문학사교육의 실천적 과제이자 내용요소를 구축하는 기본 전제가 될 수 있다.[1]

한국 현대문학사에서 해방기는 그 민족사적 중요성에도 불구하고, 문학사 교육의 현장에서는 이데올로기와 문학의 관계에 대한 명확한 문학교육적 관념의 부재로 인해서이건,[2] 혹은 문학 텍스트에 대한 비평적 수

---

1) 구인환 외, 『문학교육론』(제4판), 삼지원, 2009, 346, 356면 참조.
2) 김상욱, 「문학을 통한 국어교육의 재개념화」, 『문학교육학』 19호, 한국문학교육학회, 2006.4, 15~16면 참조. 그에 의하면 개인이 속한 사회와의 관계 및 그 역사와 문화를 이해하는 '수단이자 실천력, 그리고 대립되는 이데올로기적 입장의 규정 도구 혹은 원리로서 문해력(문식력;literacy)'을 규정하는 관점에서 볼 때, 현재의 문학교육은 아직도 가치 인식과 문화실천으로서 문학교육의 가능성과 목표의식으로부터 일정한 거리를 두고 있다는 것이다.

용을 위한 독서의 방법 내지 방향론의 제약으로 인해서건3) 역사적 특수성과 문학사적 보편성 모두의 측면에서 소홀히 취급되거나 왜곡된 인식을 낳는 모습을 보인다. 특히 후자의 경우 시교육의 측면에서 두드러지는 바, 시텍스트의 특징상 의미의 해석적 수용과정에 대한 과도한 비중은 결과적으로 현대문학사의 이해를 단순한 지식(명제적 지식)의 참조거리로 축소시키는 오류를 빚고 있다.4)

문학적 가치의 질서로서 문학사를 대할 때 견지해야 할 중요한 시각은 특정한 문학사의 실체가 그 가치의 내용과 형태로서 정신적 산물인 민족 공동체의 역사적 삶을 토대로 구성된다는 점이다.5) 그러므로 이 시기 현대문학사의 전개과정에서 시문학의 위상을 정신사적 궤적이라는 측면에서 살피는 일은 매우 중요하다. 잃어버린 국가와 민족의 회복이라는 눈앞의 현실은 민족구성원 모두로 하여금 그 벅찬 기쁨으로 인해 그동안 눌려 있던 정념을 마음껏 발산할 수 있는 장을 제공하였거니와, 특히 이 시기

---

3) 기존의 시교육에서 문제로 지적되었던 현실과 시, 시인과 시의 기계적 관련을 통한 해석을 지향한다는 의미에서 역사주의 비평방법에 대한 거리두기와 수용미학 및 독자반응비평 방법의 도입은 또 다른 한편으로는 문학작품의 수용을 해석의 차원에 국한시키는 결과를 빚는다. (윤여탁 외, 『현대시교육론』, 사회평론, 2012, 34~36면 참조.)

4) 그 대표적인 사례가 박두진의 시 「해」에 대한 해석의 경우이다. 이 작품은 해방직후인 1946년 발표된 것으로, 작자가 당시 해방의 벅찬 감격을 시화한 작품이라고 밝힌 바 있다. 그럼에도 불구하고 교육현장에서는 (『청록집』의 수록시편들이 대체로 일제말 해방을 염원하면서 쓰여진 미발표작들이라는 점이 선입견으로 작용한 때문이기도 하지만) '해'의 밝음의 이미지를 일제치하를 상징하는 '어둠'과의 대비 속에 파악하고 작품의 주제를 해방에의 염원이라고 인식하는 것을 당연시하는 심각한 문제를 야기하고 있다.

5) 박윤우, 「전후 모더니즘 시의 가치 인식과 문학사교육」, 『문학교육학』 34호, 한국문학교육학회, 2011.4, 112면.

문학적 주체들로 하여금 현실적 존재로서 자신의 삶에 대한 결정과 실천을 요구하였다. 그럼에도 불구하고 그와 함께 나타난 현실의 유동성은 결국 정치적으로 주체적 독립의 가능성을 가로막았을 뿐만 아니라, 개인적 결정과 실천이 결과적으로 이념의 선택으로 귀결될 수밖에 없는 분단의 비극적 역사를 만들어내고 말았기 때문이다.

이 시기 한국문학은 대체로 두 가지 핵심 과제를 안고 있었다고 할 수 있다. 그 하나는 일제 잔재의 청산을 통한 새로운 시작을 기하기 위한 토대를 닦는 일이었고, 다른 하나는 이전의 한국문학 유산과 전통을 계승하고 혁신함으로써 우리 문학의 '지속적 발전'을 꾀하고자 하는 것이었다. 이 과제들은, 그것이 비록 전자가 이념적 좌파에 의해 적극 개진된 반면, 후자는 우파의 주된 관심사였다는 점에서 한국적 특수 상황에 따른 문제점을 노출하기도 하였으나, 양자 모두 한민족의 현대사적 질곡을 어떻게 확인하며 어떻게 정리하고 극복해나갈 것인가를 고민하기 위한 과정이었다는 점에서는 정신사적 측면에서 이 시기의 가장 핵심적인 문제의식을 제출한 것임에 틀림없다. 다시 말하면 이러한 당대 해방된 한국의 현실이 우리 문학의 상황을 규정하였고, 그러기에 문학은 이 현실을 일정하게 반영하고 그에 반응한 것이라는 점을 보면, 해방기 한국문학과 시에 대한 정신사적 연구는 불가피하다는 것이다.

이는 한국 근대문학의 출발과 전개과정이 식민지의 경험이라는 환경 조건에서 문학의 근대성 확보라는 명제에 종속된 결과, 1910년대 후반 이후 상당 기간에 걸쳐 계몽의 기획과 시도를 거쳤음에도, 1930년대 후반 이후 일본의 제국주의와 근대 초극의 논리 앞에 무력한 운명론적 순응의 모습을 보인 채 또 다른 변화의 소용돌이에 직면할 수밖에 없었던 당대 현실과 역사적 조건으로부터 귀결된 것임도 부인할 수 없다.6) 그러므로 '해방'이라는 역사적 사건을 대하는 주체들의 의식과 체험은 그 사건이 부여하는 현실적 의미화의 요구로부터 스스로 진리에 충실하려는 주체의 속성, 말하자면 내면적 결단, 공동체의 정의나 미래적 지평에 관한 윤리적 담론을 만들어내는 상황적 공간을 형성시킨 것이다.7)

이런 관점을 바탕으로 할 때 문학사교육에서 해방기 시사를 이해하는 데 있어 가장 중요한 측면은 해방을 맞은 시인들이 과거 자신이 살아온 역사적 삶과 당대의 현실적 삶에 어떻게 대응 혹은 반응하였는가를 작품을 통해 재구성해보는 일이다. 이것은 당대의 사회문화적 맥락 이해를 위한 방법적 지식을 사회역사적 존재로서의 언술과 언술 주체의 의식이 표현되는 방식에 대한 비판적 해석과 관련짓는 일을 통해 구체화 될 수 있다.8)

2. 해방기 시사를 바라보는 관점으로서 '자기비판'의 역사 인식

해방기 시문학이 드러내는 새로움의 요소와 지향점, 그리고 시적 전통의 계승과 창조 내지 변혁의 내용들은 모두 기억과 망각, 반성과 지평 형성, 내면적 성찰과 의지 표명 등의 상반되고 유보적이면서도 자기표출적이며 생성적인 사유의 공간을 형성하는 데 기여한다. 특히 감정의 순간적

---

6) 그런 의미에서 1945년 8월 15일의 역사적 사건을 '도둑처럼 온 해방'이라는 수사를 통해 그 비극적 본질에 대해 비판적 논점을 제시한 함석헌의 표현은 역설적이게도 우리로 하여금 현실에 대한 일정한 반응으로서 문학의식의 직접적 표출을 본질로 삼은 변혁기 문학의 근원적 지향을 살펴볼 수 있도록 인도한다.
7) 곽명숙, 「해방기 한국시의 미학과 윤리」, 『한국시학연구』33호, 한국시학회, 2012.4, 43~44면 참조.
8) 박윤우, 앞의 글, 128~9면 참조.

포착에 의해 언어로 구상화되는 시 장르의 경우 해방 정국의 정치적 격변의 상황을 직접 체험하면서 문학의 현실성을 가장 첨예하게 드러낼 수 있는 가능성을 부여받은 바. 매우 거친 수준의 현장성과 현실적이고 직설적인 토로, 산문적 지향 등의 새로운 시적 형상성을 창조해내기도 하였다.9)

해방기 시인들이 부딪친 최초의 문제는 잃어버린 정체성을 되찾는 일이었다. 그것은 곧바로 민족주체성의 회복이라는 역사적, 현실적 문제와 맞물려 민족어의 구현을 통해 민족문학을 재정립하는 일로 확산되었다.

과거 청산의 문제에 직면한 해방기 한국사회에서 기억 혹은 망각의 행위는 개인이나 집단의 정체성을 재구축하기 위한 핵심적 방편으로 작용하였다. 일제 치하 징용 등에 의해 노동자로 끌려갔던 민족구성원들의 귀환은 수난사의 기억을 환기시키면서 국가 건설의 주체로 자신의 정체성 재정립을 시도하고자 하였으며, 학병에 동원되었던 귀환 학병들은 과거 회고의 과정을 통해 자신의 입신출세나 생존 등 개인의 욕망은 망각한 채 민족의 독립을 위한 투사로서의 기억을 부각시켰던 바,10) 이러한 기억들은 모두 과거 식민지시기의 역사를 향해 있다는 점에서 바라볼 필요가 있다. 말하자면 해방기 개인이나 집단의 기억 행위는 과거 식민지시기라는 역사 공간 속에서 의미화되고 있었던 것이다.

---

9) 이러한 시적 어조나 문체는 역사적 현실에 대한 반응을 표현하는 방법으로서 국가적 주체의 호명, 자기정체성의 확보 등의 의도를 동반한 언어를 통해 형상되어 나타난다. (강호정, 「해방기 시의 시적 주체 형성 연구」, 고려대학교 대학원, 2008.6, 67면 이하 및 112면 이하 참조.)

10) 이에 대해서는 오태영, 「민족적 제의로서의 귀환—해방기 귀환서사 연구」, 『한국문학연구』 32집, 동국대 한국문학연구소, 2007.6, 515~542면과, 최지현, 「학병의 기억과 국가—1940년대 학병의 좌담회와 수기를 중심으로」, 『한국문학연구』 32집, 동국대 한국문학연구소, 2007.6, 459~486면을 참조할 수 있다.

이런 맥락에서 볼 때 특히 피식민의 경험이라는 민족공동체 구성원에게 부여된 집단적 기억은 우리와 더이상 유기적 관련이 없는 단순한 역사적 과거와 달리 활동적인 과거, 우리의 정체성을 계속 구축해나가는 과거를 의미하며, 다양한 집단적 표상을 통해 현재에 대한 직접적 영향력을 행사하는 기억의 대상이 됨을 알 수 있다.[11] 이처럼 기억이 지닌 집단적 성격은 공간의식에 의해 매개된 생생한 기억으로서 민족 해방을 맞은 우리 사회의 구성원에게 구체적인 정체성을 제공하는 계기로 작용한다.

해방의 공간에서 문학자들의 당면 과제는 새 시대에 부응하는 새로운 민족문학의 건설과 해방 이전 문학행위에 대한 반성이라는 두 가지의 방향으로 정초되었다. 특히 후자의 문제는 당시 흔히 '봉황각 좌담회'로 알려진 「문학자의 자기비판」[12]이라는 글에서 여실히 엿볼 수 있는 바, 이는 새 나라 건설에 있어 일종의 자기 모랄과 관련되는 것으로서 일제강점하의 친일 행위 및 순수문학에 대한 반성적 사유가 새로운 문학 행위의 전면에 부각되지 않으면 안 되는 당시 문학의 정치적 위상을 의식한 결과라 할 수 있다.

해방기의 문인들에게 자기비판의 과정이 요구된 것은 조선인으로서의 개인의 정체성을 확인하고 그것을 창작의 새로운 출발점이자 동력으로 삼는다는 점에서 중요하다. 임화나 정지용의 경우 "그때에 있어 문학이 정치로 접근한다는 것은 제국주의 일본의 정신적 용병이 되는 것이요 조선어를 버리고 일본어를 사용하게 되는 까닭이었다."[13]고 피력하거나,

---

11) 오경환, 「집단 기억의 역사: 집단 기억의 역사적 적용」, 『아태 쟁점과 연구』, 한양대 아태지역연구센터, 2007, 88면.
12) 1945년 12월 열린 이 좌담회에는 김남천, 이태준, 한설야, 이기영, 김사량, 이원조, 한효, 임화 등이 참여하였으며, 『인민예술』2호(1946.10)에 그 내용이 수록되었다.

"사춘기를 훨씬 지나서부텀은 일본 놈이 무서워서 산으로 바다로 회피하여 시를 썼다. 그것이 지금 와서 순수시인 소리를 듣게 된 내력이다."[14]라고 스스로 순수시에서 산문의 세계로 나아가게 된 소회를 밝힌 것은 모두 시와 정치의 의도적 분리를 내세워 부끄러운 과거와의 단절을 꾀하고자 한 때문으로 볼 수 있다.

이러한 식민지하 문학의 순수성 옹호라는 입장 표명이 결과적으로 해방 정국에서 문학의 정치적, 이념적 연결을 용이하게 하는 매개물 역할을 했다면, 오장환은, 자신의 시작을 통해 드러내보였듯이, 보다 솔직한 자기비판의 요구를 통해 당시 미래지향적 흥분을 매개로 한 당위적 논리에 앞선 개인적 주체의 재확립을 부각시킴으로써, 사실상 '새 나라 건설'이라는 과제가 우선시되었던 당시 문단에 비판적 논점을 제기했다는 점에서 의미를 갖는다.

> 우리의 정치적인 환경이 양심적인 자의사를 표시하려면 저절로 작가가 그 작품세계에 상징적인 가장을 하지 않을 수는 없었다. 그러나 이 땅의 시인은 누구 하나 상징의 세계의 핵심을 뚫은 이도 없었고 또 이 세계를 형상적으로도 완성한 사람은 없다.
>
> 이것은 물론 사상의 후진성과 형식의 미성숙에 연유된 것이다. 이 땅에서 상징의 세계를 받아들일 처음의 본의는 그 받아들인 사람들의 경제적 토대가 아무리 유족한 것이라 하여도 그것은 유락을 구하는 것이 아니라 견딜 수 없는 식민지의 백성으로서의 내면 모색과 정신적 고뇌의 발현 내지 합일로 볼 수밖에는 없을 것이다.[15]

---

13) 임화, 「문학의 인민적 기초」, 중앙신문, 1945.12.10.
14) 정지용, 「산문」, 『문학』, 1948.4.
15) 오장환, 「조선시에 있어서의 상징」, 『신천지』, 1947.1.

여기서 오장환은 식민지 시대에 자신을 포함한 모든 문인들에게 내재되었던 정신적 고뇌를 정당하게 평가할 필요가 있음을 강조한 바, 이는 동시대 시인들의 피해의식에 대한 일종의 변호라는 의미를 담은 것으로 볼 수도 있지만,[16] 민족국가 수립이라는 정치적 명제를 문인의 차원에서 개인적 정체성 확립이라는 문제로 수렴하려는 의지의 표명으로서 평가할 필요가 있다.

이러한 당대 시적 주체의 현실에 대한 인식적 대응은 한편으로는 해방기의 정치적 이념 대립의 현실에 대한 문단의 반응과 긴밀한 관련을 가지고 길항하도록 유도하였다. 해방기의 문단이 <조선문학건설본부>를 필두로 <조선문학가동맹>, <조선프롤레타리아문학동맹>, <조선문화단체총연맹>으로 이어지는 좌파 문인단체와, <전조선문필가협회>와 <조선청년문학가협회>를 주축으로 하는 우파 문인단체의 대립구도 속에 전개됨으로써 시의 이념적 성격 역시 정치적 지향에서 자유로울 수 없음을 보인 바, 이 시기 시인들의 현실적 지향을 가장 선명하게 보여주는 것은 김기림의 소론이다.

이 민족과 그 공동체의식을 지니고 나가며 나아가야 하던 또 나갈 수 있는 것은 다름 아닌 인민 대중이며 인민 대중이야말로 역사적, 사회적, 현실적 민족의 중추며 공동체 의식의 유지자였던 것이다. 반민족적 요소를 제외한 연후에 민족 전체의 유루 없는 복리 위에 세울 민족의 공동 의식과 연대감의 연면한 응결로서의 우리 민족의 실체였던 것이다. 사회적으로는 자연발생적인 민족에의 확대로부터 인민에의

---

16) 윤여탁, 「해방 정국 문학가동맹의 시단 형성과 시론」, 『한국의 현대문학』 2호, 1992, 328면 참조.

재결정이었으며, 민족에 대한 파악이 현실의 시련을 거쳐서 막연한 관념으로부터 실체에로 순화 앙양되는 과정이었다.[17)

　여기서 보듯 해방기의 현실 공간에서 김기림은 새 나라 건설과 그에 부응하는 새로운 민족문학 건설의 비례적 함수관계를 역설하면서 시인의 열정을 요구하는 한편, 그 내용적 지향에 있어서 민족의 공통된 감정과 염원을 노래하고 호소할 것을 강조하였다.[18) 이처럼 해방기의 시론이 공동체의 논리를 강조하며 다시금 지도비평적인 관념성을 전면에 부각하게 된 과정은 해방기 시인들의 모국어 회복을 위한 자의식적 노력이 민족 정체성 확립이라는 시대적 명제로 보편화되는 과정과 일치한다는 점에서 주목할 필요가 있다. 이 시기 시에 나타나는 '인민', '민족', '시민', '겨레' 등 시어의 빈번한 사용은 이런 의미에서 해방기의 시적 지향이 이념적 성격을 넘어서 구체적인 실체를 가질 수 있는 논리적 기반을 제공했음을 읽어낼 수 있도록 해준다.[19)

17) 김기림, 「시와 민족」, 『신문화』, 1947.
18) 김기림, 「우리 시의 방향」, 『건설기의 조선문학』, 백양당, 1946.
19) 이와 관련하여 강호정의 논문 「해방기 시의 시적 주체 형성 연구」(고려대 대학원, 2008)은 해방기 시의 시어 사용상 특징이 민족 주체성 확립이라는 당대의 문학적 과제와 어떻게 연결되는지를 분석했다는 점에서 의의를 갖는다.

3. 해방기 시에 나타난 역사의 기억과 재현 양상

(1) 새로운 역사의 전취와 송가(頌歌) 혹은 찬가(讚歌)의 형식—임화, 김기림의 경우

해방기 한국 시문학이 형상화해낸 현실성 인식의 양상은 세 가지 측면으로 살펴볼 수 있다. 즉 해방의 역사적 현실을 대하는 당대의 시적 주체들이 취한 역사의 인식 내지 기억과 재현의 문제를 준거로 보면, 우선 해방이라는 민족사적 사건을 가치화하고 신성시함으로써 역사를 집단의 미래 삶과 연관시키고자 하는 태도이며, 또 하나의 인식 태도는 이 역사의 현실을 주체의 내면에 조회하여 일제하의 개인적 삶의 문제에 대한 자신의 고백적 태도를 드러냄으로써 현실에 대응하려는 입장이다. 이와 다른 관점에서 냉정하게 이러한 현실의 역사적 의미를 객관적으로 형상하고 성찰하고자 하는 태도가 나타난다.

이중 첫째 유형은 김기림의 「새나라 송」이나 임화의 「3월1일이 온다」와 같이 새로운 민족국가 건설에의 소망과 기대를 천명한 일종의 '희망의 노래'에 해당하는 작품들이다. 이들 작품은 일종의 송가나 찬가의 형태를 취하고 있다는 점에서 독자대중에게 직접적인 호소력과 현실에 대한 즉각적 반응을 불러일으키고자 하는 시적 의도를 보여준다. 특히 단형의 시행 배열을 통해 행간의 급박한 리듬을 창출하고, 장중하고도 격정적인 어조를 바탕으로 공동체의식을 전경화하고 있다는 점은 민족국가 건설의 시대 이념을 통해 역사의 기억을 대체하고자 하는 이념지향적 현실인식을 드러낸다.

거리로 마을로 산으로 골짜구니로
이어가는 전선은 새 나라의 신경
이름없는 나루 외따른 동리일망정
빠진 곳 하나 없이 기름과 피
골고루 돌아 다사론 땅이 되라

어린 기사들 어서 자라나
굴뚝마다 우리들의 검은 꽃묶음
연기를 올리자
김빠진 공장마다 동력을 보내서
그대와 나 온 백성의 새 나라 키워가자
(…중략…)
음악을 울리렴 새나라의 노래 부르렴
드부르샤크의 애련한 신세계가 아니다
거리거리 마치소리 안개 속 떨리는 기적
전기로 돌아가는 논밭과 물레방아
그대와 나의 놀라운 심포니 울려라

어린 새나라 하나 시달린 꿈을 깨어 눈을 비빈다
동해 푸른 물 허리에 떨며 일어나는 아프로디테
모두가 맞이하자 굳이 잠긴 마음의 문을 열어
피흐르는 가슴과 가슴을 섞어 새나라 껴안자
　　　　　　　　　　　　　— 김기림, 「새나라 頌」 전문

　이 시는 해방을 맞아서 새로운 국가를 건설하는 벅찬 감동을 권유와 명
령의 어조를 통해 제언하고 있다. 여기서 화자는 민족공동체의 삶이라는
성스러운 존재성에 대해 말함으로써 스스로 당위적 미래를 전취하며, 그

언급이 진리와 가치에 대한 예찬과 칭송의 언어가 되도록 이끄는 주체로서의 역할을 담당한다. 말하자면 시적 청자로서 민족공동체는 의인화된 시적 대상으로서 '새나라'와 함께 화자가 가지는 경의의 마음을 담지해야 하는 당위로서의 진리로 호명되고 있는 것이다.[20]

다만, 이러한 새로운 국가건설은 전통적인 민족정서와 심혼의 복권이라는 의미가 아니라, 새로운 문명과 새로운 사회를 건설하는 데 쏠려 있다. '전선'과 '공장의 굴뚝', '기계'와 '세멘'과 '철', '화차'와 '트럭' 등은 모두 이미 김기림에게 익숙해 있던 근대문명적 소재이거니와, 이러한 이미지를 통해 구축된 낙관적 미래상은 일제하 역사를 현재에 기억해내는 일과는 다른 자리에 서는 것, 즉 현실적 주체의 의식에 전취된 미래로 대체하는 것이라는 점에서 의미를 갖는다.

(2) 과거 역사의 기억과 자기비판/고백—오장환의 경우

둘째 유형의 역사와 현실에 대한 인식은 오장환의 「병든 서울」로 대표되는 작품에서 확인해볼 수 있다. 이러한 작품들은 일종의 '증언의 노래'로서, 해방조국의 이념적 쟁투 현실과 실천적인 참여의 행위화 과정을 통해 체험적 과거를 기억해내고 자기비판의 과제를 수행함으로써 자기정체성을 구축한다.

---

20) 이런 측면에서 보면 이 시는 시적 대상의 존재성을 화자의 고조된 감정을 통해 찬양함으로써 대상화하는 일종의 '찬가(讚歌)'의 형식에 해당하는 동시에, 근본적으로 시적 대상을 화자의 내면에 동화시킨 채 일체감을 지닌 정조로 표현하려는 의도를 가진다는 점에서 '송가(頌歌)'로서의 기능도 수행하고 있다. (서정적 양식의 구조와 형식에 대해서는 Wolfgang Kayser, 김윤섭 역, 『언어예술작품론』, 대방출판사, 1984, 524~531면을 참조할 것.)

8월 15일 밤에 나는 병원에서 울었다.

너희들은 다 같은 기쁨에

내가 운 줄 알지만 그것은 새빨간 거짓말이다.

일본 천황의 방송도,

기쁨에 넘치는 소문도,

내게는 곧이가 들리지 않았다.

나는 그저 병든 탕아로

홀어머니 앞에서 죽는 것이 부끄럽고 원통하였다.

(…중략…)

아름다운 서울, 사무치는, 그리고 자랑스런 나의 서울아.

나라 없이 자라는 서른 해,

나는 고향까지 없었다.

그리고 내가 길거리에 자빠져 죽는 날

'그곳은 넓은 하늘과 푸른 솔밭이나 잔디 한 뼘도 없는'

너의 가장 번화한 거리

종로의 뒷골목 썩은 냄새 나는 선술집 문턱으로 알았다.

그러나 나는 이처럼 살았다.

그리고 나의 반항은 잠시 끝났다.

아, 그동안 슬픔에 울기만 하여 마냥 질척거리는 내 눈

아 그동안 독한 술과 끝없는 비굴과 절망에 문드러진 내 쓸개

내 눈깔을 뽑아버리랴, 내 쓸개를 잡아떼어 길거리에 팽개치랴.

— 오장환, 「병든 서울」 전문

이 시는 해방의 현실을 직시하려는 주체적 화자의 눈을 통해 역사적 과거의 기억을 개인적 체험의 진술을 통해 현재화함으로써 민족사의 현실적 의미를 반성하려는 의도를 드러낸다. 화자는 과격한 어조로 솔직하고

도 강렬하게 해방을 맞이한 주체의 내면을 표출하고 있는바, 이러한 극단적 자기비판의 태도는 격동기에 처한 시인이 어떻게 자신의 개인적 존재를 역사에 투영시켜 현실적 대응력을 확보할 것인가에 대한 문제의식과 연결되어 있다. 자신에 대한 통렬한 부정은 결과적으로 역사의 기억을 통해 그 망각의 과정을 충실히 수행해나가는 과정과 직결된다. 그런 의미에서 화자의 자학적 행위는 자기비판의 현실적 가치를 창출해내는 실천적 전략으로 기능하며, 이것은 일제하 오장환의 시작 과정에서 형성된 '탕아'와 '탈향'의 정체성으로부터 벗어날 수 있는 기제로 작용한다.

(3) 민족사적 현장의 재현과 현실성 인식—이용악의 경우

셋째 유형은 이용악의 「하늘만 곱구나」와 같은 일종의 '귀환의 노래'로서, 해방 이전 삶에의 기억과 역사화를 현실 상황의 재현적 관점에서 드러내고 있는 작품들이다. 이러한 작품에서 '기억 서사'[21]는 객관적 관찰자이자 서사의 진술인 화자를 통해 구체화됨으로써 해방기 현실의 의미를 형상화하는 데 기여한다.

> 집도 많은 집도 많은 남대문턱 움 속에서 두 손 오그려 혹혹 입김
> 불며 이따금씩 쳐다보는 하늘이사 아마 하늘이기 혼자만 곱구나

---

21) 기억이 역사를 서사화하고, 서사가 역사를 기억하게 한다는 점에서 기억과 서사는 밀접관 관련을 맺는다. 특히 사건에 위장의 플롯을 부여하는 것은 우리가 그 사건을 서사로 완결시켜 다른 서사를 살아가기 위해 이루어지는 행위이며, 사건의 폭력을 망각하기 위해 행하는 것이라는 점에서 기억과 서사는 연쇄하고 있다. (오카마라, 김병구 옮김, 『기억 · 서사』 소명출판, 2004, 169면 참조.)

거북네는 만주서 왔단다 두터운 얼음장과 거센 바람 속을 세월은
흘러 거북이는 만주서 나고 할배는 만주에 묻히고 세월이 무심찮아
봄을 본다고 쫓겨서 울면서 가던 길 돌아왔단다

띠팡을 떠날 때 강을 건널 때 조선으로 돌아가면 빼앗겼던 땅에서 농
사지으며 가 갸 거 겨 배운다더니 조선으로 돌아와도 집도 고향도 없고

거북이는 배추꼬리를 씹으며 달디달구나 배추꼬리를 씹으며 꺼무테
테한 아배의 얼굴을 바라보면서 배추꼬리를 씹으며 거북이는 무엇을
생각하누

첫눈 이미 내리고 이윽고 새해가 온다는데 집도 많은 집도 많은 남
대문턱 움 속에서 이따금씩 쳐다보는 하늘이사 아마 하늘이기 혼자만
곱구나

— 이용악, 「하늘만 곱구나」 전문

여기서 시인은 해방 정국이 혼란상이 민중들에게 어떤 의미를 지닌 것
인가에 대한 회의적이고 비판적인 시선을 '거북이네의 귀환'이라는 서사
적 대상을 통해 드러낸다. 이미 '낡은 집'의 털보네로부터 형상된 유이민
의 역사성과 현실성은 조국의 이름으로 무작정 귀환해 온 거북이네를 통
해 시간적 연속성을 가지고 그대로 재현되고 있는 바, 시인은 거북네가
하늘을 바라보는 시선을 객관적인 타자의 시선으로 묘사함으로써, 일제
잔재를 청산하고 귀속 재산의 재분배를 통해 귀환 동포들의 생계를 보장
해주어야 했음에도 불구하고 당시의 현실적 상황은 그들에게 또 다른 소
외와 배반의 상황을 초래하였다는 사실을 기억을 통한 역사의 현재화로
재현해낸다.

4. 해방기 시의 교과서 반영과 시사 교육적 의미

위와 같은 관점에서 해방기 시사를 바라보는 것은 시 텍스트를 시적 주체의 현실에 대한 인식적 대응이라는 맥락에서 수용하는 데 일정한 작용을 함으로써, 문학사의 지적 이해와 작품에 대한 비평적 해석을 상호관련성 속에 수행할 수 있도록 해준다. 그렇다면 교과서를 통해 제시된 일종의 교육정전으로서 해방기 시작품과 시사의 이해는 어떤 맥락에서 접근할 수 있는가. 이 문제는 당대와 현재의 교과서에 어떤 작품을 수록하였는가라는 통시적 질차의 측면과, 그 교과서에 해방기 시작품이 수록된 양상이 어떠한가의 공시적 측면을 동시에 살펴봄으로써 진단해볼 수 있다.[22]

과거 역사의 문학적 기억이라는 맥락에서 볼 때, 소위 교수요목기(건국기;1945~1947)에 미군정청 학무국 주재로 발간된 『초등국어교본』, 『한글첫걸음』, 『중등국어교본』과 같은 교과서에서는 대체로 구체적인 역사적 상황을 상기시키기보다는 개인의 감정이나 의지를 조명하는 데 주력한 작품들을 위주로 수록하고 있다.[23] 이중 특히 당대에 쓰여진 작품을

22) 여기서 문학사 교육이 역사교육에서 다루는 기억의 문제와 다른 자리에 있음을 고려해야 할 필요성이 생긴다. 역사의 기억은 과거를 현재와 미래로부터 철저히 분리해내고자 하는 의식의 소산이라면, 문학적 기억은 과거, 현재, 미래의 다리를 놓는, 일종의 개인 및 집단의 특수한 기억의 '터'에 해당한다. (변학수, 『문학적 기억의 탄생』, 열린책들, 2008, 54~5면 참조) 그런 의미에서 특정한 문학사적 시기와 그 시기의 작품(생산)에 대한 고찰은 그들의 기억이 동반하는 특수한 가치와 규범에 의해 창출된 정체성의 실체를 확인하고, 조명하는 일과 통한다고 할 수 있다.

23) 시작품은 이병철, 「나막신」, 한용운, 「복종」, 김동명, 「파초」, 정지용, 「난초」, 「그대들 돌아오시니」, 「녹음애송시」, 김소월, 「엄마야 누나야」, 「초혼」, 조명희, 「경이」, 김기림, 「향수」, 임화, 「우리오빠와 화로」, 양주동, 「선구자」, 오장환, 「석탑의노래」 등 총13편이다. 시장르의 작품들은 정서적이고 심미화된 형태의 작품들이 실려 있으며 대체로 민족지향성이 두드러진다. 참고로 다른 장르의 작품들(주

수록한 경우는 정지용의 「그대들 돌아오시니」(『해방기념시집』 1946.1
수록)와 이병철의 「나막신」두 편인데, 후자의 경우 해방 직후 활동한 신
진시인에 해당한다는 점에서 예외적으로 관심을 기울일 수 있지만, 전자
의 작품은 이미 일제하 1930년대의 대표적인 서정시인으로서 해방 정국
에서 민족과 이념의 문제에 가장 민감한 목소리를 표출하였다는 점에서
주목할 필요가 있다.

> 백성과 나라가
> 이적(夷狄)에 팔리우고
> 국사(國祠)에 사신(邪神)이
> 오연(傲然)히 앉은지
> 죽음보다 어두운
> 오호 삼십육년!
>
> 그대들 돌아오시니
> 피 흘리신 보람 찬란히 돌아오시니!
>
> 허울 벗기우고
> 외오 돌아섰던

로 논설,수필,기행,전기문)을 통해 보면 국가 문화유산의 전통 인식을 강조하여 민
족과 국가의식을 함양한다는 목적을 구현하고자 했음을 알 수 있다. 이들 작품 중
소위 '좌익' 계열의 시인들 작품의 경우도 공통적으로 '고향', '민족'과 같이 보편적
이고 추상적인 집단 기억의 차원이나 지극히 개인적으로 내면화된 서정적 경험 세
계를 투영하는 방식의 작품만을 제시하고 있다는 점에서 일제하의 과거 역사를 해
방의 역사공간에서 어떻게 바라보고자 하는가의 문제를 선명하게 드러내준다. (김
신정, 「국어 교과서와 기억의 구성」, 『현대문학의 연구』40호, 한국문학연구학회,
2010.2, 433면 <표> 및 439면 참조)

산(山)하! 이제 바로 돌아지라
자휘(字彙) 잃었던 물
옛 자리로 새소리 흘리어라
어제 하늘이 아니어니
새론 해가 오르라

그대들 돌아오시니
피 흘리신 보람 찬란히 돌아오시니!
　　　— 정지용, 「그대들 돌아오시니 —재외 혁명동지에게」 부분

　　교과서가 매개하는 기억의 차원은 개인의 경험 기억을 넘어 집단적이
고 문화적인 차원으로 이행하며 또한 일정한 변형이나 축소, 또는 확대의
과정을 거치게 됨을 감안할 때,24) 이 시는 해방기 교과서에 실린 다른 시
작품들을 통해 유도된 추상적이고 이념적인 맥락에서의 고향의 회복과
민족의 재구성이라는 역사적 인식명제를 공유하면서도 집단의 구성원으
로서 개인의 역사 기억을 당대 현실의 맥락에서 환기하도록 해준다는 점
에서 의미가 크다. 그것은 앞서 임화나 김기림의 경우에서 보듯, 이 시가
가장 전형적인 송가 형식으로서 과거로부터 현재를 구성한 민족사에 대
한 반성적 사유를 담아내고 있기 때문이다.
　　이와 비교해볼 때, 7차 교육과정 이후 현재까지 문학 교과서의 해방기
의 시작품 수록 상황을 보면 해방 직후의 경우에서 한 걸음도 나아가지
않은 그대로의 상태임을 확인할 수 있다.25) 그것은 어떤 의미에서 해방의

---

24) 김신정, 위의 글, 435면.
25) 7차 교육과정기 문학 교과서에 정지용의 「그대들 돌아오시니」, 2009 개정 교육과
　　정에 의한 국어 교과서에 박두진의 「해」가 실려 있을 뿐이다.

역사보다 분단의 역사를 의미화했음을 암시하는 것일 수도 있고, 최소한 해방 이후 현대시사의 경우에서는 더욱더 텍스트 내적 해석주의를 중시하는 경향으로 시사상의 정전성을 대체한 결과일 수도 있다.

박두진의 「해」와 같은 작품의 오독은 이미 서론에서 문제 삼은 바, 다만 주목할 수 있는 것은 위에서 인용한 정지용의 시가 다시금 실려 있다는 점이다. 송가 형식으로서 이 작품이 지닌 심미적 가치는 곧 해방기라는 역사적 의미를 가치화하는 데 기여한다. 야우스의 말처럼 문학의 현재적 경험은 과거의 사실들과의 긴밀한 연결을 통해 구체화된다는 점에서 문학사의 지평은 작품과 독자 사이에 이루어지는 대화의 과정이다.[26] 그러므로 이들 작품은 수용자로 하여금 역사를 기억하는 방식으로서 시텍스트의 현재적 가치와 의미에 대한 탐구를 가능하게 한다는 점에서 여전히 유용하다.

5. 결론

이상에서 살펴본 바, 한국현대시사에서 해방기는 단순히 무한한 가능성의 다양한 시험대로서 족한 닫힌 공간의 대상으로만 취급해서는 안 될 것이다. 오히려 그 '해방 공간'은 그 어떤 문학 장르, 어떤 사회 부면보다도 선도적으로 시대적 가치를 추구하고 현실성을 획득하는 데 필요한 역사의식을 현재화하려는 시적 인식이 구체화된 시기라 할 수 있다.

이런 맥락에서 당대 시사를 바라볼 때, 이 시기에 김기림이나 임화가 역사적 미래에 대한 낙관적 전망에 대한 당위적 선취와 같은 이념지향적

---

26) H.R. 야우스, 장영태 옮김, 『도전으로서의 문학사』, 문학과지성사, 1983, 178면.

태도를 보였던 점과, 오장환과 이용악의 작품들은 민족사의 과거가 현재에 미치는 영향에 대한 천착 과정을 문학화함으로써 탈식민적 관점에서 자기 비판의 시대적 과제를 충실히 수행하고 있는 점을 주목할 필요가 있다.

이들 시인의 작품은 자기비판의 주관적이고 고백적인 시선을 통한 진술과 현실재현의 객관적이고 관찰적인 시선에 의한 묘사의 대조적인 표현을 보여주기는 하지만, 그 시적 주체들의 회상 기억을 통해 일제치하의 민족집단의 역사적 과거를 반성하고 현재의 의미를 재규정함으로서 해방이라는 역사 공간의 냉철하게 탐색하는 현실성을 구축하고 있다는 점에서 시사적 의미를 찾을 수 있다.

민족문학의 역사에 대한 이해라는 문학사교육의 초점에 입각해볼 때 해방기 시사 교육의 과제는 무엇보다 시텍스트의 해석적 수용과 당대의 역사적 사실 자체에 대한 이해라는 두 가지 당위성의 부정교합으로부터 벗어나고자 하는 시각을 확보할 때 비로소 탐색가능할 것으로 본다. 해방 직후 당대시작품이 국어교과서에 어떻게 수록되었는지와, 최근 고등학교 문학교과서에 이 시기 시작품의 수록상황을 살펴보면 이 문제의식의 중요성이 더욱 분명해질 것이다. 결국 이러한 역사적 삶의 주체에 대한 시각을 통해 역사를 바라보는 텍스트 이해의 시각을 확보할 때 비로소 역사주의적 비평관에 대한 비판적 거리두기가 다시금 역사의 직접적 연관을 통한 문학적 맥락의 기계적 이해라는 모순적 역설을 초래하는 악순환으로부터 벗어날 수 있다.

김동석 비평과 해방기 시론의 현실적 지평

1. 머리말

해방 이후 한국전쟁을 거친 시기에 이르기까지 한국문학사의 전개과정에서 시문학의 위상을 정신사적 궤적이라는 측면에서 살펴보는 일은 해방이후의 문학사적 지평을 '일제잔재의 청산'을 통한 '새로운 시작'으로 규정하는 입장에서 바라보건, 문학유산과 전통의 혁신을 통한 '지속적 발전'의 측면에서 바라보건 일정한 부분 불가피한 측면이 있다. 그것은 우리 근대문학의 출발과 전개 과정이 식민지의 경험이라는 환경 조건에서 문학의 근대성 확보라는 명제에 종속된 결과, 계몽의 기획과 시도, 그리고 일제의 제국주의와 근대 초극의 논리 앞에 무력한 운명론적 순응을 보인 채 또 다른 변화의 소용돌이에 직면할 수밖에 없었기 때문으로 볼 수 있다.[1]

그런 의미에서 함석헌의 '도둑처럼 온 해방'이라는 수사라든가 고은의 '아! 1950년대'라는 묵언 수준의 토로는 역설적이게도 우리로 하여금 현실에 대한 일정한 반응으로서 문학의식의 직접적 표출이라는 변혁기 문학의 근원적 지향점을 살펴볼 수 있도록 인도한다. 즉 해방기와 한국전쟁기 시문학이 드러내는 새로움의 요소와 지향점, 그리고 시적 전통의 계승과 창조 내지 변혁의 내용들은 기억과 망각, 반성과 지평 형성, 내면적 성

---

1) 신형기, 『변화와 운명』(평민사, 1997), 25~52면 참조.

찰과 의지 표명 등의 상반되면서도 사유의 공간을 만들어내는 일련의 자아표백 과정으로 드러나지만, 다른 한편으로는 매우 거친 수준의 현장성과 현실적이고 직설적인 토로, 산문적 지향 등의 새로운 시적 형상성을 창조해내기도 했던 것이다. 특히 감정의 순간적 포착에 의해 언어로 구상화되는 시 장르의 경우 해방 정국의 정치적 격변의 상황과 전쟁의 참혹성을 직접 체험하면서 문학의 현실성을 가장 첨예하게 드러낼 수 있는 가능성을 부여받은 셈이 되었다.[2]

그럼에도 불구하고 당시 평단을 통해 모색된 시론의 내용을 살펴보면 새로운 시대를 맞아 우리 시가 나아갈 방향을 모색하고, 그 과정에서 과거의 전통과 시대의 요구를 포괄하는 균형감각을 획득하면서 1930년대 이후 상실되었던 비평의 지도성을 다시금 획득하고자 하는 모습을 보여준다. 해방의 공간에서 문학인들의 당면 과제는 새 시대에 부응하는 새로운 민족문학의 건설과 해방 이전 문학행위에 대한 반성이라는 두 가지의 방향으로 정초되었다. 특히 후자의 문제는 당시 흔히 '봉황각 좌담회'로 알려진 「문학자의 자기비판」[3]이라는 글에서 논의된 바와 같이, 새 나라 건설에 있어 일종의 자기 모랄과 관련되는 것으로서 일제강점하의 친일 행위 및 순수문학에 대한 반성적 사유가 새로운 문학 행위의 전면에 부각

---

2) 말하자면 시적 인식이 논리 이전의 문제로서 받아들여짐으로써 체험의 고백이나 내면적 욕구의 토로, 현실초극의 형상화 등의 요인이 창작을 추동하게 되었음을 의미한다. 해방기의 경우 오장환의 「병든 서울」이 보여주는 과감한 자기비판의 모습이나 이용악의 「하늘만 곱구나」나 「기관구에서」와 같은 현장성의 정서화, 일련의 전장시들과 박인환의 「검은 신이여」 등 전후시에 나타난 비극적 자아상이 그 대표적인 예라 할 수 있다.

3) 1945년 12월 열린 이 좌담회에는 김남천, 이태준, 한설야, 이기영, 김사량, 이원조, 한효, 임화 등이 참여하였으며, 『인민예술』2호(1946.10)에 그 내용이 수록되었다.

되지 않으면 안 되는 당시 문학의 정치적 위상을 여실히 보여준다.[4]

이러한 식민지하 문학의 순수성 옹호라는 입장 표명이 결과적으로 해방 정국에서 문학의 정치적, 이념적 연결을 용이하게 하는 매개물 역할을 했다면, 오장환은, 자신의 시작을 통해 드러내보였듯이, 보다 솔직한 자기비판의 요구를 통해 당시 미래지향적 흥분을 매개로 한 당위적 논리에 앞선 개인적 주체의 재확립을 부각시킴으로써, 사실상 '새 나라 건설'이라는 과제가 우선시되었던 당시 문단에 비판적 논점을 제기하기도 하였다.[5]

여기서 오장환은 식민지 시대에 자신을 포함한 모든 문인들에게 내재되었던 정신적 고뇌를 정당하게 평가할 필요가 있음을 강조한 바, 이는 동시대 시인들의 피해의식에 대한 일종의 변호라는 의미를 담은 것으로 볼 수도 있지만,[6] 민족국가 수립이라는 정치적 명제를 문인의 차원에서 개인적 정체성 확립이라는 문제로 수렴하려는 의지의 표명으로서 평가할 필요가 있다. 이와 다른 관점에서 김기림은 새 나라 건설과 그에 부응하

---

4) 해방기의 문인들에게 자기비판의 과정이 요구된 것은 조선인으로서의 개인의 정체성을 확인하고 그것을 창작의 새로운 출발점이자 동력으로 삼는다는 점에서 중요하다. 임화나 정지용의 경우 "그때에 있어 문학이 정치로 접근한다는 것은 제국주의 일본의 정신적 용병이 되는 것이요 조선어를 버리고 일본어를 사용하게 되는 까닭이었다."[1]고 피력하거나, "사춘기를 훨씬 지나서부터는 일본 놈이 무서워서 산으로 바다로 회피하여 시를 썼다. 그것이 지금 와서 순수시인 소리를 듣게 된 내력이다."[1]라고 스스로 순수시에서 산문의 세계로 나아가게 된 소회를 밝힌 것은 모두 시와 정치의 의도적 분리를 내세워 부끄러운 과거와의 단절을 꾀하고자 한 때문으로 볼 수 있다.
5) "이 땅에서 상징의 세계를 받아들일 처음의 본의는 그 받아들인 사람들의 경제적 토대가 아무리 유족한 것이라 하여도 그것은 유락을 구하는 것이 아니라 견딜 수 없는 식민지의 백성으로서의 내면 모색과 정신적 고뇌의 발현 내지 합일로 볼 수밖에는 없을 것이다" (오장환, 「조선시에 있어서의 상징」, 『신천지』, 1947.1.)
6) 윤여탁, 「해방 정국 문학가동맹의 시단 형성과 시론」, 『한국의 현대문학』2호, 1992, 328면 참조.

는 새로운 민족문학 건설의 비례적 함수관계를 역설하면서 시인의 열정을 요구하는 한편, 그 내용적 지향에 있어서 민족의 공통된 감정과 염원을 노래하고 호소할 것을 강조하기도 하였다.[7]

이처럼 해방기의 시론이 공동체의 논리를 강조하며 다시금 지도비평적인 관념성을 전면에 부각하게 된 과정은 해방기 시인들의 모국어 회복을 위한 자의식적 노력이 민족 정체성 확립이라는 시대적 명제로 보편화되는 과정과 일치한다는 점에서 주목할 필요가 있다.[8] 시단에서 이와 같은 민족문학론의 정립과정은 이후 정치적 상황의 악화와 맞물려 문학인들의 구체적인 실천, 즉 현정세에 대한 정확한 인식과 그에 대한 시인의 책무로서 시인의 선도적 역할론의 강조로까지 확대되며, 시창작에 있어서 막연한 감상의 배제를 역설하는 박세영의 소론[9]에 이르면 소위 문학가동맹 계열의 민족문학론은 다시금 이념의 굴레로부터 자유롭지 못하는 한계를 드러내게 된다.

그 대표적인 모습을 이 시기 발표된 김동석의 일련의 소론들에서 확인할 수 있다. 김동석은 지금까지도 대체로 당시 조선문학가동맹의 유력한

---

7) "반민족적 요소를 제외한 연후에 민족 전체의 유루 없는 복리 위에 세울 민족의 공동 의식과 연대감의 연면한 응결로서의 우리 민족의 실체였던 것이다. 사회적으로는 자연발생적인 민족에의 확대로부터 인민에의 재결정이었으며, 민족에 대한 파악이 현실의 시련을 거쳐서 막연한 관념으로부터 실체에로 순화 앙양되는 과정이었다." (김기림, 「시와 민족」, 『신문화』, 1947.)

8) 이 시기 시에 나타나는 '인민', '민족', '시민', '겨레' 등 시어의 빈번한 사용은 이런 의미에서 해방기의 시적 지향이 이념적 성격을 넘어서 구체적인 실체를 가질 수 있는 논리적 기반을 제공했음을 읽어낼 수 있도록 해준다. (강호정, 「해방기 시의 시적 주체 형성 연구」, 고려대 박사논문, 2008)은 해방기 시의 시어 사용상 특징이 민족 주체성 확립이라는 당대의 문학적 과제와 어떻게 연결되는지를 분석했다는 점에서 의의를 갖는다.

9) 박세영, 「현단계와 시인의 창작적 태도」, 『예술』, 1946.2.

평론가로서 청년문학가협회 등 우파 문학 단체들의 문학론에 맞서 논쟁을 주도한 논객으로서만 알려져 왔다. 그러나 실제로 그는 자유분방한 문체와 예리한 필치로 좌우를 막론하여 작품론을 위주로 한 비평 활동을 전개한 바, 이러한 김동석의 비평 활동을 본격적으로 조명하는 것은 자칫 당대 문학론의 이념적 요구에 종속될 수 있는 해방기 시론의 실체에 대한 규명에 매우 중요한 척도가 될 수 있을 것이다.

2. 김동석의 생애와 활동

김동석에 대한 연구가 본격화된 것은 1990년대 이후 그의 가족사항이 밝혀지면서부터이다. 이현식의 연구에 의해 그의 부친이 김완식이란 사실이 알려졌고,10) 이희환은 본적 확인과정을 통해 그의 아명이 김옥돌(金玉乭)임을 밝혀냄으로써 그의 학력과 문단 활동에 이르기까지의 경력을 재구할 수 있는 기틀을 마련했다.11) 이에 따르면 김동석은 1913년 9월 25일 경기도 인천부 외리 134번지에서 포목잡화상을 하는 부친과 모친 김씨 사이에서 태어났으며,12) 10세(1922)에 인천공립보통학교(현 창녕초등학교)에 입학, 1928년 졸업 후 인천상업학교(인천고등학교의 전신)에 진학,13) 3학년 때인 1930년 겨울, 친구 김기양, 안경복 등과 광주학생의거 1

---

10) 이현식, 「김동석론」, 『황해문화』2호, 1994. 여름호.
11) 이희환, 「김동석 문학 연구」, 인하대 대학원, 1997.
12) 제적등본엔 또 김동석과 누나 금순의 모친 성시가 윤씨와 김씨로 각기 표기되어 있다. 부친이 첫아이(금순) 출생 이후 윤씨와 다시 결혼해 옥돌(동석), 옥구, 옥순, 도순, 덕순 등 다섯 자녀를 더 둔 것으로 나온다. (이희환, 위의 논문 참조.)
13) 그는 수필 「봄」에서 서울로 통학하는 학생들과 동창생에 대한 부러움과 자기자신의 옹졸한 처지를 토로하는 회고를 한다. 이 당시는 그의 뜻과는 달리 아버지의 권

주년 기념식을 주도해 퇴학당한다. 그러나 그의 재능을 너무 아깝게 여긴 일본인 교장에 의해 서울의 인문계 학교인 중앙고등보통학교로 진학, 1933년에 졸업과 동시에 경성제대에 합격하여 영문학부에서 수학하게 되었고, 이때부터 본격적인 문학 활동을 시작하게 된다.

대학 재학 중이던 1937년 9월 동아일보에 발표한 최초의 글 「조선시의 편영」은 김동석이 학위논문으로 연구하던 매튜 아놀드의 문학관에 기대어 당대의 한국 현대시를 비평한 글로, 그는 여기서 '부정만 일삼는 것은 비평의 본도가 아니다'는 비평관을 피력함으로써 해방 후 그의 비평적 노선의 토대를 예비하기도 한다. 1938년 경성제대 본과를 마치고 대학원에 진학한 그는 모교인 중앙고보 영어 촉탁교사를 거쳐, 보성전문학교 전임 강사로 출강하기도 하였다.

해방 후 그의 문단활동은 잡지 발간에서부터 시작된다. 그는 1945년 12월 창간호를 발간한 이후 1946년 6월까지 7호에 걸쳐 『상아탑』이라는 제호의 잡지를 발간하였다. 당시 혼란한 정치적 상황에서 '상아탑의 정신'으로 문학의 기저를 닦아나가겠다는 그의 포부가 담겨 있는 제호라 할 수 있는 바, 이러한 '상아탑'의 정신은 그로 하여금 좌와 우를 막론하고 당시 해방된 조선문학의 건설을 위한 지식인의 사명과 문화의 역할을 강조함으로써 해방기 문학비평의 새로운 방향을 모색하는 데 중요한 계기로 작용한다.

그는 38선이 굳어지던 1948년 『서울타임즈』의 특파원 자격으로 평양에서 열린 남북 정당 및 사회단체 대표자 연석회의 취재차 김구 주석과 함께 평양을 방문한 뒤, 1949년 여름에 월북한 것으로 보인다.[14]

유로 인천상업학교에 진학했던 것으로 보인다.
14) 1949년 5월 『희곡문학』에 발표한 문예수필 「쉐익스피어의 주관(酒觀)」과 『태양신

이러한 짧은 기간의 활동에서 주목해야 할 것은 무엇보다 그가 여타 기성 문인들과는 달리 소위 '자기비판'의 굴레로부터 자유로운 입장이었다는 점이다.

> 8.15혁명은 조선민족을 해방했다. 바야흐로 지구는 통털어 '인민의
> 손으로 인민을 위한 인민의 세계'가 되려 한다. 이러한 역사의 흐름 속
> 에 몸을 던진 문학가에겐 광영이 있을지언정 치욕이 있을 수 없다.[15]

해방전 잡지와 신문에 수필 몇 편과 평론 한 편을 실은 것이 전부였던 김동석에게 이러한 해방에 대한 강렬한 자의식은 어찌 보면 당연한 반응이라 할 수 있다. 오히려 그는 식민지시대의 기성문인들과의 교유도 없었으므로 기성 문인들의 작품에 대해 가감 없는 비판이 가능했던 것이다.[16]

3. 순수문학 논쟁과 '상아탑'의 실체

'순수문학' 혹은 '본격문학'이란 망령이 한국 문단을 배회하기 시작한 것은 이미 오래되었다. 이런 용어가 현실적인 힘을 갖게 된 데는 김동리

문』 5월 1일자에 나온 수필 「봄」이 그의 공식적 지면에 등장한 마지막 글이다. 한편 김동석이 가족과 함께 월북한 이후의 기록이 없지만, 이현식에 의하면, 1958년 남파됐다 수감 중이던 이구영씨와의 1996년 인터뷰를 근거로, 월북한 김동석이 북에서 활동하다가 남로당 숙청 때 처벌되었을 것으로 보고 있다.

15) 김동석, 『예술과 생활』(박문서관, 1947), 101면.
16) 그런 의미에서 그의 학력과 대학교수로서의 위치는 당시 문단에서 독보적이었으며, 『상아탑』의 발간 역시 그의 문학 자체에 대한 주관적 관점의 소산이라는 점에서, 이를 해방기 그의 비평 활동이 이 시기 문학적 상황에 대한 지식인의 대응양상에 대한 하나의 준거로서 보고자 하는 입장은 의미가 있다. (이현식, 「김동석연구 2」 『인천학연구』 2권1호, 2003.12., 344~5면 참조.)

의 역할이 절대적이다. 김동리는 이념적·정치적 색채가 드러나는 문학을 배격하였고, 대중 지향의 문학을 비판하였다. 그러면서 그런 작품들보다 윗자리에 본격문학(순수문학)을 설정하였다. 과연 이런 식의 대립적 사고와 위계(位階)가 얼마나 설득력을 행사할 수 있을지는 의문이다. 정치, 이념, 대중이라는 '비순수한' 영역으로부터 괴리된 '순수한' 혹은 '본격적인' 문학이 어떤 것인지를 설명하기가 그리 쉽지 않을 것이기 때문이다.

1946년 7월부터 1948년 1월까지 김동리는 김병규·김동석과 논쟁을 벌였는데, 논쟁 이후 김동리의 문학관은 달라진 양상을 보여주고 있다. 논쟁은 김남천이 「순수문학의 제태(諸態)」(『서울신문』1946.6.30)를 통해 청년문학가협회(이하 청문협) 비판에 나서면서 시작되었다. 청문협은 문단의 우익단체로 적극적인 활동을 벌였는데, 청문협의 중심인물이었던 김동리가 이에 대한 반론에 나서면서 논쟁이 벌어진 것이다.[17]

그 가운데 김동리와 김병규·김동석의 가장 두드러진 차이라고 한다면 사회주의에 대한 입장을 꼽을 수 있을 것이다. 김동리는 자본주의와 사회주의를 근대의 쌍생아로 파악하였다. 다시 말해서, 자본주의의 폐해를 극복하고 등장한다는 사회주의는 '근대의 연장'에 불과하기 때문에 결코 대안이 될 수 없다는 주장이다(현실사회주의의 실험이 끝났다고 판단된 1990년대에 김동리에 대한 연구가 급증했던 까닭은 여기에 있다). 따라서

---

17) 이와 관련 평론의 목록은 다음과 같다. ① 김동리, 「순수문학의 정의(正義)」(『민주일보』, 1946.7.11~12) ② 김동리, 「순수문학의 진의(眞義)」(『서울신문』, 1946.9.15) ③ 김동리, 「창조와 추수(追隨)」(『민주일보』, 1946.9.15) ④ 김병규, 「'순수' 문제와 휴머니즘」(『신천지』, 1947.1) ⑤ 김병규, 「순수문학과 정치」(『신조선』, 1947.2) ⑥ 김동리, 「순수문학과 제삼세계관」(『대조(大潮)』, 1947.8) ⑦ 김동석, 「순수의 정체」(『신천지』, 1947.11·12합본호) ⑧ 김동리, 「생활과 문학의 핵심」(『신천지』, 1948.1) ⑨김병규, 「독선과 무지」(『문학』, 1948.8).

김동리가 재삼 강조했던 '제3휴머니즘'(제3세계관)은 근대(자본주의와 사회주의) 이후를 가리킨다고 보면 무방하다.

반면, 김병규와 김동석은 사회주의자였다. 그들이 파악하기에 사회주의는 '근대의 종언'이지 '근대의 연장'일 수는 없었다. 또한, 구체적 내용은 차치하고서라도, 미국과 소련의 막강한 영향력 아래에 놓인 현실에서 과연 김동리가 주장하는 '제3휴머니즘'이 가능한가에 대해서도 회의적이었다. 따라서 「독선과 무지」에서 김병규가 던질 다음과 같은 질문은 유물론자로서 적절한 것이었다고 판단된다. "씨의 제삼세계관은 그 사회지반으로 조선의 반동층을 가지고 있지만 현대 휴머니즘의 어떠한 현실적 지반이 자본주의 사회에 대치할 만한 것인가." 김동리는 여기에 대해 준비한 답변이 없었다. 마침 급박하게 펼쳐진 정세 탓에 좌익 작가들이 북조선으로 넘어갔기 때문에 논쟁이 중단되었고, 이에 따라 그러한 사실이 제대로 부각되지 못했을 따름이다.

이런 의미에서 이 시기 김동석의 소론을 흔히 순수문학을 주장하다가 좌파 문인들에 동조한 이후 오히려 순수문학을 공격한 것으로 오해해온 사실은 해방기 문단의 정치적 대립과 분단으로 인한 남한 문단의 왜곡상을 선명하게 보여준다. 1966년 한국문인협회가 펴낸 『해방문학 20년』이 그 대표적인 사례인 바, 이 책의 제1부 개설에서 조연현은 김동석의 비평 「순수문학의 정체」와 그에 대한 비판의 글인 김동리의 「독조문학의 본질」을 거론하면서 당시 문단의 좌우 대립의 초점을 본격문학에 대한 시류문학의 저항으로 그 의의를 축소하였고, 비평 부분에서 곽종원은 '민족진영의 문학에 대한 의도적 흠집내기'로 폄하하였던 것이다.[18]

「순수의 정체—김동리론」은 시와 수필, 평론 사이에서 방황하며 문학적 방향성을 모색하던 김동석에게 평론가로서의 확고한 문단적 입지와 자기정체성의 확립을 마련해 주는 중요한 개인사적 의미를 지닐 뿐만 아니라, 문학사적으로도 매우 중요한 의미를 지니는데, 그것은 이 글이 소위 '해방공간의 순수문학논쟁'으로 일컬어지는 김병규, 김동석과 김동리 사이에 벌어진 좌우익 문학논쟁의 중심에 놓여있기 때문이다. 따라서 이 글이 지니는 문학사적 의미를 파악하기 위해서는 먼저 '순수문학논쟁'의 실상을 살펴볼 필요가 있다. 이 논쟁의 발단은 김동리가 1946년 9월 15일자『서울신문』에 매우 짧은 비평문「순수문학의 진의─민족문학의 당면 과제로서」를 발표하면서부터이다. 짧지만 김동리의 문학관의 핵심이 담겨 있는 이 글에 대해 김병규가「순수문제와 휴머니즘」(『신천지』1호, 1947.1)을 통해 비판했고, 이에 대해 김동리는「순수문학과 제 3세계관」(『대조』2권2호, 1947.8)으로 반박하는데, 김동석이 이 논쟁에 끼어드는 것은 바로 이 시점에서이다.

「순수의 정체─김동리론」은 김동리의「혼구(昏衢)」,「바위」,「완미설」 등을 예로 들면서 '순수문학'과 '휴머니즘'으로 집약되는 김동리의 민족문학론이 현실적 맥락에서 완전히 벗어난, 시대착오적이라는 점을 강조하고 있다. 그는 김동리가 문학정신이니 인간성의 옹호니 하는 추상적인 관념 속에서 물질적인 조건을 망각하고, 현실도피적인 비생산적인 문학을 고집하고 있다고 비판하는데, 이러한 김동석의 논리는 해방공간 <조선문학가동맹>의 '민족문학론'에 바탕한 것이었다. 하지만 이 글은 김동리 문학관의 핵심을 충실하게 분석하지 않은 채 감정을 앞세운 결과로 체계적인 비판에 이르지는 못하고 있다. 김동리는 순수문학을 휴머니즘의 기초

---

18) 한국문인협회 편,『해방문학 20년』(정음사, 1966), 10면 이하, 45면 이하 참조.

위에서 성립되는 것으로 파악하는데, 그가 주장하는 휴머니즘이란 제3기의 휴머니즘을 지칭한다. 즉, 고대 희랍의 휴머니즘이나 히브라이계의 기독교적 휴머니즘을 제1기의 휴머니즘으로, 르네상스기의 소위 인본주의를 제2기 휴머니즘이라 할 때 제3기 휴머니즘이란 아직 도래하지 않은 미래 지향적 휴머니즘을 말하는 것인데, 그것은 "동. 서 정신의 창조적 지양에서의 새로운 정신적 원천의 양성으로서만 가능"한 것으로 파악하고 있다. 이러한 휴머니즘 정신을 민족정신과 등치시킴으로써 김동리는 자신이 주장하는 순수문학이 곧바로 민족문학이 된다고 주장한다.

이러한 김동리의 논리는 박종화 식의 복고주의적 성향에서 벗어나 민족문학을 세계문학의 보편성 속에 위치지운다는 점에서는 한층 발전된 것이라 할 수 있다. 하지만 그가 말하는 '제3기의 휴머니즘'이란 매우 추상적인 성격이어서 더 이상의 논리 진전이 불가능해진다. 즉, "자본주의 사회의 모순과 결함을 근본적으로 시정하는 한편, 맑시즘 체계의 획일적 공식적 메카니즘을 지양하는 데서 새로운 고차원의 제3세계관을 확립하려는 지향"이라는 매우 이상적인 정신을 지니고 있는 그의 순수문학론(민족문학론)은 구체적 현실과의 관련 속에서 도출된 것이 아니라, '막연한 인간 일반'을 옹호하는 탈이데올로기의 환상에서 한치도 벗어나지 못하는 폐쇄성을 지닐 수밖에 없는 것이다.

김동석은 이 글에서 김동리의 순수문학론이 지닌 이러한 허구성과 폐쇄성을 비판하고자 했던 것이었으나, 실제로는 그러한 문제의식만을 드러낼 뿐 체계적인 비판에 이르지는 못하고 있다. 특히, 「화랑의 후예」의 주인공 황일제의 터무니없는 말을 인용하면서 그것을 김동리의 세계관과 직접 연결시키며 비판하는 대목은 그의 김동리론의 피상성을 단적으로 보여주는데, 이는 그가 지니는 인식상의 한계라기보다는 해방공간 당시의 치열한 대결국면에서 냉철한 비판적 거리를 확보하는데 실패했기 때문이라 판단된다.

4. 민족문학론의 지향과 해방기 시론의 현실성 인식

김동석이 조선의 민족문제에 대해 본격적으로 관심을 표명하기 시작한 것은 1946년 이후부터이다. 1946년 2월 8~9일 조선문학가동맹의 전국문학자대회가 개최되어 '민주주의민족문학'의 노선을 확고히 한 반면, 4월 이에 대해 우파 문인들이 청년문학가협회를 결성하여 순수문학을 전면에 내세우자 그는 문학의 순수성을 적극적으로 거론하지 않은 채 김동리를 위시한 청문협의 노선과 입장에 전면적인 비판의 태도를 취하면서 사회적 이슈에 대한 발언을 강화하기 시작한다. 그리고 그 내용이 일본제국주의 잔재와 봉건 유산의 청산이라는 점에서 역시 문학가동맹의 노선에 전적으로 부합하고 있음도 주목된다.

> 일제의 덕택으로 자본가가 된 자들은 여전히 일제적인 질서의 존속을 꾀하여 봉건주의와 더불어 보수주의자가 된 것은 무리가 아니다. 즉 조선 민족이 조선 민족을 위한 민족의 부르주아 데모크라시의 나라를 건설하는 아침에는 자기네들의 봉건적 또는 독점적 지반이 없어진다는 것을 그들은 누구보다 잘 알고 있기 때문이다.[19]

여기서 보듯 김동석은 해방된 조선이 정상적인 자주 독립국가로 발전할 수 있는 틀을 갖추기 위해서 봉건주의적 유제를 청산하면서 동시에 정

---

19) 김동석, 「민족의 자유」, 『예술과 생활』, 127면.

상적인 자본주의 발전을 이루는 것이 시급한 과제임을 분명히 인식하고 있다. 이러한 생각은 그의 작가론이나 작품론에 일관되게 드러나는데, 그의 글은 어려운 개념을 동원하는 대신 해방 직후 당면한 역사적 과제와 현실 개혁의 문제들을 가치판단의 주된 초점으로 삼아 작품을 분석하고 평가하는 입장을 취하고 있다는 점에서 특징을 보여주는 것이다.[20]

앞서 살펴본 것처럼 김동리 문학이 내세우는 '개성'과 '생명의 구경'을 일제 치하의 기형적 순수일 뿐, 현 상황의 민족문학의 내용이 될 수 없다고 비판한 것이나,[21] 이광수의 문학을 자기도취에 빠진 기회주의적 문학으로 폄하한 것[22]은 모두 김동석의 민족문학에 대한 지향이 근본적으로 새로운 민족국가 건설의 시대적 과제에 맞닿아 있음을 보여주는 예이다.

그러나 사실상 김동석의 비평에서 작가, 작품론이 차지하는 비중과 의미는 이처럼 단순한 비판의 당위성이나 강도의 문제보다는 비평 태도와 그에 따른 새로운 시에 대한 개인적 전망의 문제에서 찾아야 한다. 그의 비판에는 작가의 관념이 작품에 녹아있는가의 측면이나, 개인적 삶의 윤리나 가치관이 작품의 세계관과 일치하는가의 측면에 대한 예리한 분석이 뒷받침되어 있는데, 이는 그가 대학에서 배운 매튜 아놀드의 비평관을 토대로 한 때문으로 볼 수 있다. 그는 "시는 생활의 비평이다."라는 아놀

---

20) 이러한 관점은 두 번째 평론집인 『부르주아의 인간상』(탐구당서점, 1948)에 이르러 선명하게 나타나는바, 최석두의 시집 『새벽길』을 해방을 맞아 모든 인민이 마땅히 독립을 위해 실천해야 할 바를 보인 '행동의 시'로, 김용호의 시집 『해마다 피는 꽃』에서 일제 때의 울분을 토로한 구절을 거론하면서 '분노의 시'로 규정한 것은 모두 정치적 상황 논리와 문학적 실천의 당위성을 일치시키는 데서 비평적 논점을 찾으려는 김동석의 관점을 잘 보여준다.
21) 김동석, 『부르주아의 인간상』, 59~60면 참조.
22) 위의 책, 96면 참조.

드의 명제를 '대상을 실재하는 그대로 바라보려는 공평무사의 태도'로 환언하여 자신의 비평적 명제로 삼고자 한 바, 이러한 입장은 실제 비평에서 사실의 세기이자 과학의 시대인 현대에 문학은 생활을 무시하고 따로 존재할 수 없다는 점과, 따라서 문학적 표현에는 생활의 진실을 표현하는 일이 수반되어야 함을 강조하는 것으로 나타난다.[23] 이러한 생각은 곧 당시 조선의 상황에서 생활과 사실을 진실대로 파악한 결과를 민족의 자주독립이라는 과제와 일치시키고, 그를 위해 일본 제국주의 잔재와 봉건주의의 청산이 필요하다는 점을 비평적 준거의 전면에 내세운 자신의 입장을 뒷받침하는 기본 태도가 된다.

그렇다면 과연 스스로 목표한 상아탑의 길을 과감히 무너뜨리고 생활의 현실에서 민족문학의 미래를 찾아나가고자 한 김동석에게 당대시의 현실적 가치는 무엇이었는가? 그 일단을 김기림에 대한 비평을 통해 살펴볼 수 있다. 김기림은 식민지하 모더니즘 시의 선두주자이자 이론가로서 해방기에 시 「우리들의 8월로 돌아가자」를 발표함으로써 진보적 민족문학론의 기치를 내세우며 새로운 시를 주창하여 문학가동맹의 핵심적인 위치를 차지하고 있던 터였다.

우선 김동석은 모더니스트로서 김기림의 시적 지향에 내재된 시와 과학의 일치, 그리고 회화성의 강조라는 두 가지 측면에 주목한다. 후자의 측면에 대해 김동석은 시가 본질적으로 음악의 상태를 지향하는 양식이라는 점에서 한계를 지닐 수밖에 없음을 지적한다. 김기림의 「기상도」가 신문기사와 사실의 나열로서 본격적인 제국주의 비판의 시가 되기에는 미흡하며, 그것은 시인 스스로의 시에 대한 자의식이 반영된 결과라는 것

---

23) 김동석, 「생활의 비평―매슈 아놀드 연구」, 『부르주아의 인간상』, 205~212면 참조.

이다. 그렇다면 모더니스트의 자의식이란 또 무엇인가? 그것은 김동석이 지적한 두 번째 측면 즉 시와 과학을 일치시키려 한 김기림의 과도한 욕심과 관련된다. 즉 김기림은 행동인이고자 하였던 바, 「우리들의 8월로 돌아가자」에서 잘 드러나듯, 시인은 무조건 앞만 보고 가야한다는 행동주의적 인식을 바탕으로 하며, 그것을 '지성'의 이름으로 일치시키고자 함으로써, 그의 시적 지향은 결과적으로 시도 과학도 아닌 불명확한 지점을 추구하고 만다는 것이다.[24]

이와 다른 지점에서 김동석은 설정식의 시에 대해서도 비판의 잣대를 놓지 않는다. 그는 설정식의 시집 『종(鐘)』에 나타난 미군정하의 현실에 대한 비판이 지식인의 현실적 고뇌를 담고 있기는 하지만, 그 갈라지고 녹슨 틈을 뚫고 빛나려 하는 인민의 심정을 담아내지 못한다는 점에서 부정적임을 지적하고 있다. 이러한 비판의 취지는 물론 모름지기 해방기의 현실을 바로 보고자 하는 시인이라면 통일민족국가 수립이라는 민족적 열망을 담아내고자 해야 한다는 것이다.[25] 그런 의미에서 '부정을 부정하기 위한 부정'을 전형적인 지식인의 비판의식이 지닌 한계로 보았다는 것은 그의 현실성 인식이 상당한 부분 당위적인 지향에 치우쳐 있음을 보여주기도 한다.

> 예술에 있어서 비판 정신이 얼마나 중요한가 하는 것을 눈으로 볼 수 있다. 하지만 부정만 가지고는 진정한 리얼리즘의 예술이 될 수 없다. 썩어가는 역사 속에서 싹트는 역사를 체험하게 하여 암흑 속에서 광명을 보게 하는 것이 리얼리즘인 것이다.[26]

---

24) 김동석, 「금단의 과실─김기림론」, 『신세대』, 1946.8.
25) 김동석, 「민족의 종─설정식의 시집을 읽고」, 『부르주아의 인간상』, 244~246면.

위의 인용에서 보듯 리얼리즘에 대한 김동석의 관점이란 상당히 총체적이고 종합적인 것이어서, 작가가 부정적 현실에 대한 비판적 인식의 틀을 넘어설 것을 요구한다. 이러한 당위론적 비평 태도는 그가 1948년 전후의 시기에 이르러 철저히 반지식인론의 입장을 확고히 하기 시작한 것과 궤를 같이 한다. 이는 곧 그의 비평이 시와 문학의 영역을 넘어 여타 예술과 문화, 정치의 영역에 이르기까지 확대된 것 역시 이러한 그의 정치의식이 문학비평의 또 다른 준거로 자리잡게 되었음을 보여준다.

김동석의 비평이 직선적인 문체와 단순명료한 의사의 개진을 특징으로 하고 있다는 점에서 보더라도, 이 시기 그의 글에는 중요한 정치적, 시대적 화두인 '인민'·'민족'·'자유'·'행동' 등의 독립된 언어가 비평적 가치판단의 논리적 준거를 대신하고 있는 모습을 흔히 볼 수 있다. 이상화, 조명희, 정지용, 임화의 시가 자유를 꿈꾼 작품이라는 점에서 과거 일제하의 시적 유산을 일제의 정신적 억압과 사상적 탄압을 이겨낸 시적 업적을 평가함으로써 해방기 시단에서 가장 중요한 가치를 자유의 문제로 본다든지,[27] 한자폐지를 진보적 민족주의의 이념적 과제로 제시하고,[28] 사회주의와 자유주의의 이념적 대결 구도를 오히려 행동이 결여된 관념의 소산으로 비판한다.[29]

이런 의미에서 해방공간의 짧은 기간 동안 작가, 작품론을 위주로 이루어진 김동석의 비평 활동은 문학이 시대적 당위를 어떻게 수용할 것인가의 가치론적 문제의식을 리얼리즘이라는 잣대에 덧씌워놓은 채, 자신의

---

26) 김동석, 「사진의 진실성—임석제씨의 개인전을 보고」, 위의 책, 248~249면.
27) 김동석, 「시와 자유」, 『중외신보』, 1946.9.11~14면.
28) 김동석, 「한자폐지론」, 『부르주아의 인간상』, 264~269면.
29) 김동석, 「관념적 진로」, 위의 책, 270~272면.

문학적·정치적 신념을 토로하기 위한 실천적 행동으로서의 의미를 짙게 노정하고 있다.

5. 맺음말

이상에서 살펴본 바, 해방기 문단에서 신예비평가로서 김동석은 때론 청년문학가협회의 이론가들, 그리고 나아가 일제 식민지문학 시기의 소위 '순수문학주의자'들과의 논쟁을 통한 좌파 문학론의 선봉장으로서 인식되었으며, 때론 자유분방한 문체와 예리한 독설로 채색된 비판주의자로서의 혐의에서 자유롭지 못한 채 가능성과 한계를 동시에 지닌 미완의 위상을 지닌다. 그것은 한편으로는 비평가로서의 자기 논리를 언어화하는 데 신중하지 못한 때문으로 이해할 수도 있다. 상아탑의 가치를 옹호한 그가 상아탑에서 내려와야 함을 말한다거나, 김기림에 대해서는 산문으로는 시가 될 수 없음을 역설하다가도 오장환의 시에서 보는 산문적 세계의 가치를 옹호하는 모순된 평가를 서슴없이 한 점이 그 대표적인 모습이다.

그러나 이러한 포폄의 평가야말로 해방기 문단의 변혁적 본질을 확인해주는 것이자, 동시에 시문학에서 시적 주체의 목소리 표출의 의미에 대한 접근을 가능케 해주는 일이 됨은 의미심장하다. 그의 시선에서는 오장환의 「병든 서울」이나 이용악의 「기관구에서」가 보여주는 산문투의 주관적이고도 고백적인 언어, 그리고 생활의 현장에 바탕을 둔 현실인식의 표출이야말로 새로운 민족국가 건설의 과제를 추구해나가기 위해 당대의 시문학에 요구되는 현실성의 실체였던 까닭이다.

1950년대 김규동 시론에 나타난 현실성 인식

1. 서론

1950년대 모더니즘시가 현실에 대한 부정정신을 정신적 기반으로 삼은 저변에는 서구적 현대성에 대한 역사철학적 인식이 뒷받침되어 있다. 이러한 모더니즘에 대한 자기규정은 표면적으로 '서구적 근대정신의 계승'과 '서구적 근대정신에 대한 단절'의 대립된 모습으로 나타나지만, 이러한 두 입장은 모두 근본적으로 당대의 혼란과 무질서를 꿰뚫고 새로운 질서를 형성하려는 의도로부터 유래된 것이라는 점에서 이 시기 모더니즘시가 지향한 부정적 사유와 동일한 인식을 보여준다.

1950년대 모더니즘 논의에서 가장 쟁점이 되는 부분은 '근대와 현대의 문제'이다. 근대와 현대가 단절된 것이든 계승해야 할 것이든 논자들은 양자를 구분해놓는 일에 공감하고 있는데, 따라서 모든 논의의 출발점은 '현대성'의 문제로 모아진다. 당시 현대성의 문제는 근대, 즉 과거에 대한 부정의 정신으로 대표된 바, 이때의 부정성은 과거(근대)와 현대의 변증법적 부정의 관계가 아니라 모순의 관계로 나타난다. 이처럼 현대성은 근대성과 모순관계를 유지하기 때문에 과거의 것에 대해서는 반대의 성격을 강하게 띨 수밖에 없다. 그로 인해 50년대 모더니즘은 근대에 대한 변증법적 관계를 잃게 되고, 따라서 도식적인 단절론의 입장을 보이기도 한다.

이러한 근대와 현대 논의는 다음 세 가지 측면에서 50년대 모더니즘시의 성격과 지향을 특징짓는 배경 요인으로 작용한다. 우선 이 시기 모더니스트들이 수용한 서구적 시각의 현대성 인식이 프랑스와 독일을 중심으로 한 실존주의와 영미의 모더니즘의 두 축을 중심으로 전개되었다는 점이다. 한국전쟁의 직접적인 충격에 의해 파급된 실존주의의 수용은 그 계급적 성격이나 인간관, 역사관 등에서 허무주의적이고 비역사적인 관념성을 중심으로 이루어진 바, 그 양상이 탈역사적이고 탈이념적이며 객관현실의 규정성보다도 실존하는 존재의 주관적 인식을 더 우위에 두려는 모더니즘적 세계관을 나타내는 데 치중됨으로써 싸르트르의 앙가주망 정신보다는 까뮈식의 부조리 의식이 더 부각되었다.[1] 그런데 이러한 양상은 이 시기 모더니스트들의 영미 모더니즘에 대한 이해와 관련을 맺고 있다. 즉 50년대 모더니스트들은 엘리어트의 이론을 '황무지 의식'을 중심으로 재해석함으로써 영미 모더니즘 시론을 단순한 최신의 주지적인 작시법으로서가 아니라 현대정신을 대변하는 것으로 재평가함으로써 현대의 부조리한 상황 의식과 연결하여 받아들인 것이다.

두 번째 문제는 이 시기 모더니스트들이 당대의 시대상황을 기존의 질서가 무너지면서 새로운 질서로 전향해가는 일종의 과도적 혼란기로 인식했다는 점이다. 이처럼 당대의 상황을 낡은 질서와 새로운 질서 사이의 무질서로 파악하고자 하는 태도는 그것을 뛰어넘기 위한 대응방식으로서 '전통론'의 양상으로 나타난다. 특히 엘리어트의 전통론은 그 자체 전통부정과 전통계승의 양 측면을 동시에 내포한 모호한 개념인 까닭에 당시 논의에 있어서도 근대의 연장선에서 전통의 부활을 의도하는 복고주의적

---

1) 한수영, 「1950년대 한국 문예비평론 연구」, 연세대학교 박사논문, 1996, 89~103면.

논의를 불러일으키기도 하였다.[2] 그러나 영미 모더니즘의 기본적인 특징을 보여주는 것으로서 엘리어트의 전통론이 본래 문학적 전통에 기대어 작품에 내적 질서를 제공하고자 하는 의도를 내포하고 있다는 점에서 볼 때,[3] 이 문제는 단순한 전통계승론보다는 전통단절의 적극적 계기와 의의를 모색하는 방향에서 의미를 가지게 된다.

마지막으로 이 시기 모더니스트들이 근대와 현대의 차이성을 부각시키면서 역점을 둔 것은 순수서정시에 대한 전면적 부정이다. '세대론'의 형식으로 나타난 이러한 과거시와의 단절의식은 근대와 현대의 모순관계에 대한 인식과 맞물려 사회역사적 모더니티와 심미적 모더니티의 상호관계나 양립가능성에 대한 사고를 가로막는 결과를 초래하기도 하지만, 이 시기 모더니즘 시에서 지성의 문제와 서정성의 문제에 보다 깊이 천착하게 하는 긍정적 모습으로 나타나기도 한다.[4]

---

2) 위의 글, 71~88면 참조.
3) "『황무지』는 오늘날의 구라파 문화가 직면하고 있는 혼돈을 남김없이 반영하고 있다. 그러나 시의 소재는 혼돈이지만 시 그 자체는 결코 혼돈이라고 할 수 없으며, 혼돈에 어울리게 적용한 패턴 곧 질서인 것이다. 즉 그것을 통해 혼돈을 바라본 시인 자신의 질서라고 볼 수 있는 것이다." (아이작스, 이경식 역, 『현대 영문학의 이해』, 종로서적, 1991, 197면)
4) 합리적 이성에 본질을 두는 사회역사적 모더니티는 근대의 기획을 실현하는 원동력이 되는 것으로, 그것 없이는 심미적 모더니티의 존재 이유를 찾을 수 없는데, 모더니즘 예술의 심미적 모더니티야말로 사회역사적 모더니티에 대한 견제 내지 협력을 전제로 하기 때문이다. 이때 근대의 항목에 사회역사적 모더니티를 넣어 폐기할 때 심미적 모더니티만의 불구적 생존을 양산한다면, 현대정신을 요청함으로써 오히려 사회역사적 모더니티와 심미적 모더니티가 변증법적 부정을 통해 새로운 합리성을 확보할 수 있다. 1950년대 모더니즘의 사회비판적 성격을 가능케하는 기반이 여기에 있다.

당시 '후반기' 동인으로서 모더니즘시운동을 주도한 김기림의 경우 그가 펼쳐낸 비평적 견해들은 이러한 문제의식들을 가장 직접적으로 포괄하면서 진정한 현대성 탐구의 길이 무엇인지를 모색하는 모습을 잘 보여준다. 특히 부정정신을 정신적 기반으로 한 그의 현실을 바라보는 입장은 당대의 모더니즘시가 도시 인텔리적 성향이나 내면 편향의 허무주의로부터 벗어나 비판적 주체를 정립하고, 그를 통해 새로운 시대성의 본질을 드러내고자 하는 요구와 직결되어 있음을 볼 수 있다.

이 글에서는 이 시기 김규동 시론을 중심으로 하여 그의 모더니즘시론이 지향한 부정적 사유의 구체적 양상을 살펴봄으로써, 이 시기 모더니즘시가 탐색한 새로운 방향성은 무엇이었는지를 밝히고, 그의 시론에 내재한 현실성의 의미가 무엇인지 규명하고자 한다.

2. <후반기> 동인과 김규동 시론의 형성

1950년대 모더니즘 시는 기존의 모더니즘 시에 대한 대타의식을 가지고 있었던 바, 이것은 흔히 이 시기 모더니즘을 주도했던 <후반기> 동인이 주장한 기성 문학, 질서, 권위에 대한 부정으로 대표된다. 즉 이들 전후 세대의 정체성은 전대의 전통에 대한 부정과 전쟁체험으로 인한 단절의식에 기초하고 있다는 것이다.[5]

---

5) "이른바 50년대 전기의 세대인 후반기 그룹의 기습적인 등장에 의해서 그때까지의 기성문단의 자연발생적 취락,무자각적 집산,피난민적 정체가 일단 충격을 받았던 것이다.(…) 1950년 이후의 시간은 그때까지 단기 연호에 파묻혀버린 서기 연대의 세계내적 50년대를 확인함으로써 1950년대 이후는 30세기 후반기라는 사실을 강조하여 그들의 출발점을 삼았던 것이다."(고은,「제1차 저항」, 이동하 편,『박인환평전』, 문학세계사, 1986, 111면)

원자과학이 빚어내는 전쟁의 공포와 이미 무력해진 '휴우매니즘'과 행방조차 알 수 없는 신의 존재와—이러한 신세대의 지적 위기의 의식은 황무지에 살고 있다는 어려운 경험세계의 종말적인 환멸감에서 벗어날 수 없는 하나의 고질로 화하고 말았다. 그러기 때문에 신세대가 부르짖는 허무와 절망의 의식은 결코 관념적인 유행어가 될 수 없다. 그네들은 허무와 절망의 의식을 두뇌에서 느끼기 전에 먼저 육체에서 느끼고 있는 것이다.6)

　한국전쟁 이후 현대사회의 특징을 신세대의 위기의식과 관련지어 설명하고 있는 이 글은 당대 모더니스트들이 허무, 절망 등의 실존주의적 인식과 '황무지'로 표상되는 전통에의 단절 의식을 '종말론적인 환멸감'이라는 용어로 동일시하고 있다는 점에서 주목된다. 이러한 인식은 이들에게 무질서, 혼돈, 부조리의 현대적 특징을 세계사에 보편적('코스모스성') 인 것으로 보아 역사적 전통성을 부정하고 사회적 특수성을 무시하도록 하는 기반이 되기도 한다. 그러나 이들이 한편으로 현대를 "낡은 질서가 무너지고 새로운 질서를 향하는 시발점"7)으로 여겼다는 점에서 전통단절론은 오히려 현실에 대한 적극적 관심과 그에 따른 현실에 대한 불신과 거부의 정신을 형성하는 계기를 마련하는 계기로 작용하고 있다. 따라서 당대 신세대 문학은 분열된 자의식을 현실 속에 분해하는 작업이며, 이러한 현실에 대한 불신과 거부는 현실도피가 아니며, 현대의 무질서 속에서 새로운 질서를 형성하기 위해 견지하는 현실에 대한 적극적 관심의 결과가 된다.

---

6) 이봉래,「신세대론」,『문학예술』, 1956.4.
7) 이봉래,「전통의 정체」,『문학예술』, 1956.8.

이러한 논리는 신세대 시인들이 자신의 시작을 '백지'(김수영) 혹은 '여백'(고석규)의 글쓰기로 규정하였다는 점에서 설득력을 가진다. 따라서 이들 모더니즘시인은 시대적 불모성으로부터 야기되는 허무의식의 유혹을 떨쳐버릴 수 없었으며, 이런 의미에서 이 시기 모더니즘 시는 1930년대의 도시 체험과 문명인식이 빚은 문명적 낙천주의나 산책자적 현상주의와는 근본적으로 다른 비관적 현실인식을 바탕으로 하지 않을 수 없었던 것이다. 본래 허무주의가 자연발생적인 개인적 불만의 표현이 아니라, 특수한 사회적·지적 요소와 연관된 문화의 한 요소이며, 삶의 양식에서 진리 추구의 지상 명령이 인간에게 가하는 하나의 선택과 행동의 문제라는 점에서 볼 때,[8] 위와 같은 허무의식은 역설적으로 이 시기 모더니즘시의 현실성 획득의 적극적 계기로 작용한 것으로 볼 수 있다.

과거와의 단절을 선언한 이봉래의 경우 기성의 순수 서정시인들을 비현실적으로 비난하는데,[9] 이것은 현대를 과도기적인 것으로 이해하고 서구적 의미의 근대정신을 회복하기 위한 방법론으로서 부정정신의 의미를 찾고자 한 데 따른다. 그는 근대와 현대의 관계를 분석하면서, 서구에서는 현대가 근대를 계승했지만 한국의 근대는 일제의 지배에 의해 왜곡되었기 때문에 그것을 부정함으로써 본래적 의미의 근대정신을 회복할 필요가 있다고 하였다.

근대정신은 대상을 객관화하고 그것을 분석하는, 이를테면 명석한 이성에 의한 합리주의였다. 산업혁명 이후, 인간의 사고방식은 모든 대상을 실증적으로 파악하고 분석하는 데 집중되었다. 인간이 개인으로

---

8) 고드스블롬(천형균 역), 『니힐리즘과 문화』(문학과 지성사, 1992), 11∼17면.
9) 이봉래, 「현대시의 새로운 가능」, 『자유세계』, 1952.4.

서의 작가과 공감에 의하여 인간중심의 자율적인 세계를 형성하여 보
겠다는 의욕이 근대정신을 대표하는 것이다. 근대정신은 사회화된 자
아를 현실에 밀착하여 추구하는 '가능성의 정신'이었다. 바꾸어 말하면
준열한 자기변혁의 의욕아 그러한 정신 속에 깃들여 있었던 것이다.10)

그러므로 이 시기 모더니즘은 서구의 근대정신을 실현해야 하는 사명
과 거기에 내포된 미적 모더니티를 실천하는 요청을 동시에 만족시켜야
하며, 이런 의미에서 이봉래의 소론은 "현대가 지닌 사회구조의 복잡성과
인간심리의 갈등과 이에 따르는 도덕의 혼란 그대로를 시작품에 점착시
키는 것"11)을 부정정신의 내용으로 삼게 된다.

1950년대 모더니즘시를 통해 제기된 전통 논의는 곧 전통서정시에 대
한 부정으로 연결되었고, 이는 시에서의 '지성'과 '서정'의 문제로 확대되
어 이 시기 모더니즘론의 핵심적인 문제로 부각된다. 그러나 이 문제에
접근하는 방식은 모더니스트들 내부에서도 다양하게 나타나는데, <후반
기>동인이었던 김규동이나 이봉래의 경우와 같이 극단적인 부정의 입장
도 있었지만, 전봉건의 경우는 <후반기>동인들의 과도한 문명의식 추
구를 비판하는 입장에서 서정의 문제를 제기하였고, 고석규는 모더니즘
과 서정의 융합을 적극적으로 주장하는 입장이었으며, 홍사중 역시 리리
시즘의 회복만이 한국현대시의 활로임을 주장하였다.12) 그런데 이들이
거론한 서정의 실체가 결코 전통서정시의 그것과는 다른 것임을 감안할
때, 이러한 문제 제기는 이 시기 모더니즘시가 어떻게 심미적 현대성을
확보하는가의 문제와 관계되는 것이며, 바로 이러한 차별성이 1930년대

---

10) 이봉래, 「한국의 모던이즘」, 『현대문학』, 1956.4.
11) 이봉래, 「현대시의 새로운 가능」, 『자유세계』, 1952.4.
12) 이에 관해서는 본 논문 서론(주16)에 소개한 글을 참조할 수 있다.

모더니즘 시에 대한 비판과 극복의 문제와 직결되는 것이기도 하다.

우선 전봉건은 시의 변혁이 단지 방법의 문제에 있지 않고, 대상의 문제에 있음을 강조함으로써 시의 형식과 내용의 통일을 통해 진정한 사회적 관심을 구현할 것을 강조한다. 이런 의미에서 전봉건의 시론이 제기한 현실관은 휴머니즘론에 맞닿아 있다고 할 수 있는데, 그는 <후반기>동인의 사회참여 주장이 개인주의적인 것이고 부르조아적인 심리주의의 소산이라고 반박하면서 모더니즘의 방법을 선행시켜서 의식을 추종시키고 있음을 한계로 지적하였다.13) 그가 <후반기>동인을 비판한 논리의 바탕에는 그 나름의 휴머니즘적 낙관론이 깔려 있는 바, "시인은 절망과 위기의 현재로부터 감격과 그침없는 새출발을 감행해야하는 존재"14)라는 규정이 이러한 인식을 대변해준다.

한편 전통서정시와 모더니즘시의 대립적 인식을 거부한 고석규의 경우는 그의 소론이 전통에 관한 엘리어트의 견해를 충실히 이해한 바탕에서 출발하고 있음을 주목할 수 있다. "엘리어트는 가장 지성적인 전통주의자인데 그에게 있어서 전통이란 한 마디로 모든 역사와 조류 속에서 발견되는 불멸적 결합 또는 가장 세계적인 질서를 지칭한 것이라 본다. 엘리어트의 모더니티란 어디까지나 <과거적 현재>에 의한 것이었으며 따라서 전통과 모더니티는 가장 유기적인 것으로 판단되는 것이다"15)라는 그의 말에서 확인되듯이, 그는 모더니즘시가 제기한 반전통론의 허상을 정확히 지적함으로써 서정성의 추구가 모더니티에 반하는 것이 아님을 주장하는 토대를 마련한다.

---

13) 전봉건, 「시의 비평에 대하여—시와 비평의 위기」, 『문예』, 1953,12.
14) 전봉건, 「오늘의 시인의 모습—J.S.밧하의 모습」, 『예술집단』, 1955.12.
15) 고석규, 「모더니티에 관하여」, 『신작품』7집, 1957.

잠깐 모더니티와 전통성의 문제를 제쳐놓고라도 모더니티가 리리시즘을 배격하지 않을 수 없다는 조건과 병행하여 먼저 리리시즘이 안티 모더니티란 그 사실의 여부를 우리는 검토해야 될 것으로 본다. (…중략…) 20년 전의 도피적 리리시즘에서 부분적으로 각성치 못하였거나 그것을 잘못 알면서 오히려 엑스타시적 경악으로 질주하는 사이비 모더니티가 있다면 우리는 무엇보다도 여기에 예리한 격론을 가하여야 할 것이니 하물며 그것이 전통에 대한 맹목적 반박과 리리시즘의 분리를 그 규약으로 성립시킨다면 이와 같은 등차는 극히 유해로운 것이 아닐 수 없는 것이다.[16]

이러한 논지는 특히 김규동이 제기한 '화조풍월'격의 서정의 배격론을 변화된 현실에 대한 반성없이 다만 시적 자아의 변화만을 요구하는 '옵티미즘적 방관'[17]이며, 오히려 현대시로 위장한 또다른 '감상'임을 지적하는 데까지 이르고 있다. 이것은 고석규가 말하는 시적 모더니티가 현대문명에 대한 실존적 반성과 아울러 사물의 본질을 파악할 수 있는 시의 내적 질서에 대한 요구를 수반하고 있음을 보여주는 것이라 할 수 있다. 즉 그는 현대시에 필요한 서정을 존재론적 성찰에 다다른 서정성으로 이해하고자 함으로써 지성의 한계를 극복하고자 하는 모습을 보여준 것이다. 그가 주장한 '철학적 서정성'의 의미가 무엇인가는 김소월과 이상, 윤동주의 시를 높이 평가한 데서 나타난다. 그는 "던져짐에서 던져감으로 역승하려는 나의 현존은 던져짐의, 즉 있었던 바를 새삼 부정 타개하는 데서만 가능할 줄 안다"[18]고 하면서, 이들 사인이 우리 시사상에서 확고한 위치를 차지하는 이유를 자신에게 주어진 현실의 고뇌를 회피하려 하지 않

---

16) 위의 글.
17) 같은 글.
18) 고석규, 「지평선의 전달」, 『고석규 전집』

고, 끝끝내 그 부정성에 뛰어듦으로써 그 부정성을 다시 부정하려고 했다는 점에서 찾았다. 또한 1930년대 모더니즘시를 바라보는 데 있어서도 김기림이나 정지용은 언어적 양식과 가치규준을 설정함으로써 모더니즘의 외면성만을 강조했다는 이유로 비판한 반면, 이상의 경우 애초부터 모더니즘적 혼미를 체험으로써 수행하는 내면성으로 일관하여 끝까지 위기의식의 실천에 투기함으로써 철저하게 자학적 반항을 고수한 점에서 모더니티의 본질에 다가서고 있다고 평가한 것이다.[19]

이렇게 볼 때 이 시기 모더니즘의 내부에서 제기된 리리시즘 논의는 현대의 부정정신에 대한 보다 본질적인 인식으로서 현대시가 요구하는 '내적 인간'의 표현이라는 문제를 부각시킨 것이라 할 수 있다. 이 '내적 인간'이란 곧 정치나 경제적 해결만으로 회복할 수 없는 현실의 고뇌를 통해 분해된 자아의 발견에 이르는 인간이며, 리리시즘은 이 분해된 자아를 생활의 재건을 통해 통합시켜주는 조건이 된다는 것이다.[20]

3. 김규동 시론의 현실인식과 모더니티

<후반기> 동인으로서 모더니즘 시운동에 가장 적극적이었던 김규동은 기존의 시단에 대한 비판적인 글을 통해 '새로운 시'에의 지향을 문학사적 당위로서 받아들일 것을 요구하였다. 그가 주장한 새로운 시란 "현대의 지성에 의하여 조명되는 오늘의 미학적 관점을 기반으로 한 시"[21]로 요약된다.

---

19) 고석규, 「이상과 모더니즘」, 『고석규 전집』
20) 홍사중, 「리리시즘의 영토」, 『현대문학』, 1957.2.
21) 김규동, 『새로운 시론』(산호장, 1957), 35면.

오늘날 한국시단의 선진적 주류를 형성하여 나가고 있는 계층을 새
로운 시인 즉 젊은 모더니스트의 활약이라고 본다면 이와 정반대로
현실적 암흑을 피하여 지나간 과거의 낡은 전통 속에서 쇠잔한 회상
의 울타리 안으로만 움추려들려는 유파들이 또 하나 다른 호흡을 형
성하면서 있는 것은 한국시단만이 가지는 슬픈 숙명인 동시에 참을
수 없는 비극이 아닐 수 없겠다. 청록파를 중심으로 한 시인들의 소위
순수시 운동이 그것이었다.22)

김규동의 청록파 비판은 기성세대에 대한 대타의식을 설정함으로써 신
세대가 지향하는 새로운 문학의 우위를 주장하고 <후반기> 동인의 문학
적 입지를 세우고자 하는 이유도 있겠지만, 보다 근본적으로는 방법론적
입장에서 전통서정시와 모더니즘시를 철저히 구분하려는 그의 시관이 반
영된 것으로 볼 필요가 있다. 이러한 그의 생각 이면에는 우리 시의 현주소
가 서구 근대시사의 첫 단계에 해당하는 '표현주의 시대'에 머물고 있는 데
대한 불만이 개입되어 있다.23) 그는 우리 시가 세계시의 선진대열에서 이
탈되어 있는 현상황을 극복하기 위해서는 시인의 사고방법과 시대의식이
항상 광활한 세계적 관련에서 활발히 움직이고 있어야 함을 역설한다.24)
그는 청록파 류의 시를 '감상적 낭만주의'로 규정함으로써 시의 정서를 비
본질적인 것으로 경시한다. 김규동의 이러한 태도는 감정보다 지성을 중시
하고 이를 현대성으로 인식하려는 데서 비롯되며, 현대시인이 가져야 할
기본태도로 '넘쳐흐르는 정열에 절제를 마련할 수 있는 지성의 무기'를 강
조함으로써 <후반기> 동인의 시대적 당위성을 역설하게 되는 것이다.

22) 위의 책, 44면.
23) 같은 책, 127~128면.
24) 같은 책, 157면.

이러한 김규동 시론의 지성 중시는 '과학적 시학'에의 요구로 확장되어 전개된다. 여기서 그가 말하는 '과학'이란 시의 소재로서의 과학문명을 지칭함과 아울러, 과학적 사고에 입각한 과학적 언어 사용이라는 방법적 의미를 동시에 의미한다.

> 푸른 하늘을 탄환과도 같이 날래게 날아가는 제트기의 아름다운 편대를 바라볼 때 우리들은 흔히 한여름 분수의 공원에라도 들어선 것 같은 쾌감을 느낀다. 이 쾌감은 분명히 제트기의 그 눈부신 속도에서 오는 것일 터이다. (…중략…) 그렇게도 화려하고 그렇게도 빛나는 선과 빛을 지니고서도 오히려 가슴에 스며드는 죽음의 공포와 불안을 숙명처럼 그 기체속에 간직한 이 문명의 날개에 대하여 어찌 시와 같은 매력을 느끼지 않는다고 말할 수 있으랴.[25]

그에 의하면 현대의 근본정신은 과학이다. 그렇게 때문에 현대시인들이 추구해야 할 진정한 미학은 자연의 아름다움이 아니라 과학문명의 아름다움인 것이다. 그러므로 제트기의 '속도감'이야말로 놀랍게 진보하는 과학문명의 현실을 가장 선명하게 드러내 보여주는 예가 되는 것이다.

이러한 주장을 바탕으로 한 그의 '과학적 시학'은 '지성'에 의거하여 '제작'된 주지적 방법의 시를 지향하는 것으로 요약할 수 있다. 그는 우선 시에서 감정과 더불어 리듬을 과거의 것으로 배격하고 시의 회화성을 현대시의 방법으로 받아들일 것을 분명히 한다. 특히 그는 시적 회화성의 재료를 자연에서가 아니라 도시적이며 문명적인 사물이나 사태에서 구하고 있음이 주목된다. 그는 1930년대 김기림의 주장과 마찬가지로 현대시가

---

25) 같은 책, 63~64면.

'문명에 대한 정확한 통찰과 이해'를 기반으로 해야 함을 강조함으로써,26) 물질적 생산력을 기반으로 한 도시의 문명과 산업화된 현대사회의 현실에 대한 민감한 의식을 주지적 방법의 인식 기반으로 삼고자 했음을 보여준다.

그러나 이러한 주지적 방법은 현실성 인식의 근본적 원리이자 수단으로서 시적 언어에 대한 김규동의 고유한 관념의 소산이라는 점에서 주목할 필요가 있다. 그는 시에서 언어의 존재위상을 태도나 내용에 우선하는 것으로 보며, 오히려 그것이 곧 언어를 의미한다고 함으로써, 시의 인식에 적극적으로 개입하는 시어의 기능성에 대해 중요한 의의를 부여한다. 그는 시적 언어가 지닌 지적 지시성과 정서적 개시성(開示性)의 상호작용에 주목하여 특히 후자의 요소가 인간으로 하여금 일정한 행동과 태도를 유발한다는 점을 지적하였다. 이러한 생각은 곧바로 시의 음악성, 즉 울림의 기능이 없이는 시의 조형성, 즉 이미지가 형성되지 않는다는 견해로까지 발전하는 바,27) 이처럼 인식의 방법으로서 시적 언어를 이해하고자 하는 관점은 필연적으로 언어의 비유적 의미와 그를 형상하기 위한 심상미학의 탐구로 이르게 된다.

그는 시적 사고의 방법은 특별히 시대가 요구하는 메카니즘을 근거로 한다는 점을 통해 반운문주의의 입장을 분명히 한다. 즉 언어의 운율과 음악성에 의존하여 감정 표출과 분위기 형성을 기반으로 하는 시적 세계에 안주하는 것은 오락 심리와 도시사회가 형성되기 이전의 봉건사회의 삶의 구조와 문화 상태에서 존속할 수 있는 것이므로 이 도저한 현대 세계의 삶의 현실을 반영하기에 적절하지 않다는 것이다.28) 그러므로 현대시의 주

---

26) 같은 책, 48면.
27) 김규동, 『지성과 고독의 문학』(한일문화사, 1962), 142~159면 참조.

된 재료는 생각하는 기능으로서의 의미성, 즉 만들어내는 심상의 형태성이 되어야 하며, 이러한 '심상미학'이야말로 현대시의 생리라는 것이다.

이 지점에 이르면 당시 김규동이 추구한 시적 모더니즘의 실체가 분명히 드러난다. 그의 시론은 정신적 지향에 있어서는 당대의 현실을 비판적 지성의 눈으로 직시하고, 그 현실이 빚어내는 혼동과 무질서의 현상들을 뚫고 나갈 수 있는 정신적 질서의 세계를 탐색하였지만, 그것을 구현하기 위한 시적 방법론의 측면에서는 1930년대 김기림이 보여준 관찰적 현실 반영의 세계와는 전혀 다른 논리로서 주지의 세계를 구축하고자 했음을 알 수 있다. 즉 그는 단순한 사물과 현상의 감각적 재현으로서 이미지의 기능과 구별하여, '추상적 심상'이라 할 수 있는 보다 적극적이고 의미지향적인 이미지의 기능을 강조한 바,[29] 이는 시인 내면의식의 형성과정과 그 논리를 언어화하는 방법적 접근을 통해 초현실적이고 신즉물주의적인 시형의 산출을 모색하고자 한 그의 시적 지향과 궤를 같이 한다.

한편 그는 새로운 시학의 구현을 위해 '기술'의 필요성을 역설하는데, 이때 '기술'은 현대의 특징을 대변하는 것으로서 지성의 개입에 의한 시의 의도적 제작 기술을 의미한다. 그러므로 이렇게 '제작'된 시는 "구성적이며 공간적이며 즉물적인 것"[30]이 되며, 이때 현대시인은 '무엇을 쓸까'가 아니라 '어떻게 쓸까'의 문제를 고민해야 하는 입장에 선다는 것이다.

김규동이 이처럼 구성적, 공간적, 즉물적인 것에서 시의 현대성을 찾고자 한 것은 무엇보다 변화무쌍하게 진보하는 현대사회의 현실을 따라잡기 위한 것이라는 점에서 의미를 갖는다. 그는 "시인이란 현실 위에서 그

---

28) 위의 책, 189~201면.
29) 같은 책, 203~208면.
30) 김규동, 『새로운 시론』, 59면.

가 겪은 체험을 가장 높고 아름다운 언어로써 그 아무도 쉽사리 흉내낼 수 없는 방법으로써 향수자에게 전달해주는 임무를 가져야 한다."[31]고 말함으로써, 자신의 과학적 시학을 단순한 현실 반영론이 아니라 현실의 재구성 혹은 재생산을 위한 이론적 토대로 삼고자 한 것이다.

이렇게 볼 때, 김규동이 이 시기 전개한 모더니즘 시론의 요체는 자연주의나 전통서정에 대한 거부의 목소리와 이를 통해 주창한 신세대적 모더니즘 시운동론보다는 오히려 심상미학의 정립을 통한 모더니즘시의 개혁과 새로운 방법론의 모색에 있다고 할 수 있다. 이는 특히 규정할 수 없는 현실에 대해 주체가 보다 적극적으로 대응함으로써 현실성을 획득하고자 하는 시적 태도의 발로인 동시에, 모더니즘과 서정의 결합을 통해 정신의 내적 질서를 확보하고자 한 당시 시인들의 현대성 추구를 비판적 주체의 확립이라는 측면에서 재구성하고자 한 김규동 시론의 고유한 지향을 여실히 보여준다.

4. 결론

이상에서 살펴본 바 김규동 시론을 중심으로 한 1950년대 모더니즘 논의는 궁극적으로 모더니즘의 비판적인 자기 성찰의 문제와 연결된 것이자 동시에 당대의 현실성을 포착하려는 방법적 시도의 결과 나타난 것이라 정리할 수 있다. 그런 의미에서 당시 리리시즘 논의에서 제기된 바 <후반기>동인에 대한 모더니즘 내부의 비판이 조향, 김경린 등의 감각적이고 기법 중심의 피상적이고 실험적인 시에 초점이 맞추어진 것이라

---

31) 위의 책, 21면.

고 볼 때, 이러한 문제 제기는 이미지즘적 모더니즘이 50년대에 이르러 그 핵심인 비유법에 대한 반성을 통해 비판적 주체 정립이라는 자아인식의 근본적인 문제를 부각시킨 것으로서 중요한 의미를 갖는다.[32]

교환가치가 지배하는 현대에서 전통의 타파를 내세우면서 나타나는 '새로운 것'이란 예술적 처리 기법이나 양식의 원칙을 혁신하는 것이 아니라 단지 상품사회를 지배하는 것을 그대로 복제한 가상적 카테고리라는 점에서 볼 때,[33] 모더니즘시에 나타나는 죽은 은유의 남발이나 이국 정서에의 탐닉 등은 전혀 새로운 것이 아니라 당대의 유행과 구별할 수 없는 소비상품이나 유행물로 전락해버리고 말 위험을 안고 있던 것이다. 그러므로 모더니즘을 주체적 의식을 가지고 수용한다는 것은 곧 전통적인 것에 대한 비판적 이해라는 입장에서 모더니즘을 논리적으로 정당화해나가는 통찰력과 통하는 것이 되며, 이러한 태도는 부정적인 것 속에서 긍정성을 지각하는 능력을 가진 비판적 주체의 정립[34]을 통해 가능하다.

김규동이 심상미학과 초현실주의의 창작방법을 강조한 것은 현실 자체에 파묻혀 고뇌하는 지식인의 형상과 그 내면을 눌변의 고백으로 토로하거나 국외인으로서 관찰의 결과를 묘사하는 데 그치는 것이 아니라, 냉철한 지성에 의해 당대 현실의 질곡이 담고 있는 의미를 해석해내고 그것

---

32) 조영복, 「1950년대 모더니즘 문학 논의를 위한 비판적 검토」, 『한국 모더니즘 문학의 근대성과 일상성』(다운샘, 1997), 208면. 참고로 논자는 조형예술의 발전에 있어서 도상(icon)이 사상(idea)에 선행한다는 허버트 리드의 가설에 입각하여 회화적 심상을 강조하는 이미지스트의 경우 느낌의 형태 없는 영역으로부터 시작하여 점차 내적인 경험 속에서 이미지를 의미가 부여된 형태로 인식하는 상징적 담화의 수준으로 자신을 끌어올리고 종국에는 자아인식으로 이어지면서 그에 합당한 사고유형을 발전시키게 된다고 밝히고 있다.
33) 아도르노, 홍승용 역, 『미학이론』(문학과 지성사, 1984), 40~46면 참조.
34) 피터 뷔르거, 최성만 역, 『전위예술의 새로운 이해』(심설당, 1987), 104면.

을 다시금 이미지를 통해 재구성하여 형상적 언어로 구체화함으로써 현실을 바라보는 시적 주체의 비판적 인식을 드러내고자 하는 의도와 관련된 것이다.[35]

결국 김규동 시론에 나타난 이러한 모더니즘의 자기반성은 당대의 혼란한 상황에서 시문학이 어떻게 대응해야 할 것인가의 문제에 대한 보다 적극적인 인식으로서 혼란과 무질서를 뚫고 새로운 질서를 형성하는 것을 모더니즘의 사명으로 이해하도록 하는 데까지 이르고 있다. 즉 낡은 인습에 대한 저항을 새로운 것을 낳기 위한 필연적인 발현으로서 반항으로 이해한다는 것은 곧 모더니즘시에서 비판적 주체 확립이 현실을 바라보는 주체의 정신적 질서의 확립을 위한 것이며, 서구의 아나키즘적 모더니티의 소산으로서 '반항을 위한 반항'이나 아방가르드의 '예술을 위한 예술'이 표방하는 '절대부정'의 정신과는 전혀 다른 입장에서 모색된 것임을 말해준다.

---

35) 모더니즘시에서 비판적 주체의 문제는 현대성에 대한 문제 제기로서 당대 모더니즘시의 도시인텔리적 경향과 허무적인 내면 편향을 비판한 최일수의 논의를 통해 어느 정도 구체적으로 제시된다. "그러므로 우리가 오늘 그들의 시세계를 옳게 비판하고 이해하기 위해서는 먼저 그들에게 공통적으로 일관하여 흐르고 있는 어두운 불안과 회의와 고뇌 등 그러한 시계계의 내부에서만이 새로운 인간성을 찾으려 하고 있는 그들의 시적 사고를 먼저 예리하게 분석하면서 과연 그러한 것이 진정한 의미에서 젊은 지성이 가야 할 옳은 길이었던가를 근본적으로 추구하지 않으면 안된다.(…중략…) 이 내면편향은 어디서 오는가 하면, 그것은 이미 그에게 있어서 자시의 정신적 불안의 위기를 극복할 수 있는 유일한 방향이란 망망한 대해에서 사방을 휘둘러 보아야 자아밖에는 없다는 데서 오는 것이다." (최일수, 「현대시의 순수감각 비판」, 『문학예술』, 1956.5.)

양명문 시에 나타난 낭만적 아이러니와 월남문인의 문학세계

1. 머리말—해방과 분단, 격동의 공간에서 시 쓰기

자문(紫門) 양명문(楊明文;1913~1985)은 우리에게, 6권의 시집을 간행한 시인이자 이미 탄생 100주년을 기념하여 새삼 세간의 조명을 받은 시사상의 중견 시인으로서보다는, 가곡 「명태」와 「조국찬가」의 작사가로 흔히 알려져 있다. 지금까지 그가 이처럼 역사적 평가의 빈터, 혹은 다른 자리에 놓여 있을 수밖에 없었던 사정은 우리 현대시사의 안과 밖에 그 이유가 고스란히 존재한다는 점에서 문제적이다. 시사의 안쪽이란 소위 '순수 서정'의 이름으로 재편된 해방 후 우리 시사의 주류 형성이라는 미학적 문제와 관련되어 있으며, 시사의 바깥쪽에는 분단과 내전의 정치적 현실과 맞물린 전후 한국사회 전반을 지배해온 이념적 우경화의 문제로부터 자유롭지 못하게 된 정신사적 측면이 가로놓인다.

해방 이후 미군정의 통치 아래 주권국가의 수립이라는 국가적 명제 앞에 가로놓인 문단은 좌우익으로 나뉘어 대립한 채 이합집산을 거듭하다가, 문학가동맹 계열의 다수 문인들이 월북하는 한편 국민보도연맹의 결성으로 많은 문인들이 전향했다. 그러한 과정을 거쳐 1949년 결성된 한국문학가협회를 주축으로 한 남한의 문단은 기관지인 『문예』지의 창간과 함께 본격적으로 재편성되었다. 이러한 편향적 구조는 1950년 한국전쟁 발발과 더불어 종군작가단의 결성과 문인들의 전시 활동에까지 이르면서 반공주의 이념이 창작 환경의 심각한 제약을 초래하였다.[1]

그러나 이 시기 문단의 이념적 특징을 구축한 또 다른 측면은 월남 문인들의 존재와 문단 편입과 관련되어 있다. 양명문 시인은 특히 평양 출신으로 1920년 평양 종로공립보통학교에 입학하여 여기서 황순원 · 김이석 · 이중섭 등과 교유하였으며, 1935년 일본으로 유학, 도쿄 센슈 대학(東京專修大學) 법학부에서 법학을 전공하였고, 유학 시절 동향인 작곡가 김동진과 깊은 교분을 쌓는 한편[2], 이미 해방 전부터의 문학 활동 과정에서 해방 후 월남하게 되는 구상, 이중섭 등 다수의 문화예술인들과의 의식적 공통분모를 가지고 있었음을 감안할 때[3], 월남의 과정은 그의 시작 활동 전반을 통해 이념적 지향으로부터 자유롭지 못하게 하는 일정한 요인으로 작용한다.

또한 그는 첫 시집인 『화수원(華愁園)』을 1939년 도쿄에서 발간하였던 바, 1943년 대학을 졸업한 이후 1944년까지 동경에 머무르면서 문학 창작에 몰두하다가 국내로 돌아와 해방 후까지 평양에서 창작 활동을 지속하였다. 이때 두 번째 시집 『송가(頌歌)』(1947)를 출간하였고, 6·25 발발 이후 1·4후퇴 때 단신 월남하였다. 특히 전시인 1951년 12월부터 전국문

---

1) 윤여탁, 「전환기 한국 현대시의 시 세계」, 『한국시학연구』 25호, 한국시학회, 2009.8, 9~13면 참고.

2) 김동진은 평남 안주(安州) 출생으로 1936년 평양숭실전문학교 문과를 졸업한 뒤 일본으로 건너가서 일본고등음악학교 기악과(바이올린 전공)에 수학, 1938년에 졸업했다.

3) 이중섭은 1941년 조선신미술가협회를 결성, 1942년 2회 대회 참가하면서 일본에 공부하기 위해 와 있던 시인 지망생 양명문과 니혼대학 종교학과 학생이던 구상을 알게 되었다.

화단체총연합회 구국대원으로 활약하였고, 육군종군작가단원으로 종군하는 등 당시 문인들의 반공 이념 고취와 승전의 홍보를 위한 전위대로서의 활동에 적극적으로 참여하였다. 종전 이후에는 대학 강단에서 학자로서 평생을 보냈으며,[4] 문단 활동 역시 다양한 문학 단체에서 중심적인 역할을 하는 등[5] 그는 월남 후 본격적인 시작 활동의 전 생애에 걸쳐 일반적 문인으로서는 눈에 띄게 화려한 경력을 누린 시인에 해당한다.

대체로 지금까지 양명문은 전통적 서정주의 혹은 낭만적 관념주의의 시인으로 평가되어 왔다.[6] 다음과 같은 시사적 평가 역시 이러한 관점의 연장선상에 서 있다는 점에서 다르지 않다.

> 양명문의 시는 복잡한 현대인의 감정 회로에 숨겨져 사뭇 생소하기까지 한, 소박한 정서를 길어 올린다. 대상을 향해 뿜어내는 원색적 감흥은 즉각적이라 오히려 단순명쾌한 기쁨을 준다. 분명한 감정의 발산은 소통에 대한 굳건한 믿음에서 생겨나는 것이리라. 환희와 기쁨, 슬픔과 눈물겨움, 그리움 등 삼원색처럼 선명한 정서들이 생활언어와 무심한 가락을 타고 분출한다. 그의 시편들은 1950년대 이후 우리 시

---

4) 1955년부터 1958년까지 서울 문리사대, 국방부 전시연합대학, 수도의과대학, 청주 대학 등에서 시론과 문예사조를 강의하였고, 1960년에는 이화여자대학교 부교수로 시론을 강의하였으며, 1966년 이후에는 국제대학 국어국문학과 교수로 재직하였다.

5) 1970년에는 대만에서 개최된 아시아작가회의에 한국 대표로 참석하였으며, 1957년 우리나라에서 열린 국제펜클럽 제29차 세계작가회의에 한국 대표단의 일원으로 참석하기도 하였다. 한국문학가협회 회원, 전국문화단체총연합회 중앙위원, 한국자유문학자협회 중앙위원, 국제펜클럽 한국본부 중앙위원, 한국시인협회 이사, 한국문인협회 이사 등을 역임하였고, 1974년 제1회 대한민국문화상을 수상한 바 있다.

6) 박선영, 「결핍과 지향의 매듭으로 묶은 삶의 연속성」, 『양명문 시선집』(현대문학사, 2010) 해설과 최도식, 「고향 상실과 '회귀성'의 시학」, 『다층』 2006.겨울호의 글이 대체로 이러한 관점에 서 있다.

단의 강력한 흐름, 전통서정시의 줄기를 단단하게 엮어놓은 하나의 매듭으로 자리한다.

그러나 위의 생애와 활동 이력에서 보듯, 그는 우리 현대시 100년사에서 가장 폭넓은 활동반경과 사회적 위상을 누린 시인에 속한다는 점에서 보다 포괄적이고도 종합적인 시각을 요한다. 그것은 첫째, 평양 출신의 유복한 가정환경과 기독교 집안의 지적 영향력 아래 성장하였다는 점과, 둘째, 해방과 전쟁을 거치면서 월남한 세대라는 점이며, 이 개인사적이며 역사적인 두 측면은 그의 시 세계의 일정한 정신적 지향성을 형성하는 데 중요한 계기로 작용한다.

요컨대 양명문 시가 지닌 서정성은 존재성에 대한 시인 고유의 관념 표백의 형식으로 구현된 것이며, 이는 그의 전 생애를 통해 보다 강화된 양식성을 획득한다. 특히 월남인으로서 뿌리 깊은 고향 상실에 대한 자의식적 대응과 사회주의 체제와 자유민주주의 체제를 넘나들면서 형성된 이념에 대한 반응 및 사회적 존재성의 표출은 그를 단순한 전통적 서정시인의 부류에 머물도록 두지 않는다.

2. 관념적 낭만성과 이상주의의 명암

드디어 해방이 되었다. 고향에 머물러 생활하던 양명문은 해방 이틀 후인 8월 17일 조만식을 위원장으로 하여 결성된 평남건국준비위원회에 참석하여 문화부에서 문학 관계 일을 담당하게 된다. 그는 이미 해방 전 자신의 초기시에서 자연적 심상을 배경으로 현실적 삶에 대한 적극적인 관심을 긍정적 어조와 문체로 그려내 보인바, 1947년 상재한 두 번째 시집

『송가』는 사실상 그의 초기시의 미학적 지향을 보여주는 핵심적 시집인 동시에, 분단과 내전으로 이어지는 해방 정국의 현실에 대응한 시인의 내적 현실 인식의 소산이라는 점에서 의미가 크다.

이 시집에는 시골 정경과 풍물을 소재로 하여 전통적 서정의 세계를 그려낸 작품들이 주종을 이룬다. 그런 의미에서 그의 시의 원형은 되찾은 조국의 땅에서 행복했던 유년 기억 속의 농촌공동체를 되찾고자 하는 기대감과 낙관적 희망을 담고 있다. 반면 4부로 묶인 교향시 작품 「조국창건」에서 보듯 북쪽의 사회주의 체제에 대한 경의와 찬양의 이념적 성향을 드러내는 작품들이 혼재되어 실려 있다. 그럼에도 불구하고 그의 초기시는 대상에 대한 화자의 관조적 시선을 통해 자연과 인간이 분리되지 않은 이상적인 삶의 원형질을 추구하고 있다는 점에서, 관념으로부터 자유로운 모습을 보여준다는 점에서 주목할 만하다.

해방된 고향 땅에서 자유로운 영혼의 시인인 그가 이러한 이념적 현실 상황 속에서 겪었을 내적 갈등은 이미 해방된 그해 겨울 뜻하지 않은 필화 사건으로 인해 수면 위로 떠오르게 되었다. 그 작품이 바로 가곡 작품으로 우리에게 너무나 익숙한 「명태」이다. 그는 이 작품이 반동적이고 내용이 불순하다는 이유로 내무서에 불려가 심문을 받는다.

검푸른 바다, 저 바다 밑에서
줄지어 떼지어 찬물을 호흡하고
길이나 대구리가 클 대로 컸을 때
내 사랑하는 짝들과 노상
꼬리치며 춤추며 밀려다니다가

어떤 어진 어부의 그물에 걸리어

살기 좋다는 원산 구경이나 한 후

이집트의 왕처럼 미이라가 됐을 때

어떤 외롭고 가난한 시인이

밤늦게 시를 쓰다가 소주를 마실 때

그의 안주가 되어도 좋다

그의 시가 되어도 좋다

짜악 짝 찢어지어 내 몸은 없어질지라도

내 이름만 남아 있으리라

명태, 명태라고 이 세상에 남아 있으리라

—「명태」 전문

어떤 내용이, 어떤 구절이 '이념의 그물망'에 그 사랑스런 명태처럼 걸려버렸던 것일까? 의인화된 명태의 자학성을 타파해야 할 부정적 세계관으로 규정했을는지, 아니면 은연중 이 자유로운 시인의 영혼이 거북살스러웠던 것일는지 알 수는 없다. 다만 이 사건이 그의 월남의 중요한 계기가 되었던 것만은 틀림없다. 주지하는 바와 같이 이 작품이 분단 이후 대한민국 가곡의 대표적인 작품으로 우뚝 서게 되었다는 사실은 이러한 이념적 아이러니를 증거하는 또 하나의 사건이 된다.

한국전쟁이 한창이던 1952년 피난 수도 부산에서 바리톤 오현명에 의해 초연된 이 작품을 작곡한 사람은 함흥 출신의 작곡가 변훈이었다. 대구에서 우리나라 최초의 음악감상실로 문을 연 '녹향'은 당시 내로라하는 문학예술인들의 교유 장소였는데, 이곳에서 변훈은 양명문으로부터 「명태」를 받아 이 작품에 담긴 맛을 고향의 향수와 매우 적절하게 '버무려'

당시로는 파격적인 노래로 만들었던 것이다. 초연 당시 이 파격적인 노래에 객석은 술렁였고, 온갖 비난과 악담에 시달렸지만, 종전과 분단, 재건과 새로운 근대화의 역사적 과정 속에서 이 작품은 대중들에게 가장 사랑받는 현대가곡 작품 중 하나로 자리매김하게 되었다.

한국전쟁을 겪고 월남하여 소위 '새로운 조국'을 가지게 된 시인에게 고향을 통한 존재성의 확인은 일정 부분 현실적 의미를 상실하게 하는 것으로 보인다. 제3시집 『화성인』(1955)의 세계에서 이러한 긍정의 공간은 분명한 의식의 흔적으로 기억되며, 그에 따른 상실감과 비애의 정서가 나타나기 시작한다. 피난 수도 부산에서의 이방인 생활을 거쳐 환도 후 서울에 정착한 뒤로도 시인은 고향 상실의 정서적 박탈감으로부터 벗어나지 못한 것으로 보인다. 서울에 생활의 터전을 마련하면서 이 시기 그는 특히 도심의 거리와 풍경을 부감하는 관찰자의 시선을 통해 일상에 대한 보다 세밀한 감정의 이동에 천착하는 모습을 보이는바, 이러한 자의식은 「거리」와 같은 작품에서 직설적인 어조로 고향 상실감을 토로하기도 하지만, 대체로 '화석'의 이미지(「호수 속에서」)나 '초라하고 우울한 날개'를 펴고 북악을 넘는 이방인의 존재(「독수리의 비가」)와 같이 소멸과 부유의 관념으로 형상화된다.

제4시집 『푸른 전설』(1959)에서 제5시집 『묵시록』(1975)에 이르는 1960-70년대는 양명문 시인의 시 세계에서 가장 정점에 해당하는 시기이자, 초기시에서 보여주었던 현실적 자연의 생활 서정의 세계로부터 관념과 정신주의의 초월적 세계로 이동하는 후기시의 모습을 갖추는 시기라할 수 있다.

완전한 시공간 내지 절대성에의 지향은 자연물에 대한 인식을 피력하는 명상적 시편들을 통해 확인할 수 있다. 이 시기 그의 시에 소재로 등장하는 자연물들은 소나무, 학, 바위, 거북이 등 시간적 흐름을 초월하는 영원한 존재성으로서의 전통적 상징성을 가진 대상들이다.

> 되도록
> 나무이기를, 나무 중에도 소나무이기를
> 생각하는 나무, 춤추는 나무이기를
> 춤추는 나무 봉우리에 앉아
> 모가지를 길게 뽑아느리우고 생각하는 학이기를,
> 속삭이는 잎새며, 가지며 가지 끝에 피어나는
> 꽃이며, 꽃가루이기를
> (…중략…)
> 되도록
> 바위이기를, 침묵에 잠긴 바위이기를
> 웃는 바위, 헤엄치며 웃는 바위
> 그 바위 등에 엎드려 목을 뽑아올리고
> 묵상에 잠긴 그 거북이기를 거북의 사색이기를
> (…하략…)

— 「송가」 부분

여기서 보듯 시인은 전통적인 영물(靈物)로 취급되는 십장생(十長生)이 되고 싶은 욕구를 비록 사색의 그림자가 드리워졌을지언정 과감한 목소리로 표현하고 있다. 아울러 이 자연물들의 생명적 순환과 "줄기찬 생활"의 불변하는 지속력을 "오묘한 비밀"이자 "엄연한 질서"로 인식하고 경탄의 태도로 내면화하고자 한다.

양명문 시인은 왜 이토록 '영생불사(永生不死)'에 집착하는 것인가? 그의 시에서 가장 두드러지는 문체상 특징이 영탄의 어조에 있다는 점에서 보면 이는 초월적 세계에 대한 낭만적 동경의 정서를 보다 고고한 인생론적 태도로 관조한 모습으로 평가할 수 있다. 이러한 관점에서 그의 시는 관념론적이다. 그러나 시의 표면에 숨길 수 없이 드러나는 시적 주체의 인식적 태도는 오히려 담담하게 현실적 희로애락이나 오욕칠정에 초연하려는 의지를 동반하고 있다는 점에서 그의 시적 지향은 결코 초월적 영원론으로만은 설명할 수 없는 내적 인식을 보여준다.

그런 의미에서 이 시기 그의 시는 허무의 이율배반을 어떻게 극복할 것인가의 문제의식에 대한 탐색의 결과라 할 만하다. 말하자면 "나에게/불안과 초조를 묻지도 말라"(「학」)는 토로는 역설적으로 내면의 고독과 불안, 허무와 절망, 죽음에의 충동이 그의 의식 전반에 여전히 짙게 드리워져있음을 암시하는 것이 될 수 있다. 이것은 물론 월남문인으로서 그의 존재적 현실이 '절대고독'의 실존을 인식의 저변에 두고 있었던 데 기인한다. 그러므로 그의 시정신의 토대로서 관념적 낭만주의는 탈현실의 세계를 지향하는 과정에서 이상주의적 색채를 동반하지 않을 수 없었던 것이다. 그리고 이 이상세계로의 지향이 곧 우주적 질서로서 삼라만상과 자연과 생명에 대한 상념으로 더욱 심화되게 된 것이다.

이와 관련하여 그의 내면적 정신세계를 총체적으로 파악할 수 있는 글이 「수상단장(隨想短章)」[7]이라는 짧은 글 모음이다. 그는 이 단상을 통해 사물과 인식적 대상에 대한 아포리즘을 집중적으로 쏟아내고 있는바, '하

---

7) 이 글은 시인이 국제대학(현 서경대학교 전신) 교수로 재직하던 시절 쓴 것으로, 국제대학 학회지인 『청야』 5호(1977.12) 131~140면과, 동 6호(1978.12) 119~134면에 수록되어 있다.

늘', '태양', '달', '별', '지구', '바다', '산' 등으로 분장된 150개의 단언들은 이 시기 그의 정신주의적 지향이 우주적 세계관으로 무한 확대되어 있음을 여실히 보여준다.

31. 밤하늘에 던져진 짝 잃은 사람의 거울.('달')

77. 지구는 한 개의 둥글한 무덤, 인간은 이 무덤을 타고 지금도 죽음의 축제를 벌이고 있다.('지구')

112. 바다에는 절망이 있을 뿐이다. 어쩔 수 없는 절망의 파도를 보라. 인간은 바다에게서 절망을 배운다.('바다')

131. 산은 인간의 최상의 휴식처. 마침내는 사람이 영원히 잠드는 곳.('산')

이처럼 명제화되어 있는 단언들 몇 가지만을 추려보아도 알 수 있듯이, 우주적 대상물에 대한 시인의 인식은 자연의 무한성과 대비되는 인간의 유한한 존재성에 대한 절망감과 죽음에 대한 인식으로 점철되어 있다. 그러나 이러한 상념들을 허무주의의 그것으로 치부하기에 그의 상상력이 보여주는 자유분방함이 시인의 고유한 관념 세계를 형성하고 있다는 점 역시 주목해야 한다. 그것은 말하자면 현실적 삶의 변화무쌍한 환경으로부터의 분리를 의미하는 것이며, 동시에 관념의 절대적인 경지에 대한 회구를 드러내는 것이기도 하다.

이러한 과정을 거쳐 1980년대에 이르면 그의 시는 철저히 신앙고백의 종교시로서 정착하게 된다. 1983년 장수철, 임성숙과 3인 공동 신앙시집 『신비한 사랑』을 펴내고, 비록 사후지만 절친했던 시인 박두진에 의해 유고 신앙시집 『눈물이 녹으면 구름이 되고』가 편찬된 데서 알 수 있듯이,

그의 후기시편들은 철저히 초월자로의 회귀와 완결성에 대한 경의, 낙원
회복에의 회구를 통해 종교적 진리의 세계를 완전한 이상으로서 대체하
게 된다.

3. 가곡 작시의 문화적 의미

양명문의 시는 김소월의 경우 이상으로 우리 가곡의 가사로 원용되었
다는 특별한 위상을 가지고 있다. 그것은 모두 작곡가 김동진에 의해 이
루어 진 것으로, 평안남도 안주 출신인 김동진은 평양 숭실전문학교에서
서양음악을 배우고, 졸업 후 일본으로 건너가서 일본고등음악학교 기악
과를 1938년에 졸업한바, 유학 시절 동향인으로서 두 사람의 교유는 단지
작곡가로서 김동진이 시인 양명문의 작품을 가사로 집중 채택했다는 사
실 이상으로 중요한 의미를 갖는다.[8]

가곡은 본래 그 나라 민족 정서와 예술성이 짙게 밴 고유의 성악곡이라
는 점에서, 1930년대 이후 주로 활동한 우리의 근대가곡 1세대 작곡가로
서 김동진은 나운영·김성태·조두남 등과 더불어 국민적 색채를 강조한
민족적 가곡의 형성에 지대한 영향을 끼친 바 있다.

그의 작품 세계는 자유로운 악상 전개, 서정적 선율 진행 등에 토대한
낭만적 예술가곡의 형식으로 정착된 것으로 평가되는데, 이는 일제 말 비
애와 감상성을 주조로 한 음조의 가곡의 경향이, 해방 이후 우리 가곡이

---

8) 김동진은 81편의 가곡 작품을 작곡했는데, 그중 양명문의 시를 가사로 한 것이 「신
아리랑」, 「샘가에서」, 「칠월의 노래」, 「낙동강」, 「조국찬가」, 「농부가」, 「솔메골」,
「나들이」, 「낯선 마을에서」, 「풍년가」, 「추석」, 「그리움」, 「별은 창 너머로」 등 13
편에 이른다.

서정적 가사를 통한 낭만적 정서 표출의 방식으로 미학화되면서 회고적 의식에 기반한 고향, 그리움의 정서를 전형적인 주제 의식으로 구현하도록 하는 결과를 낳았다.[9] 양명문의 시를 가사로 활용한 작품들은 대부분 1950년대에 작곡한 것으로, 양명문의 초기시가 대상이 됨으로써 향토색 짙은 자연적 서정의 작품들이 선택되고 있다는 점에서 이러한 미학적 의도를 충실히 반영한다.

앞서 언급된 가곡 「명태」의 경우도 마찬가지이다. 동족상잔의 내전 앞에 시인은 원산 앞바다의 명사십리 백사장을 상상하고, 동해 바다를 자유롭게 헤엄치는 명태에 자신을 감정이입한다. 그러나 시인은 이 자유에의 갈망이 죽음을 불사하는 명예로운 희생의 대가임에 대한 명확한 인식을 가지고 갈등의 멍에를 벗어던지고자 하는 결단의 태도를 보여준다. 이러한 의지적 태도는 전쟁을 수행하는 당사자로서의 이념적 당위성이 '자유'에 대한 인간적(혹은 보편적) 관념을 대체하도록 하는바, 이것이 호방한 선율의 음곡과 가창에 의해 전달됨으로써 시적 관념으로서 '자유'는 낭만적 인생관을 노래하는 서정적 정조로 변이된다.[10]

그 정점에 1955년 발표한 「조국찬가」가 있다. 이 작품은 본래 국방부 정훈국이 주최한 칸타타 공연 <조국찬가>에 작사를 맡아 쓴 것으로, 김동진은 음악을 맡아 양명문 시를 집중적으로 가곡 작품으로 옮긴바, 이러

---

9) 한국예술종합학교 예술연구소 편,『한국현대예술사대계 1』, 시공사, 1992, 293~4면 참조.
10) 작자는 당시 대구의 음악다방인 '녹향'에 출입하면서 이 작품을 썼다고 알려져 있는바, 종군작가이자 실향민으로서 그의 고유한 삶의 주소지는 자족적이면서도 예술적 딜레탕트로서의 공동체 의식을 구현할 수 있는 '다방'이라는 공간을 통해 현실화된 것으로 볼 수 있다.

한 문학 창작의 기획은 종전 이후 남한 사회의 국민들에게 대한민국 국민으로서의 정체성을 부여함으로써 반공 담론의 지속적 생산을 통해 국가주의 이념을 확고히 하고자 한 정치적 의도의 소산이다.

특히 국가의 가치에 대한 신성성을 강조한다는 명분은 송가나 찬가 형식의 시 텍스트를 통해 수사적으로 숭고함의 미학을 구현하는 데 전략화됨으로써[11] 이데올로기적으로 가치화되는 데 기여한다.

> 동방의 아름다운 대한민국 나의 조국
> 반만년 역사 위에 찬란하다 우리 문화
> 오곡백과 풍성한 금수강산 옥토낙원
> 완전통일 이루어 영원한 자유평화
> 태극기 휘날리며 벅차게 노래 불러
> 자유대한 나의 조국 길이 빛내리라
>
> ─「조국찬가」1절

위에 인용된 가사에서 보듯 종전 후 월남세대로서 분단된 조국을 바라보는 사인의 목소리는 그의 초기시에 이미 형성된 방법론으로서 전형적인 송가 형식을 통해 대한민국 건국의 가치와 미래에 대한 낙관적 희망의 고취라는 주제 의식이 선명한 당위성을 띤 채 구현되어 있다. 아울러 이 곡은 그 취지에 부합하도록 웅장한 행진곡풍으로 작곡되어 계몽적 기능을 수행하는 데 매우 효율적으로 작용한다.[12]

---

11) 서동수,『한국전쟁기 문학담론과 반공프로젝트』, 소명, 2012, 246~252면 참조.
12) 이 곡은 특히 1970년대 유신체제 아래 전 국민의 정신적 계도라는 목적으로 각종 방송이나 합창대회 등에 널리 전파되는 한편 중등 과정의 음악 교과서에 실려 청소년들에게 애창되었다는 점에서, 당시 유신정권의 유지를 위해 국가의 개입을 통

그런 의미에서 양명문의 시가 가곡의 가사로 광범위하게 활용되었다는 사실은 그의 시가 회귀적이고 낭만적인 정서의 보편적 특질을 지니고 있음을 반증하는 것이기도 하지만, 다른 한편으로 그만큼 그의 시 세계관과 매우 닮아 있음을 말해주는 것이기도 하다.

이러한 관점에서 볼 때 양명문의 시가 본래 지니고 있던 '고향'의 본질은 해방과 한국전쟁, 1960년대 광범위한 반공주의와 유신체제를 거치면서 매우 본격적인 의미의 형질 변화를 초래한 것으로 볼 수 있다. 그것은 이상적 세계로 열려 있는 공간과 장소로서의 존재성이 관념에 충실한 정신주의의 세계를 지향하면서 수반된 이념적 가치에 대한 경도와 그에 따른 닫힌 공간의 견고한 성역으로서의 보수적인 회귀적 세계로의 변모라 할 수 있다.

4. 맺음말―분단시대 서정의 종착역과 월남문인의 문학 인식

이상에서 살펴본 바, 해방 전후부터 1980년대까지 40여 년의 긴 기간에 걸친 양명문의 시작 활동은 일본 생활과 월남으로 이어진 그의 생애사적 특수성을 배경으로 이루어진 고유한 시 세계와 시적 특성에 대한 이해를 동반하지 않고서는 정당한 시사적 평가가 어렵다. 그것은 그만큼 해방

한 대중문화의 정치적 이데올로기 구축과 그에 따른 '엄숙주의'의 강요라는 시대적 파급력을 낳게 되었다는 점에서 매우 문제적이다. 참고로 유신정권은 1973년 제1차 문예진흥 5개년 계획을 공포하고 민족사관의 정립과 민족예술의 창달, 예술의 생활화와 대중화, 문화예술을 통한 국위선양을 기치로 내세우는 한편, 1977년에는 대통령이 직접 전통문화 유산과 호국의 얼을 정신적 지주로 삼을 것을 교시로 밝힌바, 이는 예술작품의 문화적 수용과정에서 빚어지는 이데올로기 형성의 한 단면을 여실히 보여준다. (김창남, 『대중문화의 이해』(전면2개정판), 한울, 2009, 149~159면 참조.)

과 한국전쟁을 거쳐 형성된 현대시단의 흐름이 소위 '순수 서정'의 이름으로 그 외연을 한정시키게 된 사정과 관련된다.

시세계의 변천 과정을 중심으로 볼 때, 양명문의 시는 우리 현대시사의 내용을 구성하는 데 있어 다음 몇 가지 측면의 인식을 유도하는 데 매우 중요한 계기를 제공했다.

첫째, 평양 출신의 월남세대로서 시인의 사회역사적 존재성은 해방과 한국전쟁을 거친 우리 사회에서 문화예술계를 포함한 문단 전반에 형성된 반공과 보수주의의 이념적 지향과 일정한 상호의식성을 배태하게 되었던바, 가곡 작시에 대한 집중은 그의 예술적 관심이 당대 현실의 이념성에 제약되는 결과를 초래하였다.

둘째, 그럼에도 불구하고 양명문의 시에서 인식 태도상의 관념 지향성은 표면상 현대시사상의 주류적 서정의 흐름과는 일정한 거리를 유지한 고유의 양식적 특징을 생성해낸바, 우주적 상상력을 바탕으로 한 호방한 시풍과 자유에의 인식적 토대를 바탕으로 존재론적 사유의 공간을 창출해낸 점은 우리 시의 인식론적 확대라는 측면에서 중요한 의의를 갖는다.

셋째, 그런 의미에서 양명문의 시에 대한 접근은 단순한 서정의 성격이나 양식성에 대한 탐색에 머물 수 없는 보다 근원적인 면에서의 역사주의적이고도 미학적인 시각의 검토를 요한다. 그것은 그의 초기시에 대한 보다 세밀한 재평가 작업을 의미하는바, 일본 유학 시절의 시창작 과정과, 해방 전후의 시에서 그려낸 자연과 생활에 밀착된 시편들의 낙관주의와 낭만성 및 그로 인한 외화된 시적 공간의 미적 형상성에 대한 재평가가 수반될 때 비로소 우리 현대시사에서 양명문 시의 가치에 대한 정당한 인식이 가능할 것으로 본다.

2부 '越境'

변방에서의 글쓰기와 시적 주체의 현실인식

일제강점기 한국 현대 시인의 월경(越境)과 인문학적 의미

1. 서론

문학사는 역사과정 속에서 전개된 그 사회의 구성주체들의 치열한 삶의 역정과 현상들을 총체적으로 형상화한 일종의 집합적 결과물이다. 특히 우리 역사가 근대로 진행하는 과정에서 나타난 질곡과 모순을 문학사는 보다 구체적인 방향에서 검증하고 있는 바, 이러한 문학사적 노력은 곧 개별문학사로서 민족문학의 특수성을 구성하며, 그런 의미에서 우리 문학사를 바라보는 정당한 시각을 확보하기 위한 관점을 세우는 일은 곧 문학사교육의 실천적 과제이자 내용요소를 구축하는 기본 전제가 될 수 있다.[1]

문학적 가치의 질서로서 문학사를 대할 때 견지해야 할 중요한 시각은 특정한 문학사의 실체가 그 가치의 내용과 형태로서 정신적 산물인 민족 공동체의 역사적 삶을 토대로 구성된다는 점이다.[2] 일제강점기와 맞물려 전개된 한국현대문학사의 흐름에서 특히 시문학의 현대적 면모를 구축하는 과정은 소설문학이 보여주는 민족적 삶의 현실적 세부의 재현성이라는 특징과 달리, 작품의 창작주체의 끊임없는 탈향과 이향의 궤적에 의한

---

[1] 구인환 외, 『문학교육론』(제4판), 삼지원, 2009, 346, 356면 참조.
[2] 박윤우, 「전후 모더니즘 시의 가치 인식과 문학사교육」, 『문학교육학』34호, 한국 문학교육학회, 2011.4, 112면.

물리적(역사적 · 지리적) 실존성이 현실인식의 주도적 계기로 작용한 점을 주목할 필요가 있다는 점에서 한 · 중 · 일의 공간적 월경의 문제가 한국현대시의 민족문학적 특징을 구축하는 정신적 기반으로 작용한다. 따라서 이 시기 한국현대문학사의 전개과정에서 시문학의 위상은 시인들의 활동을 둘러싼 시공간적 궤적이 지닌 정신사적 의미라는 측면에서 살피는 것이 매우 중요하다.

기억이 역사를 서사화하고, 서사가 역사를 기억하게 한다는 점에서 기억과 서사는 밀접관 관련을 맺는다. 특히 사건에 위장의 플롯을 부여하는 것은 우리가 그 사건을 서사로 완결시켜 다른 서사를 살아가기 위해 이루어지는 행위이며, 사건의 폭력을 망각하기 위해 행하는 것이라는 점에서 기억과 서사는 연쇄하고 있다.[3]

여기서 문학사 교육이 역사교육에서 다루는 기억의 문제와 다른 자리에 있음을 고려해야 할 필요성이 생긴다. 역사의 기억은 과거를 현재와 미래로부터 철저히 분리해내고자 하는 의식의 소산이라면, 문학적 기억은 과거, 현재, 미래의 다리를 놓는, 일종의 개인 및 집단의 특수한 기억의 '터'에 해당한다.[4] 그런 의미에서 특정한 문학사적 시기와 그 시기의 작품(생산)에 대한 고찰은 그들의 기억이 동반하는 특수한 가치와 규범에 의해 창출된 정체성의 실체를 확인하고, 조명하는 일과 통한다고 할 수 있다.

이 글에서는 일제강점기에 이루어진 한국현대시사의 중요한 흐름 중 핵심인 탈향과 유랑, 월경의 문제에 초점을 두고 1920년대를 시작으로, 1930년대와 일제말기에 거쳐 나타난 대표적인 시인들의 작품을 통해 각

---

3) 오카 마라, 김병구 옮김, 『기억 · 서사』, 소명출판, 2004, 169면 참조.
4) 변학수, 『문학적 기억의 탄생』, 열린책들, 2008, 54~5면 참조.

기 계몽성, 상실감, 저항의식으로 이어지면서 변화한 시정신의 인문학적 의미를 한중일의 근대사적 공간이라는 인문지리학적 관점을 토대로 살펴보고자 한다. 주요한(朱耀翰), 백석(白石)과 이용악(李庸岳), 이육사(李陸史)와 윤동주(尹東柱)가 그 의미를 대변할 수 있는 시인이다.

2. 1920년대 계몽기 문학 활동과 '上海'의 공간성 ─ 주요한

주요한(朱耀翰)은 1910년대의 소위 계몽문학기를 거쳐 1920년대 서구의 상징주의 문학 수용을 계기로 한 초기 근대시 형성과정에서 중요한 역할을 한 시인이다. 그는 1919년 교토(京都) 유학생 회지인『학우(學友)』에「에튜드」란 시를 발표하였고, 국내 최초의 근대 동인지인『창조(創造)』의 동인으로서「불놀이」와「눈」등의 시를 통해 근대시의 선구적 모습을 보여주기도 하였다.

주요한은 1900년 평양에서 태어났으며, 초등학교를 마친 뒤인 1912년 일본으로 건너가 명치학원에서 수학하였다. 그러나 1919년 3.1운동이 일어나자 학업을 중단하고, 상해로 건너가 임시정부 기관지인『독립신문』의 편집인으로 일하게 되는데, 이 시절 그는 송아지라는 필명으로「조국」,「즐김노래」와 같은 격렬한 민족저항시를 창작하면서「불놀이」류와는 전혀 다른 시세계를 보여준다.

상해 시절 주요한의 개인사를 고려할 때, 1920년대 그의 시작 활동은 현실성에 대한 민족적이고도 민중적인 인식을 선명하게 보여준다. 그의 첫 시집인『아름다운 새벽』은 이러한 인식의 결과인 바,「나무색이」,「고향 생각」,「빗소리」,「샘물이 혼자서」등의 작품을 통해 나타나는 민족적이고 향토적인 정서는 소박한 개인적이고도 보편적인 내면 정서의 표출을 통해 현대적인 서정시의 특징을 단적으로 구현하고 있다.

주요한의 시작을 둘러싼 이러한 상황맥락은 『독립신문』 편집자이자 신시 개척자인 그로 하여금 현대성과 서정성, 이국정서의 표출과 민족정서의 구현이라는 복합적 상황인식을 노출하도록 하였다. 그는 이미 독립신문에 참여하면서 '시'라는 말을 버리고 '노래'의 길을 추구할 것을 천명하였고, 이러한 인식에는 민족의 원초적 체험으로서의 정신적 지향이 깔려있었지만, 다른 한편으로 「상해이야기」[5])의 시편들을 통해 '상해'라는 이국적 공간의 체험이 소환하는 '풍경'에 대한 타자의 시선과 이 복합감정에서 비롯되는 망향과 그리움의 자연스런 정서화를 가능하게 한 것이다.

이 시기 주요한은 한편으로 민중시론을 제창한 바, 「노래를 지으시려는 이에게」에서 그는 민요와 동요의 창작을 통해 민중들의 일상적 생활감정을 반영하고, 한국어의 특수한 미를 구현하는 것을 조선의 현대적 서정시의 목적으로 삼았다. 여기에 나타난 그의 관점은 두 가지로 요약되는바, 하나는 민족적 정서의 창조이며, 다른 하나는 조선어의 미학을 구현하는 일이다.

> 이 초창시대에 있는 우리는 기성한 시대의 세력을 가진 것도 없고
> 일반 독서 계급의 빠른 감상력을 가짐도 없고, 기성한 시가의 형식도

---

5) 이 작품은 『창조』4호(1920.2)에 발표된 것으로, 「歌劇」, 「支那少女」, 「公園에서」의 세 편이 연작 형태로 제시되어 있다. 작자는 시집을 간행하면서 제목을 「상해풍경」으로 바꾸었는데, 여기서도 이국의 공간에서 민족적 삶을 상념해야 하는 현실적 주체의 내적 거리감과 반성적 성찰의 편린을 엿볼 수 있다. (정한모, 『한국현대시문학사』, 일지사, 1974, 328~330면 참조)

없이 다만 빈손으로 무슨 새론문학의 창조를 꾀하는 것이외다. 일이 어렵기도 하려니와 그 동시에 흥미도 있는 것입니다. 그러면 이 신시운동의 전도 목표는 무엇인가. 적어도 나의 생각으로는 두 가지의 목표가 있다고 합니다. 첫째는 민족적 정조와 사상을 바로 해석하고 표현하는 것, 둘째는 조선말의 미와 힘을 새로 찾아내고 지어내는 것입니다.[6]

비록 그가 상해에 머무는 동안 독립운동에 관여하면서 자신의 민중적 세계관을 민요와 동일시하는 관점을 보여주기는 했으나, 그의 시론은 한국 근대시의 성립과정에서 특별한 의미와 위상을 가진다. 즉 그의 시 작업은 중국의 한시나 시조를 거부하고 오로지 순수한 민족시의 전통적 시형과 문체를 계승하고자 한 결과로 나타난 점을 감안할 때, 그의 시학은 현대 서정시의 변혁을 추구한 것으로서 의미가 있다. 그 결과 한국의 현대시는 서구문학의 현대적 흐름 속에서 주체적인 시적 통찰력을 가질 수 있게 된 것이다.

3. 1930년대 시인들의 탈향과 유랑 이미지―백석, 이용악

1931년 중일전쟁을 도화선으로 하여 전개된 만주국의 설치와 일제의 군국주의적 침략 전쟁의 확산은 동북아 정세를 위태롭게 하는 한편, 토지 수탈과 노동력 착취를 견디지 못한 우리 민족구성원들로 하여금 터전을 잃고 유이민이 되어 간도나 만주 등으로 떠나가도록 하였다. 1930년대 한국현대시에서 주목해야 할 특징이 바로 고향의 문제를 형상화한 작품과 시인들의 존재성인 이유가 여기에 있다. 백석과 이용악, 오장환 등의 시

---

6) 주요한, 「노래를 지으려는 이에게」, 『조선문단』, 1934.10.

인이 그 대표적인 경우인 바, 특히 이들은 시인 스스로 탈향과 월경의 삶을 보여주었다는 점에서 중요하다.

(1) 백석—타자성 인식의 상실감

평안북도 정주 출생인 백석(白石;본명—白夔行)은 19세인 1930년 일본 아오야마학원(靑山學院)에 유학했으며, 시인으로서 활동 중에는 주로 조선일보사 기자로 있었으며, 1940년 초 만주로 이주, 신경(新京: 지금의 長春市)에 거주하다가 해방 후 신의주를 거쳐 고향으로 돌아오는 행로를 보인다.

그는 본래 시집『사슴』(1936)을 통해 토속적인 고향의 정서와 인정의 세계를 그린 작품을 써온바, 그 과정에서 '남행시초(南行詩抄)', '함주시초(咸州詩抄)', '서행시초(西行詩抄)' 등의 연작시를 통해 여행의 모티프와 타인의 삶에 대한 관찰과 성찰의 형상을 구현한 바 있다. 백석은 신경(新京: 지금의 長春市)으로 주거를 옮기면서 만주국 군무원에서 잠시 일하기도 했으나,『만선일보(滿鮮日報)』와도 긴밀한 연관을 맺고 있었다.[7] 이러한 그의 삶의 여정은 그로 하여금 타지에서 생활인으로서의 자기 존재에 대한 성찰을 강화하도록 유도하였다.

> 아득한 넷날에 나는 떠났다
> 夫餘를 肅愼을 渤海를 女眞을 遼를 金을

---

7) 만주에는 일찍부터 150~200만명의 조선인이 살고 있어 일제는 정책적으로 이들을 대상으로 하는 신문의 필요성을 인식하였고, 그리하여 이 신문을 통해 언론통제정책을 단행하고, 정치구호로 내세운 만선일여(滿鮮一如)를 달성하고, 5족(五族 : 조선족·중국한족·만주족·몽고족·일본족) 협화(協和)의 도모를 꾀하고자 하였다.

興安嶺을 陰山을 아무우르를 숭가리를

범과 사슴과 너구리를 배반하고

송어와 메기와 개구리를 속이고 나는 떠났다

— 「北方에서」부분8)

나는 支那 나라 사람들과 같이 목욕을 한다

무슨 殷이며 商이며 越이며 하는 나라 사람들의 후손들과 같이

한물통 속에 들어 목욕을 한다

서로 나라가 다른 사람인데

다들 쪽 발가벗고 같이 물에 몸을 녹이고 있는 것은

대대로 조상도 서로 모르고 말도 제가끔 틀리고 먹고 입는 것도 모

도 다른데

이렇게 발가들 벗고 한물에 몸을 씻는 것은

생각하면 쓸쓸한 일이다

— 「澡堂에서」부분9)

  위 작품들은 모두 백석의 타국에서의 삶을 어떻게 바라보고 있었는지
를 보여주는 동시에, 탈향의 존재로서 사회역사적 삶의 상황이 어떻게 시
인의 내적 인식을 구축하도록 하였는지를 짐작하도록 해준다. '다름'의 존
재들 사이에 함께하고 있는 자신을 외로움과 쓸쓸함의 정서 속에 바라보
고 있는 시적 주체의 인식은 사실상 이 '떠남'의 의미를 이미 '아득한 옛날'
의 것으로 간주한다. 고향의 충만함에 대조되는 이국(異國)의 공허함은
자아의 거리감으로 시간화되어 나타나며, 이는 곧 상실감으로 귀결된다.

---

8) 백석, 「北方에서」, 『문장』, 1940.7.
9) 백석, 「澡堂에서」, 『인문평론』, 1941.4.

(2) 이용악—민족적 유랑과 귀환

이용악 시인은 1914년 함경북도 경성(鏡城)에서 출생하였으며, 불우한 개인사를 가지고 있다. 그는 소금 밀매업을 하던 아버지를 어릴 적에 여의고 극심한 가난 속에서 자랐으며, 고학으로 경성고보를 졸업한 뒤 1934년 일본으로 건너가 조치(上智)대학 신문학과에 입학, 궁핍에 시달리며 유학생활을 하였다. 이러한 시인의 삶은 곧 당시 우리 민족구성원의 삶의 현장성을 그려낼 수 있는 현실적이고 서사적인 요소로 작용하였다. 「전라도 가시내」는 남녘 끝 전라도 여자와 북녘 끝 함경도 남자가 고향을 떠나, 남의 나라 땅이 되어버린 간도의 주막에서 만난 상황을 담아낸 작품이며, 아래 인용한 「낡은 집」 역시 매우 자전적인 요소가 녹아 있는 서사적인 작품이다.

그가 아홉 살 되던 해
사냥개 꿩을 쫓아다니는 겨울
이 집에 살던 일곱 식솔이
어데론지 사라지고 이튿날 아침
북쪽을 향한 발자욱만 눈 위에 떨고 있었다

더러는 오랑캐령 북쪽으로 갔으리라고
더러는 아라사로 갔으리라고
이웃 늙은이들은 모두 무서운 곳을 짚었다

지금은 아무도 살지 않는 집
마을서 흉집이라고 꺼리는 낡은 집
제철마다 먹음직한 열매

탐스럽게 열던 살구

살구나무도 글거리만 남았기에

꽃피는 철이 와도 가도 뒤울안에

꿀벌 하나 날아들지 않는다

　　　　　　　　　　　　　 ─「낡은 집」 부분10)

　이 시에서 보듯 이용악은 토속적이면서도 섬세한 언어와 밀도 있는 서
사적 짜임새로 삶의 터전을 잃고 떠도는 식민지인의 고통을 한결 성숙하
게 그려낸다. 새 생명이 태어나는 것조차 반갑지 않은 극도의 생활고를
견딜 수 없어 모두 떠나고 열매 하나, 꽃 하나 피지 않아 어느덧 흉가가 되
어버린 '낡은 집'은 일제에 짓밟혀 폐허가 되어버린 당대 민족적 삶의 현
실상을 고스란히 재현하고 있다.

　특히 이 시기 그의 시에는 눈보라와 얼음, 즉 '동토(凍土)'의 이미지와
강(두만강)을 매개로 한 경계성의 공간 인식이 두드러지게 나타나는데,
아래 인용시에서 보듯 인식주체로서 화자는 갈 곳과 길 없는 현실적 존재
성에 대한 자의식을 끝없는 유랑의 행위화를 통해 역설적으로 드러낸다.

등대와 나와

서로 속삭일 수 없는 생각에 잠기고

밤은 얄팍한 꿈을 끝없이 꾀인다

가도오도 못할 우라지오

　　　　　　 ─「우라지오 가까운 항구에서」 마지막 연

잠들지 말라 우리의 강아

───────────────

10) 이용악,『낡은 집』(同志社, 1938)

오늘 밤도 너의 가슴을 밟는 뭇 슬픔이 목마르고
얼음길은 거츨다 길은 멀다

　　　　　　　　　　　　　　　—「두만강 너 우리의 강아」마지막 연

　그런데 이용악 시의 경우 주목할 필요가 있는 것은 이러한 유랑의 행로
가 해방을 기점으로 다시 회복되는 과정을 보인다는 점 때문이다. 아래
인용한 작품은 민족 대이동이라 할 만한 일종의 '귀환의 노래'로서, 해방
이전 삶에의 기억과 역사화를 현실 상황의 재현적 관점에서 드러내고 있
는 작품들이 그것이다. 이러한 작품에서 '기억 서사'[11]는 객관적 관찰자
이자 서사의 진술자인 화자를 통해 구체화됨으로써 해방기 현실의 의미
를 형상화하는 데 기여한다.

　　거북네는 만주서 왔단다 두터운 얼음장과 거센 바람 속을 세월은
　　흘러 거북이는 만주서 나고 할배는 만주에 묻히고 세월이 무심찮아
　　봄을 본다고 쫓겨서 울면서 가던 길 돌아왔단다

　　　띠팡을 떠날 때 강을 건널 때 조선으로 돌아가면 빼앗겼던 땅에서 농
　　사지으며 가 갸 거 겨 배운다더니 조선으로 돌아와도 집도 고향도 없고

　　　거북이는 배추꼬리를 씹으며 달디달구나 배추꼬리를 씹으며 꺼무
　　테테한 아배의 얼굴을 바라보면서 배추꼬리를 씹으며 거북이는 무엇
　　을 생각하누

---

11) 기억이 역사를 서사화하고, 서사가 역사를 기억하게 한다는 점에서 기억과 서사는
　　밀접관 관련을 맺는다. 특히 사건에 위장의 플롯을 부여하는 것은 우리가 그 사건
　　을 서사로 완결시켜 다른 서사를 살아가기 위해 이루어지는 행위이며, 사건의 폭
　　력을 망각하기 위해 행하는 것이라는 점에서 기억과 서사는 연쇄하고 있다. (오카
　　마라, 김병구 옮김, 『기억·서사』소명출판, 2004, 169면 참조.)

첫눈 이미 내리고 이윽고 새해가 온다는데 집도 많은 집도 많은 남
대문턱 움 속에서 이따금씩 쳐다보는 하늘이사 아마 하늘이기 혼자만
곱구나 12)

여기서 시인은 해방 정국이 혼란상이 민중들에게 어떤 의미를 지닌 것
인가에 대한 회의적이고 비판적인 시선을 '거북이네의 귀환'이라는 서사
적 대상을 통해 드러낸다. 이미 '낡은 집'의 털보네로부터 형상된 유이민
의 역사성과 현실성은 조국의 이름으로 무작정 귀환해 온 거북이네를 통
해 시간적 연속성을 가지고 그대로 재현되고 있는 바, 시인은 거북네가
하늘을 바라보는 시선을 객관적인 타자의 시선으로 묘사함으로써, 일제
잔재를 청산하고 귀속 재산의 재분배를 통해 귀환 동포들의 생계를 보장
해주어야 했음에도 불구하고 당시의 현실적 상황은 그들에게 또 다른 소
외와 배반의 상황을 초래하였다는 사실을 기억을 통한 역사의 현재화로
재현해낸다.

4. 일제말기 저항시와 타자의 공간성 — 이육사, 윤동주

만주사변과 태평양전쟁으로 이어지는 1930년대 후반 이후 일제의 침
략전쟁이 가져온 동북아의 극한 정세는 시인들의 개인적, 정치적 결단을
유발한 바, 그 대표적인 시인이 이육사(李陸史)와 윤동주(尹東柱)이다. 흔
히 이육사의 시는 강인하고 남성적인 어조와 호방한 대륙적 풍모와 기개
를 지닌 것으로, 윤동주의 시는 섬세하고 여성적인 어조와 깊은 자아성찰
의 내면성을 지닌 것으로 대비하지만, 정작 이들의 시가 한국 현대시사에

---

12) 이용악, 「하늘만 곱구나」, 『동아일보』, 1947.1.7.

서 중요한 의미를 차지하는 것은 두 시인의 시세계가 모두 치열한 역사의
식을 염결하고도 비판적인 성찰의 언어로 형상화한 때문이다, 일제강점
의 말기라는 역사공간이 이들 시의 존재 기반이었으며, 그 공간에서 두
시인은 만주와 북경, 남경, 상해로, 또는 간도 용정촌, 경성, 일본을 거쳐
조국 해방을 눈앞에 둔 채 타향에서 생을 마감했다는 점에서 동질적인 역
사적 위상을 갖는다.

(1) 이육사—월경(越境)과 혁명의 실천

조선시대 이래 대표적인 유학의 본향이었던 경북 안동에서 태어난 이
육사(본명;李源祿)는 엄격한 가문의 분위기 속에서 정명과 대의로서의 전
통을 중시하는 가치관을 자연스럽게 내면화할 수 있었던 것으로 보인
다.13) 그는 이미 22세인 1925년 국민당 정의부, 대한독립당 군정서, 의열
단 등의 독립운동 단체에 관여하던 이정기(李定基)를 주축으로 하여 맏형
원기(源基), 동생 원일(源一)과 함께 비밀결사를 조직하였고, 1927년 조선
은행 대구지점 폭탄 투척사건으로 검거, 투옥된 후 조선일보 대구지사 기
자생활을 하면서 본격적인 독립운동에 뛰어들게 된다.

1931년 외숙부인 허규(許奎)의 독립국 자금 모금을 위해 만주로 간 그
는 만주사변 이후 봉천에 머물며 김두봉(金斗奉)과 교유하였으며, 1932년
에는 중국의 문호 노신(魯迅)을 만나기도 하였다. 그가 민족해방운동에
본격적으로 투신한 것은 김원봉(金源奉)을 중심으로 남경에서 구축된 조

---

13) 그의 조부인 이중직(李仲直)은 보문의숙(寶文義塾)을 세워 교육에 힘썼으며, 외조
부인 범산(凡山) 허형(許衡)의 집안은 일가가 의병을 일으켜 항일투쟁에 앞장선 집
안이다.(조창환,『이육사』, 건국대출판부, 1998, 22~24면 참조)

선혁명정치간부학교에 입교하면서부터라 할 수 있다. 이때까지 이육사는 이미 [(안동)−大邱−北京−京城−奉天−南京] 등 끊임없는 월경(越境)의 행로를 보인 것이다.

시인의 필명 '육사(陸史)'는 이런 의미에서 '대륙을 향한 역사적 삶'이라는 정신성의 표현이라 할 수 있다. 그것은 곧 그의 다른 작품인 「광야」나 「절정」에서 보여주듯이 "천고(千古)의 뒤에 광야에서 목놓아 부르게 하리라"는 외침이나, "한발 재겨 디딜 곳 없는, 하늘도 지쳐 그만 끝난 고원"이자 "서릿발 칼날진 그곳"에 서서 역사적 시간과 공간을 초월하고자 하는 의지의 표현으로 구체화된 것이다. 아래의 인용시에서 보듯, 그것을 그는 시인 자신의 역사인식을 동지와의 '약속'을 지키고자 하는 의지의 천명을 통해 확인해주고 있다.

동방은 하늘도 다 끗나고
비 한 방울 나리잔는 그따에도
오히려 꼿츤 낡아케 되어안는가
내 목숨을 꾸며 쉬임업는 날이며

북쪽 쓴드라에도 찬 새벽은
눈 속 깁히 꼿맹아리가 옴작어려
제비떼 까마케 나라오길 기다리나니
마츰내 저버리지못할 약속이며

　　　　　　　　　　　　　　　　　−「꽃」1,2연[14]

---

14)『자유신문』, 1945.12.17. 발표는 해방 후 되었지만, 실제 창작은 의열단 동지 윤세주(尹世胄)가 1942년 조선의용대 하북지대 호가장 전투에서 전사한 소식을 듣고 1943년 북경으로 가던 즈음에 쓴 작품으로 알려져 있다.

(2) 윤동주—이향(離鄕)과 그리움의 종착

한·중·일 3국을 관통하는 윤동주의 이향과 비극적 삶의 역사는 널리 알려져 있다. 그는 1917년 북간도 명동촌(吉林省 和龍縣 明東村)에서 태어나 명동소학교, 용정(龍井) 은진중학교를 거쳐 1938년 연희전문학교에 입학하면서 고향을 떠난다. 이후 1942년 일본으로 건너가 도쿄 릿교대학 영문과에 입학하지만, 1943년 7월 귀향을 앞두고 사상범으로 구속되어 큐슈 후쿠오카 형무소에 수감된 후, 옥사하였다.[15] 그가 쓴 작품들은 해방 후 동생 윤일주(尹一柱)와 지우(知友) 정병욱이 『하늘과 바람과 별과 시』(正音社,1948)라는 이름으로 간행한 유고시집으로 세상에 나오게 된다.

이렇게 볼 때 시인 윤동주의 행로는 한반도와 중국대륙 간을 끊임없이 왕복한 이육사의 적극적인 행로에 비해 [북간도—평양—용정—경성—도쿄—교토—후쿠오카—(하얼빈)]의 이동경로가 암시하듯 고향으로부터 지속적으로 멀어지는 일종의 디아스포라적인 운명의 행로를 보여준다. 윤동주의 시가 고향에 대한 그리움과 사랑을 내포한 휴머니즘적 서정을 본질로 하는 정신적 배경을 여기서 찾을 수 있다.

어머님, 나는 별 하나에 아름다운 말 한마디씩 불러 봅니다. 소학교 때 책상을 같이 했던 아이들의 이름과 패, 경, 옥, 이런 이국 소녀들의 이름과, 벌써 아기 어머니된 계집애들의 이름과, 가난한 이웃 사람들의 이름과, 비둘기, 강아지, 토끼, 노새, 노루, '프랑시스 잠', '라이너 마

---

15) 그러나 또한 수감중 생화학무기 개발을 위한 생체실험을 위해 중국 하얼빈[哈爾濱]에 설치, 운영한 소위 '731부대'(공식 명칭; 大日本帝國陸軍 關東軍 防疫給水部 本部)에서 실험대상이 되었다는 사실 역시 밝혀진 바, 다만 그의 유해는 고향 용정으로 돌아와 안치되었고 그의 생가와 함께 역사를 통해 기억되고 있다.

리아 릴케' 이런 시인의 이름을 불러 봅니다.

이네들은 너무나 멀리 있습니다.
별이 아스라이 멀 듯이.

어머님,
그리고 당신은 멀리 북간도에 계십니다.

　　　　　　　　　　　　　　　—「별 헤는 밤」부분

이 시는 1938년 경성에서 유학하던 시절의 작품으로, 고향과 가족들이 밤하늘의 별만큼 멀리 떨어져 있음에 대한 안타까움의 정서는 곧 공간적 거리감과 고독한 자아성찰로 형상화되어 나타난다. 그러나 그만큼 그리움의 대상들을 하나하나 '호명'하는 행위를 통해 그 기억을 현재화하여 소환함으로써 결핍된 공간을 대체하며 자아의 정체성을 확보할 수 있는 내면공간을 창출해낸다.

이 내면공간은 윤동주의 시에 고유한 인간애의 정서를 실존적이며 비판적 태도를 통해 의지적인 현실인식으로 고양시키는 중요한 자질이 되는 바, 그의 시에서 '그리움'이나 '비애'의 정서는 단순한 낭만성의 표출에 그치지 않고 고결한 정신주의의 모습으로 형상화된다.

창밖에 밤비가 속살거려
육첩방(六疊房)은 남의 나라,

시인이란 슬픈 천명인 줄 알면서도
한 줄 시를 적어 볼까.

땀내와 사랑내 포근히 품긴
보내주신 학비 봉투를 받아

대학 노一트를 끼고
늙은 교수의 강의 들으러 간다.

생각해 보면 어린 때 동무들
하나, 둘, 죄다 잃어버리고

나는 무얼 바라
나는 다만, 홀로 침전하는 것일까?

　　　　　　　　　　　　　　　　　　　—「쉽게 쓰여진 시」 부분

태평양전쟁이 한창인 시기 식민국인 일본에 유학하여 천대받는 시적 주체는 어느 비오는 날 밤 하숙집 2층 다다미방 창가에서 비애의 자기성찰을 피력한다. 이미 탈향에 과정에서 극대화된 상실감은 시인에게 반성적 성찰의 공간을 만들어주었으며, 이를 통해 '어둠'의 공간에 '등불'과 '시대처럼 올 아침'의 미래 공간을 창출해내고 있는 이 시적 순간에 시적 주체는 '최후의 나'이자 동시에 '최초의 악수'를 통해 그러한 자신을 극복하고 회복의 공간을 확보할 수 있는 계기를 마련하고 있는 것이다.

5. 결론—고향상실과 회복의 상상력

위와 같은 관점에서 한국현대시사를 바라보는 것은 시텍스트를 시적 주체의 현실에 대한 인식적 대응이라는 맥락에서 수용하는 데 일정한 작용을 함으로써, 문학사의 지적 이해와 작품에 대한 비평적 해석을 상호관련성 속에 수행할 수 있도록 해준다. 그것은 곧 텍스트를 수용주체의 사회역사적 맥락 속에 조회의 대상으로 위치시킴으로써 개인과 공동체의 현실적 삶의 문제에 대한 유의미한 가치 해석을 창출해내도록 유도한다.

일제강점의 초기인 1920년대 『독립신문』을 근거로 이광수, 주요한 등 문인들에 의해 이루어진 상해의 활동은 다분히 계몽적 성격을 띤 것이라 볼 수 있다. 특히 주요한의 민중시론은 민족 고유의 정서를 강조한 점에서 민족주의적 지향을 지닌 것이다.

그러나 일제강점이 지속되면서 이미 1930년 이후 일제의 군국주의 전략이 강화되고 토지수탈과 노동력 착취가 확대되었고, 만주나 간도 지역으로의 이주민들이 기하급수적으로 늘어나는 상황에 처한 바, 백석, 이용악과 같은 이 시기 시인들은 이미 탈향과 유랑의 삶과 그 역사성을 언어화하게 됨으로써 단순한 이념적 지향으로서의 시문학이 아니라, 역사적 삶에 토대한 현실주의적 형상의 시학을 보여줄 수 있게 된 것이다. 그것은 객관적 관찰과 제시의 형상성이며, 동시에 타자(他者)의 인식과 타지(他地)의 철저한 개인적 고독 속에 찾아낸 공동체적 삶에 대한 재인식이라 할 수 있다.

1940년대 태평양전쟁을 전후한 시기 이육사와 윤동주의 시는 끊임없는 월경과 탈향의 정점을 시인 스스로 보여준 대표적인 경우이다. 이들의 행로는, 작품 속에 시적 주체의 역사적 존재 성찰을 동반하면서 실존적 결단과 의지의 모습으로 그 의미가 드러나 있다는 점에서 결코 '디아스포라'의 의미로 한정시킬 수 없다. 이것은 일제강점으로부터 전개된 한국현대시의 역사가 민족문학으로서의 정체성을 확인하는 인식적 공간을 확보하는 정점이라는 의미에서 그러하며, 아울러 이를 통해 시문학이 창출해낼 수 있는 삶의 가치화작업을 역사적 휴머니즘의 이름으로 보여준 때문이다.

상해시절 주요한의 시와 민중시론

1. 머리말

근대 초기 자유시 형성과정에 대한 기존의 연구를 보면 대체로 두 갈래의 입장으로 대비되어 나타난다. 개화기를 근대의 시작으로 보는 역사관에 입각하여 개화가사, 창가, 신체시를 거쳐 근대자유시가 완성되었다고 보는 계기적 연속성에 의한 시사 파악의 관점이 그 하나이고, 18세기 사설시조나 잡가 양식에 나타난 정형률의 파괴와 사설리듬의 확보로부터 근대자유시 형성의 내적 추동력을 찾고자 하는 관점이 다른 하나이다.[1] 전자는 외래성과 서구지향적인 수용의 측면을 강조하는 입장을 보이며, 후자는 내재적 발전론 혹은 전통지향적인 관점을 견지하는 입장이라 할 수 있다.

그러나 다른 한편으로 자유시의 형태적 완성이라는 시사상의 실질적 조건을 염두에 둘 때 1910년대 중반 『학지광(學之光)』을 중심으로 한 동경유학생들의 창작 활동에 주목할 필요성을 강조하기도 한다.[2] 최승구,

---

[1] 앞의 관점을 대표하는 연구로는 정한모, 『한국현대시문학사』(일지사, 1983)와 김용직, 『한국근대시사』(새문사, 1985)를 들 수 있으며, 후자의 관점에 해당하는 연구로는 박철희, 『한국시사연구』(일조각, 1980)과 조창환, 『한국현대시의 운율론적 연구』(일지사, 1986)를 들 수 있다.

[2] 김성윤, 「한국 근대자유시 형성기 연구」(연세대 대학원, 1999)와 정우택, 「한국 근대 자유시 형성과정과 그 성격」(성균관대 대학원, 1998)은 모두 최승구, 김여제, 현

김여제, 현상윤 등의 초기 문인들의 시작품은 이상주의와 낭만주의라는 서구 근대시의 전형적인 지향성을 보이기는 하나, 수필적 문체와 개성의 확보나 주체적 내면 공간의 표백과 같은 시적 자질들은 근대 자유시의 형태로서 손색이 없다는 것이다.

이처럼 문학사의 감추어진 공백을 메우는 일은 시사적 사실의 복원이라는 명분으로서도 의미를 가지겠지만, 보다 중요한 것은 개항과 근대적 변혁기를 거치면서 새롭게 이념화된 민족과 민족국가의 관념에 대한 문학적 접근이 그 의미에 대한 일정한 해명의 단서를 제공해줄 수 있다는 점에 대한 인식이다. 소위 개화기의 계몽적 담론은 민족을 위기에 빠뜨린 조선왕조의 정통성을 뒤엎기 위해 '단일민족'과 '민족정기'를 호명함으로써 혈통적 순수성으로서 민족의 개념을 전통의 이름으로 초월적 담론화하였던 바.[3] 일제에 의해 병합된 이후 독립을 위한 저항은 근대문물의 유입과 제국주의적 통치의 틈바구니에서 현실적 의미를 부여받기에 힘든 처지에 갇히게 되었으며, 우리 문학의 근대성 역시 전통지향과 모더니티 지향의 양극단에서 각기 이념화되는 모습으로 전개되지 않을 수 없었던 것이다.

근대시사에서 주요한의 경우도 마찬가지 잣대에 의해 평가되는 경향이 아직 남아 있다. 「불놀이」를 상징주의의 개념에 의해 규정하고, 근대시와 서구적 근대의 수용을 동일시하는 관점을 가지는 한, 우리 근대시사에서 가장 역동적이면서도 또한 가장 희미할 수 있는 초기자유시의 형성

상윤 등 『학지광』의 중심 시인들의 작품에서 비로소 개성의 발현과 주관적 정서의 표출을 기반으로한 근대적인 의미의 서정시가 나타났음을 주목하고 있다.
3) 고미숙, 『한국의 근대성, 그 기원을 찾아서』(책세상, 2006), 41~61면 참조.

과정을 명확히 재구해내기란 어렵다. 특히 주요한의 초기 활동은 최남선과 이광수를 정점으로 한 계몽 담론의 시기로부터 황석우를 거쳐 김소월, 한용운에 이르는 근대 서정시의 세계에 이르는 가교의 위치에 있다는 점에서 볼 때, 1919년 이후의 시대적 상황에 따른 문학의식의 추이를 살피는 일은 매우 중요하게 된다.

그러므로 초기 자유시 형성과정에서 주요한의 시작 활동은 오히려「불놀이」라는 한 편의 작품에서보다는, 실제로 그가 활동한 무대인 상해를 중심으로 한 초기 문단의 이념적 지향이라는 측면에서 접근해야 할 필요가 있다. 이런 의미에서 본고는『창조』지를 중심으로 한 초기 문단에서의 시작 활동과 병행하여, 상해 시절『독립신문』을 편집하면서 그가 필명으로 쓴 몇 편의 작품을 주임으로 그의 시적 지향을 살펴보는 한편, 시론을 통해 모색한 근대자유시의 방향성이 어떤 시사적 의미를 구현하는지를 규명함으로써 우리 근대시 초기에 형성된 자유시의 이념과 그에 따른 양식 탐구의 실체를 확인하는 데 목적을 두고자 한다.

2. 초기 자유시의 형성과정과 민족주의

1910년대 우리 시단의 초기 자유시 형성과정은 일제 강점에 따른 국권 상실의 환경 속에서 당대의 문학적 주체들이 자기정체성을 확보해나가는 과정과 맥을 같이 한다. 그러나 근대의시작과 함께 식민지로 전락한 현실 속에서 주체의 형성은 지연되거나 왜곡될 수밖에 없는 문제점을 노출하게 되었고, 이러한 시대 환경 속에 자기표현의 적절한 양식을 탐색하는 일이 곧 자유시형의 완성을 기하는 일과 같은 것이 되었던 것이다.

계몽문학기를 거치면서 싹이 튼 이러한 문학적 자각은『태서문예신보』와『학지광』등의 잡지를 통해 본격화된 바, 1910년대 후반 나타난 창작시들은 두 가지 측면에서 이전 시기의 시문학과 변별성을 가지면서 초기 자유시 형성과정의 내용 요소를 이루었다. 첫째는 이들이 '근대시' 혹은 '자유시'를 자라보는 입장의 문제로, 이 시기 시인들은 근대적 자아 혹은 개성을 드러내는 일을 근대적인 시를 창작하는 일과 동일한 것으로 생각하였으며, 그것은 곧 '자유'의 문제를 개인적 자아의 절대 순수 이념으로 여기는 인식태도를 낳게 하였고, 이것이 '근대시=자유시'의 등식을 정당화하도록 하였다. 사실상 자유시는 그 본질상 민주적 경향 내지 혁명적 경향을 지닌 것으로 여겨져 온 바, 고정된 율격의 규칙을 따르지 않고 자유로운 리듬의 흐름 속에 사상과 정서를 표현하는 자유시형은 개성과 자아의 자유로운 분출을 욕구하는 이 시기 시인들이 시의 내적 질서를 확립하기 이전에 즉자적인 감정과 내면의식의 산만한 표백에 치우치게끔 하는 데 적절한 기제가 된 것이다.

이러한 문제는 식민지적 근대의 현실적 제약으로부터 자유로울 수 없었던 당시 시인들의 의식 상황을 그대로 반영한다. 즉, 낡은 전통과 도덕, 경직된 양식의 영향력으로부터 벗어나 새로운 정신과 양식을 창조하는 일이야말로 근대인으로 경유학생들을 중심으로 한 신지식층에 의해 규정되었던 개인과 자아는 사회문화적 현실과 유리된 채 그 자체로서 절대화되는 방향으로 의미화된 바, 그들이 현실 속에서 느끼는 분열과 갈등, 방황과 좌절, 설움과 비애 등의 감정이 토대가 된 주관적 자유의 외침은 근대적 개성을 형식화한다는 의미에서의 자유시형 정립의 과제를 감당하기에는 역부족일 수밖에 없었던 것이다.『학지광』에 발표된 많은 작품들이 근대적 삶의 가치로서 자유와 자립에 대한 추구를 주제화했지만, 그 추구의 강렬한 열망을 주관적 언술로 표출하는 과정에서 의식의 분열과 갈등을 형식의 균형이 파괴된 산문체의 형태로 드러냄으로써 결과적으로 식민지 지식인의 무력함을 노정하는 데 그치고 만 것은 이러한 사정을 여실히 보여준다.

자유시 성립과정의 내용 요소를 규정하는 두 번째 요인은 근대적 개성을 담아낼 수 있는 적절한 형태의 발견 혹은 모색의 문제이다. 1910년대 말에 이르러 자유시의 형태에 대한 문제의식이 본격화된 것은 그만큼 근대적 개성에 대한 추구가 자유의 탐색과 동일시된 문단의 인식적 정황을 반증해주는 것이기도 하지만, 상징주의 등 외래 문학사조의 유입과정에서 그것이 어떻게 민족의 현실에 대한 전망의 확보에 관여될 수 있는가의 여부를 모색하는 매개 역할을 했음을 보여주는 것이기도 하다.

이 시기 자유시론의 형성에 중요한 역할을 한 것은 김억과 황석우의 소론들이다. 김억은 「시형의 음률과 호흡」을 통해 "시인의 호흡과 고동에 근저를 잡은 음률이 시인의 정신과 심령의 산물인 절대 가치를 가진 시"[4] 라고 규정함으로써, 주관의 영역과 음악적 표백으로서 자유시의 리듬의식을 중요시하였다. 김억의 시론은 예술을 인격(내용)과 육체(형식)의 조화로 본 그의 문학관의 소산인 바, 그의 자유시론은 양적인 리듬의식에 그치고 있으며 실제로 '호흡률'에 관한 인식은 황석우의 시론으로부터 비로소 나타난다. 황석우는 「시화」, 「조선시단의 발족점과 자유시」과 같은 글에서 근대의 문제를 자유에 두고, 자유에서 비롯한 개성의 문제, 자유와 개성의 시적 형태인 자유시의 문제를 거론하였다. 그는 이들 소론을

---

4) 김억, 「시형의 음율과 호흡」, 『태서문예신보』, 1919.1.13.

통해 자유시의 특성인 개성에 근거한 율격을 "인격의 호흡 그 맥의 기동"인 '영률(靈律)'이라는 이름으로 제시한 바, 이러한 호흡률과 개성율의 추구는 곧바로 자유시의 근간인 내재율에 연결되는 것으로 이후 주요한의 시적 성과를 통해 구체화된다.[5]

그럼에도 불구하고 근대 자유시 형성기에 이러한 내적 요건들을 충족시켜 나가는 과정은 결국 '근대적 개성'의 내용성에 대한 확실한 담보를 얻지 못한 치명적 결함을 가지고 있었던 것도 사실이다. 그런 의미에서 근대적 개성의 형식화로서 자유시를 지향했던 1910년대의 시인들은 궁극적으로는 상상력의 공간으로 미학적인 탈주를 감행함으로써 식민지의 고통스러운 현실 속에서 근대적 주체로서의 자유와 희망을 보상받고자 했다는 평가[6]에서 자유롭지 못하다.

이렇게 볼 때 주요한의 초기 시창작이 동경과 경성을 지나 상해로 이어지는 지점에서 시작되고 있다는 것은 매우 의미심장하다. 1910년대 말 상해는 일제의 제도적 지배로부터 자유로운 제3의 공간이었으며, 임시정부를 주축으로 한 민족운동의 본격적인 산실이라는 점에서 문학이 계몽의 차원을 넘어서 근대적인 면모를 갖추고자 하는 데 있어서 결락된 부분을 메워줄 수 있는 중요한 자양분이 될 수 있었던 것이다.

---

5) '호흡률'이 산문과 자유시 사이에서 그 경계를 좁히는 중간 단계의 형태를 추구하여 시의 '내적 질서'를 확보하게 한다는 점에서 주요한의 자유시가 보여주는 시상의 통일성, 향간의 긴장감과 리듬감의 형성, 의미구조와의 연관성 등의 요소는 초기 자유시의 완성과정에서 중요한 성과라 할 수 있다. (한계전, 「자유시에 대한 인식의 발전」, 한계전 외, 『한국현대시론사연구』, 문학과지성사, 1998, 55~66면 참조.)

6) 정우택, 「한국 근대 자유시 형성과정과 그 성격」, 성균관대 대학원, 1998, 222면

3. 상해에서 주요한의 활동과 민족적 서정에의 지향

(1) <창조> 시대의 자유시형 탐구

주요한은 12세 때 동경유학생 목사로 파견된 그의 아버지 주공삼(朱孔三)을 따라 일본에 건너가 이듬해 명치학원 보통부에 입학하였다. 이 학교에는 이미 박영효를 위시하여, 이광수, 문일평, 김동인 등이 수학한 바있으며, 주요한은 이광수의 3년 후배로서 수학하게 되었다. 그는 재학 중『부르짖음』이라는 일본어 회람잡지를 만들었으며, 교지『백금학보(白金學報)』의 편집위원으로 발탁되기도 하였던바, 그의 문학에 대한 관심은 1918년 동경 제일고등학교에 입학한 후 유학생회지『학우(學友)』창간호 (1919.1)에「에튜우드」라는 제목으로 '시내', '봄', '눈', '이야기', '기억'의 시 5편을 발표하는 동시에,『창조』창간호(1919.2)에「불놀이」,「하이얀 안개」,「새벽꿈」,「선물」의 4편을,『창조』2호에「해의 시절」과「아침 처녀」를 발표함으로써 본격화되었다.[7]

주요한 자신의 회고에 따르면 이 시기 그는 일본어로 번역된 서구 근대 시인들의 작품을 읽었으며, 습작과정에서 일본 시단의 동인 대우를 받을 정도로 역량을 인정받은 것으로 되어 있다. 그럼에도 불구하고 시단에서 그의 등장은 한국 근대시사의 형태를 규정하는 시금석과도 같은 것이었다는 점에서 주목할 필요가 있다.

<창조>시대에 실린 나의 시라고 하는 것은 솔직히 말하여 서구의

---

7) 정한모,『한국현대시문학사』(일지사, 1981), 293~4면.

작품의 모방이었고, 그 경향도 일정한 것이 아니라 그때그때의 기분에 의하여, 잡연하였던 것이다. 다만 본래의 한시나 시조의 본위기를 떠나서 서구적인 분위기를 섭취하자는 시도를 특정으로 볼 수 있겠고 또한 우리 국어의 생명을 찾아보자는 시험이었다고 할 것이다. 그러므로 나의 시작은 純國文으로 쓰여 있다.[8]

여기서 무엇보다 눈에 띠는 것은 그가 새로운 시 창작의 방향을 서구적인 근대시와 한국시의 결합에서 찾고 있다는 점이다. 그가 말하는 '순국문'의 시는 물론 고어의 부활을 의미한 것은 아니며, 한자어의 말들을 억지로 순수한 우리말로 바꿔 쓰려고 노력했던 정도이지만, 이들 작품은 기존에 『학지광』을 중심으로 최승구, 김여제, 현상윤 등 유학생 문인들에 의해 형성된 초창기 근대시의 흐름에 본격적인 변화의 모습을 보여준 것이었다.[9] 그리고 그 바탕에는 그의 시작활동의 출발점이 된 상해의 체험이 자리하고 있다.

『창조』지를 통한 주요한의 초기 시 창작은 고향에 대한 그리움의 정서를 주조로 하고 있다는 점에서 특징적이다. 『창조』 4호에 발표한 「상해 이야기」는 '歌劇', '支那소녀', '公園에서'의 세 편을 묶은 것으로, 이국 풍경에 대한 스케치와도 같은 묘사에 그치고 있지만 우리말의 호흡과 음율에 대한 탐구를 위한 실험적 창작으로서의 의미를 드러내준다는 점에서 주목할 만하다.

---

8) 주요한, 「<창조> 시대의 문단」, 『자유문학』, 1956.6, 136면.
9) 이와 관련하여 김윤식은 주요한이 이 시기 여타 시인들에 비해 두각을 나타낼 수 있었던 이유를 유능한 일본어 구사 능력, 서구 상징주의 문학에 대한 이해 수준, 상징주의 시의 번역 과정 등에서 찾고 있다. (김윤식, 「주요한론」, 『(속)한국근대작가론고』, 일지사, 1981, 138~140면 참조)

바람이불기시작하도다
써러지다물에夕陽이번득이고
그늘진亭子밋테는水兵하나,갓을젝켜쓰고
그의愛人인金髮의소녀와니얘기한다
花壇우에꼿줄기의던지는기름자기러지고
뒷문각가온좁은길은거르면
聖母院의鐘소리멀리울려오도다
검은幕친테니쓰코―트에
遊戱하는男女는잠잠히움즈기는그림가트며
락켓트쥔팔을놉히드러공을밧는少女의
自然한아름다운姿態는夕陽에 써오른彫刻인가하도다

—「공원에서—저녁」

이 시에서 보듯, '프랑스 공원'이라는 이국적 풍경이 주는 인상을 관찰
자로서의 초점 화자의 묘사에 의해 이미지의 흐름을 보여주듯 펼쳐나가
는 시상의 전개는 띄어쓰기를 무시한 채 행갈이만으로 이루어진 자연스
런 호흡율과 연결되어 있다. 이러한 시적 형상은 이후 『창조』 8호
(1921.1)에 발표한 「그봄을 바라」를 비롯하여 『폐허이후』(1924.2)에 실
린 「그봄의 부름」에 이르기까지 11편의 시편에 고스란히 나타나는 바,[10]
이들 작품은 모두 망향의 그리움을 정서적 기반으로 하고 있다는 점에서
이 시기 주요한의 자유시에 대한 인식과 지향점을 보여주기에 충분하다.
  그의 초기시에 나타난 이러한 향토성에 대한 인식은 당시 국내의 자유

10) 주요한은 시집 『아름다운 새벽』을 간행하면서 「상해이야기」의 3편은 「상해풍경」
으로 제목을 바꾸어 「상해소녀」, 「가극」, 「불란서공원」의 순으로 수록하였으며, 「
그봄을 바라」와 『폐허이후』 게재한 「봄날에 가만히 부른 노래」, 「비소리」, 「봄달
잡이」, 「고인물」, 「횐구름」, 「노래하고 싶다」, 「그봄의 부름」의 7편 등 11편을 모
두 '고향생각'이라는 제목으로 묶어 수록하였다.

시단에 만연되어 있던 세기말적 데카당스와 애상적 자폐의식, 자아의 각성을 표방한 채 어두운 내면의 의식만을 부각하는 낭만주의적 시풍과 비교할 때 매우 이질적인 것이었음에 틀림없다. 그의 시는 고향 상실에 대한 아픔과 회복을 위한 동경의 정서를 바탕으로 하였음에도 불구하고, 평이한 언어를 통해 보다 밝은 어조와 긍정적이고 건강한 정서를 지향함으로써 남성적이고 의지적인 수사와 리듬의식을 획득하게 된 것이다.

> 아기야 우지마라, 모든 것이 슬어지더라도
> 산이 기우러지고, 모든 보이는 삶이
> 더욱 밋으로 밋그러 써러지더라도
> 우지마라, 언제던, 모든 것에 쒸어난
> 참과 참삶이 올날이 잇슬터이다
> 긔쌜과, 라발과, 아편과, 폭풍우
> 굴독과, 연긔와, 염병과, 음란
> 쏘 모든 붓과 말의 작란쩌리,
> 욕설과 목쉰 소리, 력사가 흘리고간
> 거품과 냄새나는 거름에 속지 마러라.
> ─ 「모든 것이 다갈썩」[11]

마치 하나의 잠언과도 같이 예언자적 목소리의 화자를 통해 민족사의 미래에 대한 당부의 말을 전하고 있는 이 시는 '아기'를 현상적 청자로 삼음으로써 밝고 건강한 것에 대한 시인의 의지를 엿보게 해준다. 이러한 주요한 초기시의 지향은 상해 시절 그의 『독립신문』 편집 활동과 무관하지 않다. 그는 적어도 이 시기 국외에서의 독립운동 활동의 현장을 체험

---

11) 『창조』 9호(1921.5), 29면.

하면서 비로소 그의 자유시 창작의 확고한 방향성을 정립한 것으로 보이기 때문이다.

(2)『독립신문』과 송아지의 세계

주요한은 1919년 3.1운동이 일어난 후 여름 무렵 상해로 건너간 것으로 확인된다. "내 아내와 협력하여 무슨 격문을 하나 꾸며 시내에 도르고 요한은 상해로 피신을 하고……"12)라고 한 김동인의 말에서 보듯, 주요한은 자신의 처녀작을 10편 가까이 쏟아내고는 홀연히 일본 유학생활을 중단한 것이다. 이는 그가 신시운동의 과제를 민족독립의 정치운동과 병행되는 맥락에서 이해하고 있었음을 보여주는 대목이다. 동경유학생들이 일으킨 2.8 독립선언 직후, 학생 신분으로서 상해로 가 임시정부에 가담한 사람은 이광수, 최근우, 이봉수, 손두환, 주요한, 안승모, 유경환, 윤창만, 오의선, 윤보선 등이었는데,13) 주요한은 임시정부 기관지인 『독립신문』에서 이광수와 함께 편집일을 맡아 보게 되었던 것이다.

> 나는 그동안에 독립신문사를 지키면서 독립운동사료편찬위원회의 일을 보았다. <독립신문>의 처음에는 조동호와 둘이서 창간하였으나 조동호는 곧 그만두고 주요한과 나와 둘이서 하게 되었다. 주요한은 동경 제일 고등학교 학생이다가 기미년 여름에 학교를 버리고 상해로 왔다. 그는 나와 같이 독립신문사 속에 살면서 글도 쓰고 편집도 하고, 중국 명절이 되어서 중국인 직공들이 쉬일 때에는 손수 문선과 정판도 하였다. 그는 무엇이나 잘하고 무슨 일에나 정성을 들였다.14)

---

12) 김동인,『문단 30년사』,『김동인전집6』, 삼중당, 14면.
13) 김성식,『일제하 한국학생독립운동사』(정음문고, 1978), 68면.

상해 임시정부의 기관지인 『독립신문』은 1925년 11월 11일 189호를 최종호로 발간이 중단되었는데, 여기에는 약 70여 편의 시가 게재되어 있다. 대표적인 작자들은 海日, 송아지, 金輿(김여제), 春園, 金泰淵, 牧神 등인데, 이중 '송아지'라는 필명의 작자가 바로 주요한임은 기왕에 밝혀진 바와 같다.15) 그는 동일한 필명으로 시작품 외에도 「부인해방문제에 관하여」, 「적수공권─독립운동 진행방침 사견」 등의 장편 논설을 싣기도 했는데, 이 과정에서 그는 이광수의 영향으로 흥사단의 준비론 사상을 받아들이게 된다.

송아지의 필명으로 쓴 작품 중 「조국」은 「불놀이」 류의 작품들과 가장 유사한 것으로, 아래의 인용에서 보듯, 산문적 문체와 분절 묘사의 연속에 의해 조국에 대한 넘쳐흐르는 애정을 호방한 어조로 표현하고 있다.

> 위대할사 나의 조국아 나의 어린 시절의 추억이 지금 나의 단꿈을 때때로 이끌어 간다. 마음을 녹이는 온대의 봄바람에 안기어 복송아나무 그늘에서, 그 위대한 역사를 읽고 눈물지던 그때─그 눈물의 즐거움…… 그같은 약이 지금은 다시 맛볼 수 없게 되었다. 너는 나와 너머 가까이 있어서 심상하여졌다.
>
> 그러나 위대할사 나의 조국아, 충환과 상심의 날에 네 이름이 나의 위로가 되며 용기가 된다.
>
> 네가 낳은 모든 영웅, 대동 압록의 물가에 너의 무용을 빛내던 장수

---

14) 이광수, 「나의 고백」, 『이광수전집7』, 우신사, 26면.

15) 김윤식은 ① 「불놀이」 등 이른바 산문시 계열의 작품과의 표현, 형태상의 동일성, ② 『독립신문』 49호(1920.3.1)에 발표된 「대한의 누이야 아우야」에 적힌 '_'라는 서명, ③ 이광수의 회고 등을 근거로 들어 '송아지'가 주요한의 필명임을 밝힌 바 있다. (김윤식, 『한국근대문학사상사』, 한길사, 1985, 93~97면 참조)

들. 계림 수풀에 김해 물가에 건국의 신화를 빚어낸 너의 그림자. 또 네가 길러낸 방국, 민중 어느때 나는 배달 여의 광채 가득한 사기를 보고 가슴이 흥분으로 떨림을 깨달았다. 모든 낡은 꿈들이 조국이란 이름 아래 새 생명을 가지고 내 피를 끓게 하였다.

　위대할사 나의 조국아, 나의 조국 아름다운 선혈에 화장된 조국아

—「조국」 16)

이 작품에서 가장 주목할 특징은 '조국'을 현상적 청자로 설정하여 시의 표면에 드러냄으로써 화자의 심정적 동일화를 기하고 있다는 점이다. 비록 주관적 격정을 토로하는 형식으로 나타나 있지만, 그 내면 공간은 결코 개인의 폐쇄된 자의식의 세계나 심미적 정서의 편린과는 다른 세계로 구현되어 있다. 그것은 곧 공적 공간으로서 민족국가의 호명을 다루고 있음을 뜻하며, 아울러 상해임시정부라는 그가 처한 특정한 현실적 존재 공간이 낭만적 동경과 상상의 형식으로 상실감의 회복과 미래에의 전망을 부여함을 의미한다.

『독립신문』에는 '송아지'라는 필명 외에도 '牧神'이란 이름으로 발표된 작품이 4편 있다. 김윤식은 이들 작품에 대해서도 그 수준과 산문시 형태상의 동일성을 들어 주요한의 것으로 추정한 바 있다.17) 그중 다음 인용한 「물이 흐르고 바람이 불어서」는 3.1독립운동 3주년을 맞아 쓴 시라는 점에서 주목할 필요가 있다.

　왔습니다. 네 번째 왔습니다. '최후의 일인, 최후의 일각'을 맹서하고 손목 잡고 범의 굴에 돌진하는 첫봄에, 새꽃 피는 날이 다시 이르렀

---

16) 『독립신문』 제81호(1920.6.1).
17) 김윤식, 『한국근대문학사상사』(한길사, 1985), 98면.

습니다. 물이 흐르고 바람이 불어서, 공수애국자들, 미친 개같은 헌병들, 호수의 꺽짝이 같은 군인과 소방대, 어린 애기의 빨간 피, 그날 저녁 모든 인상이, 빼일래야 빼일 수 없이, 좁은 머리 속에 꼭 들어박혀 있습니다.

이 즐거운 날, 이 복된 날, 이 괴로운 날, 우리는 웃어도 보고 울어도 보며 춤도 추고 가슴도 두다리며 주먹도 부르쥐어 봅니다.

열 세길 새도롱 안 동포들은 지금, 이 시간, 이 순간에 피와 깨끗한 살점을 가지고 이 거룩한 날을 기념할 것이외다. 눈물섞인 애국가, 목 매인 기도소리, 거츠른 콩 수수밭, 세멘트 바닥 우헤 굽힌 어른 무릎, 이 모든 이 모든 것이 들리는 듯하고 보이는 듯하오이다. 수없는 적들도 또한 이 날을 총과 칼과 살인과 위협과 속임과 땀으로 기념하야 줍니다. 또한 국경근처에서는 지금 우리 용사들이 적의 가슴을 욱여내고 받은 생피 한 줌 입에 물고 눈물에 젖은 기념제단 우헤 뿌려 이날을 기념하겠지요.

―「물이 흐르고 바람이 불어서」¹⁸⁾

이 시는 우선 「불놀이」나 「조국」과 같이 행구분을 무시한 산문시 형태를 띠고 있다는 점에서 공통된 모습을 보인다. 특히 "왔습니다. 네 번째 왔습니다."나, "이 즐거운 날, 이 복된 날, 이 괴로운 날"과 같은 동일한 시구의 반복적 변주와 "눈물 섞인 애국가, 목 메인 기도소리, 거츠른 콩 수수밭, 세멘트 바닥 우헤 굽힌 어른 무릎"과 같은 심상의 감각적 재현의 표현 방식은 주요한이 이미 「불놀이」나 「눈」에서 시도한 방법과 매우 닮아 있다. 아울러 그것을 내면화된 화자의 목소리를 통해 시인의 내적 성찰의 공간을 확보하고 있다는 점도 공통적이다.

---

18)『독립신문』제121호(1922.3.1).

그러나 내면을 표출하는 방식에 있어서 「불놀이」에서의 산문체의 언어가 대상에 대한 철저한 묘사의 표현을 통해 감각적 정서의 전경화를 추구한 것에 비할 때, 이 시는 일정하게 의도된 청자를 상정한 채 보다 직접적으로 화제에 대한 진술의 내용을 드러내고 있다는 점에서 특별한 의미를 지닌다. 그것은 이 시의 작자가 이미 개인의 차원을 넘어서 민족 단위의 주체가 되어 있음을 뜻하며, 또한 민족구성원 전체를 향한 공동의 논의로서 독립정신과 의지의 촉구라는 메시지를 전면에 내세움으로써 사변적인 서정의 세계에 논변적인 서사의 세계를 접모시키는 일을 수행하는 것이기도 하다.

4. 민중시론과 주요한 시의 근대성

호강대학 재학 중이던 1924년 여름 방학을 이용해 귀국한 주요한은 이광수의 권유로 『조선문단』지의 편집에 관여하게 된다. 그는 『조선문단』 창간호에 동요 「가신 누님」과 평론 「문단시평」 및 그의 초기 대표적인 시론이 된 「노래를 지으시려는 이에게」 등의 글을 발표했는데, 특히 「노래를 지으시려는 이에게」는 시작의 원리나 세부에 대한 견해보다는 새로운 시가 나아가야 할 방향에 대한 논의로서 의미가 있다. 즉 당시 문단은 『창조』, 『폐허』, 『백조』 등의 동인지가 쏟아져 나오면서 시단에서도 본격적인 자유시형을 모색하는 새로운 혁신의 움직임이 일어난 전환기적 상황이었음에도, 과연 무엇이 새로운 시인가에 대한 공통된 인식을 견지하지 못한 채, 신체시형에 뿌리를 둔 계몽적 시가의 전통과 서구 근대시의 번역·수용에 기댄 자유시형의 자의적 창작이 혼재되어 있었다.[19] 이 과정에서 주요한은 어떤 의미에서 과감하게 동인지문단의 시대를 넘어서 우리 고유의 근대시형을 모색하고자 함으로써, 우리시의 근대성에 대한 자각의 과정을 보여준 것이다.

> 이 초창시대에 있는 우리는 기성한 시대의 세력을 가진 것도 없고 일반 독서 계급의 빠른 감상력을 가짐도 없고, 기성한 시가의 형식도 없이 다만 빈손으로 무슨 새론 문학의 창조를 꾀하는 것이외다. 일이 어렵기도 하려니와 그 동시에 흥미도 있는 것입니다. 그러면 이 신시운동의 전도 목표는 무엇인가. 적어도 나의 생각으로는 두가지의 목표가 있다고 합니다. 첫째는 민족적 정조와 사상을 바로 해석하고 표현하는 것, 둘째는 조선말의 미와 힘을 새로 찾아내고 지어내는 것입니다.[20]

여기서 주요한은 신시운동이 나아가야 할 방향을 두 가지로 제시한 바, 그 하나는 내용에 있어서 민족적 개성의 발현에 충실할 것이며, 다른 하나는 형태에 있어서 우리말의 미를 구현할 수 있는 적절한 형식의 탐구이다. 이러한 목표 설정은 이전까지의 서구지향적인 자유시 운동에 대한 반성과 함께 한국시의 잠재적인 전통을 재인식하고 민족 정서에 걸맞는 시형을 발견하는 데 중점을 두게 된다. 그리고 그 해답을 '민요' 양식에서 찾고자 한 것이다. 새로운 자유시의 영역을 개척하는 데 있어 새삼스럽게 전통시가 양식인 민요를 들고 나온 것은 시사적 맥락에서 그 나름의 의미를 갖는다. 우선 가장 앞선 시기에 가장 자유시다운 창작을 선도했던 그

---

19) 현철과 황석우의 소위 '신시논쟁'에서 첨예화된 소위 '몽롱체' 시형을 둘러싼 평단의 논의는 이러한 사정을 고려할 때 1920년대 중반 이후 시단의 이념적 향방을 가늠하는 중요한 계기가 된다. (이에 대해서는 정우택, 「한국 근대 초기시에서 '외래성'과 '민족성'의 문제」, 『한국시학연구』 19호, 2007.8, 54~57면 참조.)

20) 주요한, 「노래를 지으려는 이에게」, 『조선문단』, 1924.10.

가 스스로 자신의 자유시 창작이 결여한 것에 대한 자기반성을 수행한 셈이라는 것이다. 즉 자유시란 운율을 완전히 방기한 상태에서 쓰인 시가 아니라 전승되는 시가의 운율이 당대의 생활 감정을 표현하는 데 방해가 될 때 그러한 기존의 운율에서 자유로운 상태를 지향하는 것이라는 점에서,21) 이러한 입장은 자유시의 본질에 대한 새로운 시각을 확보하려는 태도에서 비롯된 것으로 볼 수 있다. 이것은 특히 「불놀이」로 대표되는 그의 산문시 형태의 자유시 창작이 단순히 정형률에 대한 반발과 근대시적인 형태에 대한 불명료성의 소산이 아님을 말해주는 것으로, 그의 초기 실험적인 시들에서 보이는 강렬한 연속적 리듬의 구현을 단순한 감상적 정조의 분출과 감정의 해방에 그치는 것이 아니라 우리 시가 고유의 리듬 체계로서 사설리듬의 흔적으로 바라볼 수 있는 것도 이 때문이다.22)

한편 이러한 새로운 시형 모색의 근본 취지가 민족적 정서의 회복에 있음을 감안할 때, 주요한은 그의 시론을 통해 시가가 민중에 가깝게 다가갈 수 있는 양식이라는 입장과, 거기에 담긴 사상과 정서와 말이 민중 생활의 보편적 경험에 기반한 것에서 우러나와야 한다는 생각을 분명히 했다고 할 수 있다.23) 그런 의미에서 그가 말한 '민족적 개성'이란 곧 민족혼에 대한 자각과 관계되는 것이자, 동시에 민중적인 정서를 우리 고유의 언어적 전통과 자질을 되살림으로써 구현되는, 배타적인 국수주의가 아닌 세계문학의 보편성 속에 융합하는 민족문학의 가능성에 대한 모색에 해당하는 것이라 할 수 있다.24) 이는 곧 소위 '신시논쟁'을 통해 부각된 국

---

21) 한계전 외, 『한국현대시론사연구』, 문학과지성사, 1998, 85면.
22) 조창환, 『한국현대시의 운율론적 연구』, 일지사, 1986, 143면 참조.
23) 그런 의미에서 주요한이 사용하는 '민중'의 개념이 낭만주의적 시각에 의해 파악된 민정이라고 보는 오세영 교수의 지적은 매우 타당하다. (오세영, 『한국낭만주의시 연구』, 1987, 일지사, 106~7면 참조.)

민시가에 대한 태도상의 대립, 즉 인류 공통의 세계시형으로서 자유시의 지향과 민족성과 문화 전통의 가치를 본질로 하는 신시에의 요구 사이에 가로놓인 그대시의 미학적 탐구 가능성과 계몽적 활용에의 요구라는 상반된 지향 조건을 동시에 충족시킬 수 있는 관점이기도 하다.

주요한의 시론에 나타난 이러한 민족문학에 대한 인식은 그의 시집 『아름다운 새벽』의 후기에까지 이어진다. 그는 여기서 당시 김기진 등에 의해 일정한 문학이념을 획득하고, 문단의 중요한 흐름으로 자리매김되기 시작한 경향과 문학에 대해 분명한 반대 입장을 표명하는 한편, 이후 소위 '국민문학파'의 중요한 흐름인 시조부흥운동의 창작 방향과도 뚜렷한 선을 긋는 시학적 태도를 보이는 바, 이를 통해 그의 시론이 담고 있는 근대성의 요소들을 검토해 볼 수 있다.

그는 시집의 후기에서 "개념으로 노래를 부르는", "민중예술을 주장하는", "사회혁명적 색채를 가진" 사람들의 시를 반대하면서, "'나'라는 개성에 통일되는", "나의 마음의 파동의 기록"으로서의 시를 강조하는 한편, 자신의 시 창작이 "오직 건강한 생명이 가득한 온갖 초목이 자라나는 속에 있는 조용하고도 큰 힘 같은 예술"을 추구한 결과임을 밝힘으로써,[25] 그가 주장해온 '민족적 개성'의 실체를 구체화할 수 있는 근거를 마련하게 된 것이다. 그것은 바로 민요에 토대를 두고 민중의 정서를 수용하여 언어화하는 일로 귀결되는 바, 소위 '민요조 서정시'에 대한 긍정적 평가와, 이러한 자신의 시작태도를 반영한 「빗소리」와 같은 작품의 창작은 이러한 지향을 반영한 것이라 할 수 있다.

---

24) 이승훈, 『한국현대시론사』, 고려원, 1983, 46면 참조.
25) 주요한, 『아름다운 새벽』, 조선문학사, 1924, 167면.

5. 맺음말

주요한은 1910년대의 소위 계몽문학기를 거처 1920년대 서구의 상징주의 문학 수용을 계기로 한 초기 근대시 형성과정에서 중요한 역할을 한 시인이다. 평양 출신인 그는 초등학교를 마친 뒤인 1912년 일본으로 건너가 명치학원에서 수학하였다. 1919년 교토 유학생 회지인 『學友』에 「에튜드」란 시를 발표하였고, 국내 최초의 근대 동인지인 『창조』의 동인으로서 「불놀이」와 「눈」 등의 시를 통해 근대시의 선구적 모습을 보여주기도 하였다. 그러나 그는 1919년 3.1운동이 일어나자 학업을 중단하고, 상해로 건너가 임시정부 기관지인 『독립신문』의 편집인으로 일하게 되는데, 이 시절 그는 송아지라는 필명으로 「조국」, 「즐김노래」와 같은 격렬한 민족저항시를 창작하면서 「불놀이」류와는 전혀 다른 시세계를 보여준다.

이런 맥락에서 상해 시절 주요한의 개인사를 고려할 때, 1920년대 그의 시작 활동은 현실성에 대한 민족적이고도 민중적인 인식을 선명하게 보여준다. 그의 첫 시집인 『아름다운 새벽』은 이러한 인식의 결과인 바, 「나무색이」, 「고향생각」, 「빗소리」, 「샘물이 혼자서」 등의 작품을 통해 나타나는 민족적이고 향토적인 정서는 소박한 개인적이고도 보편적인 내면 정서의 표출을 통해 현대적인 서정시의 특징을 단적으로 구현하고 있다.

이 시기 주요한은 한편으로 민중시론을 제창한 바, 「노래를 지으시려는 이에게」에서 그는 민요와 동요의 창작을 통해 민중들의 일상적 생활 감정을 반영하고, 한국어의 특수한 미를 구현하는 것을 조선의 현대적 서정시의 목적으로 삼았다. 여기에 나타난 그의 관점은 두 가지로 요약되는 바, 하나는 민족적 정서의 창조이며, 다른 하나는 조선어의 미학을 구현하는 일이다.

비록 그가 상해에 머무는 동안 독립운동에 관여하면서 자신의 민중적 세계관을 민요와 동일시하는 관점을 보여주기는 했으나, 그의 시론은 한국 근대시의 성립과정에서 특별한 의미와 위상을 가진다. 즉 그의 시작업은 중국의 한시나 시조를 거부하고 오로지 순수한 민족시의 전통적 시형과 문체를 계승하고자 한 결과로 나타난 점을 감안할 때, 그의 시학은 현대 서정시의 변혁을 추구한 것으로서 의미가 있다. 그 결과 한국의 현대시는 서구문학의 현대적 흐름 속에서 주체적인 시적 통찰력을 가질 수 있게 된 것이다.

중화인민공화국 건설기 조선족 시에 나타난 사회주의 리얼리즘

1. 서론

일제강점기였던 1930년대 본격화된 만주와 간도 등지로의 민족 유이민의 역사[1]는 해방을 맞고 국가 분단과 한국전쟁의 시기를 거치면서 그들로 하여금 이민족국가의 땅에 정착하여 살도록 함으로써, 이들에게 정착민이자 중국의 또 다른 소수민족으로서의 새로운 삶의 역사를 파생시켰다. 일제강점을 전후하여 독립운동을 위해 만주와 연해주로의 이주가 이루어진 것과, 일제 치하에서 징용과 징병 등으로 인한 이주가 대규모로 행해진 것을 포함하여 이들 중 귀국을 포기하고 재외한인으로 남은 수가 200만을 넘는다는 사실은 이들 재외한인들의 현실적 삶을 구성하는 사회문화적 환경 조건과 관련하여 민족적 정체성의 문제에 대한 인식의 필요성을 새삼 환기한다.

특히 근대 이후 이루어진 이러한 한민족의 이동은 근대국가 형성기 피식민의 역사적 경험이 빚어낸 특수한 상황을 반영하는 것으로, 중국 지역

---

1) 김준엽과 김창순에 의하면 이 시기 이민이 급격히 증가한 것은 경제적 궁핍에 따른 측면도 있으나 1932년 일제가 만주국을 건립하면서 정책적으로 이민을 유도한 것으로 보고 있다. (김준엽·김창순, 『한국공산주의운동사 4』, 청계연구소, 1986, 16~19면 참조.)

의 이주민들의 경우 1949년 중화인민공화국이 수립된 이후 '조선족'이라는 중국 내 소수민족으로서의 위상을 가지고 사회주의 국가 구성원의 일원으로서의 삶을 영위하면서, 한편으로 한민족으로서의 정체성을 비교적 분명하게 유지하고자 노력해왔다는 점은 해외한인들의 문학적 성과를 살피는 데 있어 중요한 의의를 갖는다.[2]

중국 조선족 문학에 대한 연구가 본격화된 것은 1990년대 후반으로 조성일, 권철 등 연변대학 조선어문학부 출신의 연구자들이 쓴 『중국조선족문학통사』[3](이회, 1997)로부터 비롯된다. 이처럼 중국에 조선족이 이주하기 시작한 때부터 현재에 이르기까지의 통사(通史)에 대한 정리는 국내 조선족문학 연구의 씨앗이 된 바, 이는 개별 작가나 특정 주제에 대한 연구에 앞서 전반적인 소개와 개괄을 통해 시대적 변천과정에 대한 근원적 이해가 필요했던 때문으로 이해할 수 있다. 그러나 사회주의 국가로서 중국의 체재와 이념적 입장의 관점에서 대상을 바라봄으로써 객관적인 논의에 일정한 제약으로 작용하기도 한다. 이후 이러한 통사적 접근은 조선족 문학을 일종의 유기체적 발전과정의 한 형태로 바라보는 입장으로 구체화되기도 했으나,[4] 이 역시 민족문학사의 형태를 유기체적 발전론의

---

2) 중국 내 조선족문학의 현황에 대해서는 최병우, 「중국 조선족 문학연구의 필요성과 방향」, 『한중인문학연구』 20호, 2007.4, 5~24면에서 가장 상세하고 정확하게 밝혀져 있다. 이에 따르면 현재 중국조선족 작가는 300명이 넘으며, 중국작가협회 연변분회 기관지인 『연변문예』을 위시하여, 한글 일간지 『연변일보』, 『흑룡강신문』 및 『문학과 예술』, 『일송정』, 『도라지』, 『장백산』, 『흑룡강』 등 문예지가 한글로 발간되고 있다.

3) 이 책에서는 천입~1920년대 문학을 근대 시기, 1920~1931년, 1931~1945년, 1945~1949년의 문학을 현대 시기, 그리고 1949~1966, 1966~1976, 1976~현재의 문학을 당대 시기로 구분하고 있다.

4) 정덕준·노철, 「중국 조선족 시문학 연구」, 『현대문학이론연구』 20집, 2003. 이 논문

시각이 아닌 변화과정으로 보아야한다는 반론으로부터 자유롭지 못하다.

이외의 다양한 논의들은 대체로 시문학의 형성과정 및 전개양상에 대한 연구가 중심이 되어 이루어져 왔으나,[5] 최근에 이르러 탈식민주의적 관점에서 역사적 전개의 의미와 작품 세계의 특징에 대한 평가적 연구가 진행됨으로써 본격화되고 있다.[6] 특히 이들 연구에서는 해방기, 중화인민공화국 건국기, 문화대혁명기, 개혁개방기로 이어지는 각 시기별 시문학의 성과에 대해 개별적 평가를 하는 한편, 동화와 적응, 부인과 교섭, 혼성성과 이중성 등의 관점을 적용함으로써 이주문학으로서의 가능성을 진단하였다.

본 연구에서는 이상의 성과들을 바탕으로 하되, 중화인민공화국 건설기에 해당하는 1949년부터 1966년까지의 소위 '17년 문학'에 나타난 시문학의 양상을 사실주의 창작방법의 측면에서 고찰하고자 한다. 이 시기는 사실상 일제치하의 유이민 문학으로서의 위상과 내적인 연속성을 가지면서도, 해방기의 격렬한 항일무장투쟁의 역사를 거친 이후 민족국가 회복이라는 변화된 현실 상황에서 국가 및 민족에 대한 정체성 확립의 정

에서는 중화인민공화국 건국 이후의 문학을 1949~1957상반기(계몽기), 1957후반기~1976(암흑기), 1976~1980년대후반(회복기), 1980년대후반~1990년대후반(성숙기)으로 시기 구분하고 있다.

5) 중국 조선족 시의 변화과정을 분석적으로 고찰한 연구로서는 다음 논문들을 참조할 수 있다.

허형만, 「중국 조선족 동포 시인들의 시세계」, 『현대문학이론연구』 21집, 2004.

김준오, 「중국 사회주의 문화정책과 중국 조선족 시가전통의 변모양상」, 『한국문학논총』 16집, 1995.

정문권·석화, 「바라보기의 시학─중국 조선족시의 한 특징」, 『한국문학이론과 비평』 21집, 2003.12.

6) 송현호 외, 『중국 조선족 문학의 탈식민주의 연구 1,2』, 국학자료원, 2007.

치적이고도 문화적인 과제에 직면한 일종의 과도적 시기이다. 특히 문학에서 당이 주도하는 문예정책은 이 시기 조선족 시인들에게 단순한 창작의 지침으로서 작용하는 데 그친 것이 아니라, 보다 근본적으로 사회주의 국가 구성원으로서 이들의 변화된 삶의 조건으로서의 현실을 바라보는 관점과 세계관상의 정체성 확보를 위한 탐색의 방법론으로 작용함으로써 변화된 현실성에 대한 일정한 대응방식을 생산해내는 데 핵심적인 영향을 끼쳤다.

그러므로 이 시기 시를 창작방법의 측면에서 살피는 것은 리얼리즘의 성취라는 미학적 국면과 동시에 시적 담론에 내재한 시인들의 현실인식과 그 대응전략을 검토하는 작업으로서 의미를 갖는다. 이것은 특히 이 시기 시가 이전과는 다른 뚜렷한 차이를 형성하면서 중국 조선족 시로서의 패러다임을 형성하는 탈식민의 과정을 겪은 바, 이들 시의 문체나 구조, 현실인식 전반에 나타나는 변화가 시인 개인의 변화보다는 사회경제적, 정치문화적 전환에 의해 총체적으로 이루어진 측면이 있다는 점을 고려한다면 민족문학으로서의 누적적 변모양상이라는 측면과는 다른 관점을 취할 필요가 있기 때문이다.[7)

이런 맥락에서 본 연구에서는 이 시기 시도된 대표적인 시양식인 '송가'와 '서정서사시' 작품들을 중심으로 살펴보면서 이들 작품이 지닌 사실주의 창작방법상의 의미를 규명하는 동시에, 그러한 방법적 시도에 담긴 조선족 시인들의 현실인식이 가지는 시대적 의의를 탐색하도록 한다.

---

7) 윤의섭, 「중국 조선족 시 형성 과정의 탈식민주의적 의미」, 송현호 외, 『중국 조선족 문학의 탈식민주의 연구 1』, 국학자료원, 2007, 102면.

2. 중화인민공화국 건국과 사실주의 문예이론의 정립

1949년 10월 1일 중화인민공화국의 수립은 모든 국가의 구성원들로 하여금 사회주의 국가 건설이라는 국가적 대명제 아래 일체감을 가지도록 하는 환경을 조성하였다. 이러한 정치적 현실의 변화는 조선족 작가들에게 문학 활동의 사회적 기반 확립을 위한 문단의 새로운 정비 작업과 사회주의 문예이론에 입각한 새로운 민족문학 건설이라는 과제를 부여하였다. 이들은 조선족 문인들의 단합을 보다 강화하고 문예사업을 계획적으로 벌여나가기 위해 1950년 1월 15일 최재, 현남극, 김동구, 이홍규, 임효원 등의 발기 하에 연길에서 연변문예연구회를 결성하고 그 산하에 문학, 연극, 음악, 무용, 미술 등의 5개 분과를 설치함으로써 본격적으로 조직적인 문학 활동을 전개하게 된 것이다.[8]

이후 연변문예연구회는 1951년 4월 23일을 기해 연변문학예술계연합회 준비위원회 결성으로 해소되며, 1953년 7월 10일 제1차 연변조선족자치주 문학예술일꾼대표대회에서 연변조선족자치주문학예술일꾼연합회(약칭 연변문련)가 발족되었다. 이 대회는 이전까지의 조선족 문인들의 활동을 종합적으로 점검하면서 모택동 문예사상이 조선족 문예 발전의 지도 사상이라는 점을 확정하고, 조선족 문인들에게 중국 공산당의 노선에 충실한 문예 창작의 방향을 제시하는 근원적인 지표가 된 바, 마르크스레닌주의

---

8) 연변문예연구회의 규약에 따르면 "연변에 있어 모주석의 새 문예 방향에 의거한 인민의 문예를 연구하고 창작함으로써 참다운 인민의 문예공작자가 되며 문예로써 인민을 위하여 복무함을 목적"으로 한다고 되어 있는 바, 이는 1949년 7월 2일부터 19일까지 열린 제1차 중화전국문학예술일꾼대표회의의 정신을 바탕으로 한 것이라는 점에서 시대 현실의 외적 조건의 영향에 따른 것이라 할 수 있다. (조성일·권철 외, 『중국 조선족 문학 통사』, 252면 참조.)

와 모택동 사상을 학습하며 인민을 위해 복무하고 세계관을 하조하며 생활 체험과 예술 실천을 강화하여 인민 대중이 즐기는 작품을 창작하고 사회주의 문예사업의 번영 발전을 위해 분투할 것을 요구하였다.

이처럼 제1차 연변조선족자치주문학예술일꾼대표대회와 연변문련의 성립, 그리고 기관지 『연변문예』9)의 발간은 조선족 문학의 역사에 있어 큰 전환의 이정표가 되었다. 1956년 8월 15−16일 열린 제1차 연변조선족 자치주작가대표대회는 중국작가협회의 결정에 의해 중국작가협회 연변 분회가 결성되고, 그 산하에 창작위원회, 구전문학위원회, 번역위원회, 간행물위원회를 설치하는 한편, 『연변문예』의 후신으로 월간지 『아리랑』을 발간하는 등 이후 조선족 문단은 점차 그 틀을 갖추고 발전하게 되는데, 이는 한편으로 중국 조선족 문학이 이전 시기와는 다른 새로운 패러다임을 가지게 됨을 의미한다.10) 그런 의미에서 제1차 연변조선족자치주작가 대표대회에서 확정한 중심 과업의 내용은 이들 조선족 작가의 당대 현실에 대한 인식이 어떤 맥락에 의해 형성되었는지를 파악하는 관건이 된다.

> 작가들로 하여금 우리 문학의 주인공들의 생활 실제에 깊이 침투하
> 도록 조직하고 도와주며 작가들을 사상상과 예술상에서 성숙하도록

---

9) 본래 이 잡지는 1951년 4월 결성된 연변문학예술계연합회의 기관지로서 6호까지 발간된 후 폐간된 것을 1954년 1월 복간한 것으로, 1956년 12월까지 35호를 발간하면서 조선족 작가들에게 활동 무대를 마련해주는 구심적 역할을 하였다.

10) 이러한 패러다임의 변화는 그 인식적 측면에 앞서 작품 창작의 방향성과 내용을 좌우하게 되는 바, 이 시기 조선족 시의 변화에 대해 "당대시의 전사로서 해방 직후 조선족 현대시의 특징들은 당대시에서 연속성과 불연속성으로 작용하게 된다."는 견해는 이러한 문제적 상황을 잘 드러내 준다. (김준오, 「중국 사회주의 문화정책과 중국 조선족 시가전통의 변모양상」, 『한국문학논총』 16집, 한국문학회, 1995, 89면 참조.)

하는 방면에서 가능한 일체의 방조를 아끼지 않으며 문학 방면에서의
일체의 잠재역량을 발견하고 조직하여 작품을 쓰도록 하며 적극적으
로 청년작가를 배양하며 창작 경쟁과 자유 토론을 전개하면서 당의
'백화만발, 백가쟁명'의 방침을 잘 관철시켜야 한다.11)

여기서 '백화만발, 백가쟁명'의 중국 공산당 문예노선12)은 제재, 장르,
형식, 풍격의 다양화와 예술상 서로 다른 유파의 자유로운 경쟁을 통해
새로운 사회를 건설하는 데 각 문예조직들의 역량을 집약시키도록 추동
하는 힘을 제공하는 토대가 되기도 하지만, 다른 한편으로는 "시대의 영
웅적 인민의 찬란한 사시로 되는 작품을 창작"하라는 지침에서 확인되듯
이, 중국 공산당의 사회주의 국가 정책의 확립 과정에서 필연적으로 수반
되는 미래지향적이고 낙관적인 현실인식을 문학적 세계인식의 틀로 요구
함으로써 사회주의 문예이론에서의 혁명적 낭만주의 미학을 창작방법의
전범으로 삼게 되는 결과를 가져온다. 이러한 사정은 연변분회의 기관지
『아리랑』창간사를 통해 명확히 드러난다.

　　<아리랑>은 창작상 가장 좋은 방법의 일종인 사회주의 사실주의
　　창작 원칙에 입각하여 연변 및 국내 각지의 조선족 인민들이 전국 각

---

11) 배극, 「몇 년 내 연변의 문학 창작 정황과 중국작가협회 연변분회의 임무」, 『연변
　　문예』1956년 9월호.

12) 본래 '百花齊放, 百家爭鳴'의 문예정책은 당시 사회주의적 개조가 기본적으로 완성
　　되어 사회주의국가 건설의 중심과제가 계급모순 극복으로부터 인민들의 생활을 충
　　족시킬 수 있는 경제문화 건설로 새롭게 전환하지 않으면 안 되는 시대상황의 요청
　　과, 주관적이고 교조적이며 관료화된 당의 모순에 대한 인민 내부의 비판적 인식에
　　대응하는 한편, 인민민주주의를 문화예술의 민주화와 창작의 자유를 통해 구현하
　　고자 하는 요구를 수렴한다는 취지를 배경으로 한다. (김준오, 앞의 글, 91면 참조.)

형제민족 인민들과 함께 진행하는 조국 사회주이 건설의 줄기찬 노력
적 생활 모습들을 반영하며 그들을 교육하여 사회주의 건설의 더 큰
위훈에로 불러일으킨다.

(…중략…)

<아리랑>은 적극적으로 고전 작품을 정리 소개하며 민간 문예를
발굴, 정리, 소개하는 사업을 집행하며 한족을 비롯한 국내 각 형제민
족의 문학 성취 및 세계문학의 정화들을 적극 소개함으로써 연변 문
학으로 하여금 민족문학의 우람한 전통을 계승 발양하며 민족풍격이
농후한 우수한 사회주의 문학이 되게 하여 조국의 사회주의 문학 건
설의 위대한 사업에 이바지한다.[13]

이러한 창작 노선의 확정은 결과적으로 조선족 작가들에게 새로운 정
체성을 부여하는 결과를 가져온다. 이 시기 작가들이 혁명의 열정과 낙관
적 전망을 바탕으로 건국후의 새로운 생활환경과 투쟁을 찬미하고, 새로
운 사회를 만들어나가는 농민과 근로 대중들의 실상을 적극적으로 형상
화하는 모습을 보인 것도 이러한 현실에 대한 긍정적 수용과 체재의 자
연스런 동화의 태도에서 비롯된 것이라 할 수 있다.[14]

그럼에도 불구하고 문학적 이념에 대한 절대적 요구는 사회주의 공화
국의 일원으로서 편입되기 위한 정체성 확보의 과정에서 일정한 갈등과

---

13) 조성일·권철 외, 앞의 책, 255~6면에서 재인용.

14) 그런 의미에서 이 시기 조선족 시단의 상황을 새로운 패러다임의 형성이라는 측면
에서 바라보면서, <조선/중국(조국), 탈식민/탈봉건, 한민족/중국 소수민족, 유이
민/정착민>등의 이항대립에서 전자의 요소가 후자의 요소로 대체(혹은 부인의 과
정)된 점을 주목한 윤의섭의 논의는 이 시기 시인들의 내면의식을 들여다보는 중
요한 준거를 제공한다. (윤의섭, 앞의 글, 송현호 외,『중국 조선족 문학의 탈식민주
의 연구 1』, 국학자료원, 2007, 93~95면 참조.)

제약의 요건으로 작용한다. 그 선명한 예가 1949년 6월 발표된 설인의 시 「밭둔덕」을 둘러싼 논란이다. 이 작품에 대해『동북조선인민보』에서는 7월 16일부터 4개월 여에 걸쳐 지상토론, 좌담회 형식 등을 동원, 대대적인 비판운동을 벌인 끝에 11월5일「시 '밭둔덕'에 대한 결론」이란 글을 통해 자연의 단순한 묘사와 작자의 소부르주아적 감정에 머물렀다는 혹독한 비판적 평가를 내린다.[15]

이처럼 건국과 함께 본격적으로 진행된 반우파 투쟁의 과정은 소위 '수정주의' 문학에 대한 대대적인 비판을 수반함으로써 조선족 문학으로서의 정체성 확보의 문제는 해방후부터 견지한 민족문학의 전통 계승이라는 명제와 대립하게 되었으며, 마침내 1950년대 중반 이후 대두된 지방 민족주의에 대한 반대운동에 의해 우리 고유의 생활 감정이나 민족 정서의 표출은 '협애한 민족주의'로 비판받게 되는 지경에까지 이른 것이다.[16]

이렇게 볼 때 이 시기 조선족 시에 나타나는 내용 및 표현상의 몇 가지 전형적 주제들, 즉 새로운 '조국'으로서의 당에 대한 애정이나 인민 대중

---

15) 이 글에서 비판한 내용은 다음과 같다. "자연을 묘사하는 데 그저 무비판적으로 순간적인 인상을 가지고 전편을 대체하고 말았다. 작품에는 마치 영화촬영사가 촬영기를 여기에 펀뜻 돌리는 식으로 그저 자연을 찍어 넣기만 하였다.""아직 농민의 감정을 완전히 바탕잡지 못하고 한낱 이설인 동무의 소자산계급 지식분자의 감정으로 이 작품을 창작하였다는 것을 논증할 수 있을 것이다." (조성일·권철 외, 앞의 책, 233면.)

16) 문학상의 지방 민족주의에 대한 반대운동은 자산계급 조국관, 지방 민족주의를 선양한 작품, 언어의 순결화 등의 문제를 중점적으로 비판한 바, 이들 비판론자는 민족의 긍지감을 교육하기 위해 '계승'하거나 '발양'하는 것을 지방 민족주의의 표현이라 단정지었으며, 민족 전통의 계승이 애국주의의 교육에 불리한 것인 바, 형제 민족의 우수한 전통과 현대 문화재부들을 자기의 것으로 보지 않는 것 역시 자산계급의 협애한 민족주의라고 치부하였다. (위의 책, 262면 참조.)

에 대한 뜨거운 사랑, 현실 긍정의 기백과 진실하고 소박한 서정, 밝고 명랑한 정조와 미래지향적 희망의 정서 표출과 같은 특징은 혁명적 낭만주의를 정서적 계기로 한 사회주의적 사실주의의 문학이념을 시창작의 당위적 방법론으로 수용함으로써 나타난 것이라 할 수 있다. 그러므로 이시기 조선족 시의 주류를 형성한 송가나 서정서사시와 같은 양식은 본격적인 중국 조선족 시의 형성과정에서 이들의 현실인식을 매개하는 중요한 미학적 계기로 작용한다.

3. 사실주의 창작방법의 인식과 시양식의 탐색

(1) 송가(頌歌)와 '조국'의 재인식

1949년 중화인민공화국 건설 이후 공식화된 사회주의 문예이론에 입각한 문학창작의 환경은 언어 사용의 문제에서부터, 생활의 반영이나 민족 정서의 표출, 나아가 인간성 구현의 측면에 이르기까지 기존의 문학적 인식에 전면적인 방향 전환을 요구하였다. 그것은 물론 이전까지 부재하던 '조국'이나 '고향'의 관념들이 '중화인민공화국'이라는 새로운 대상의 존재를 통해 대체되도록 하는 정체성 확보의 욕구가 발현된 때문이라 할 수 있다.17) 그러므로 이 시기 시에 대한 접근은 창작의 외적 환경을 결정한 사회경제적 혹은 정치문화적 상황에 대한 반응으로서의 현실인식이

---

17) 그런 의미에서 이 시기 중국 조선족 시를 부인의 심리 위에 겹쳐진 방어기제로서의 생존전략으로 보고자 하는 관점은 사회주의 미학의 형식에 입각한 시창작의 내면의식을 살피는 데 유용하게 작용한다. (윤의섭, 앞의 글, 송현호 외, 앞의 책, 102면 참조.)

어떻게 문학적 형식 탐구와 관련을 맺는가의 문제로 접근할 필요가 있다.

중화인민공화국 건국후 문화대혁명 이전까지의 시기에 조선족 시는 현실세계의 거대한 변혁상과 인민들의 행복한 생활을 담아내고 그 정신세계의 아름다움을 노래하는 것을 서정시 창작의 주된 방향으로 삼았으며, 특히 송가의 형식은 그 장중하고도 호방한 어조로 인해 사회주의 국가 건설을 찬양한다는 의도를 수행하는 데 가장 적절한 형식으로 활용되었다. 임효원의 「새 국기 밑에서」(1949.10)를 시발점으로 하여, 서현의 「영예는 조국에」(1949.12), 김례삼의 「공산당의 붉은 깃발」(1951), 김창석의 「7월의 붉은기 인민의 자랑으로 휘날려라」(1951), 김철의 「꽃방석」(1954), 박웅조의 「모주석의 초상화」(1955) 등의 작품은 모두 사회주의 국가 건설의 주역인 공산당과 모택동 주석에 대한 흠모와 존경, 찬양과 칭송의 감정을 표출하기 위해 창작된 작품들이다.

특히 사회주의 문예정책 확립 과정에서 소부르주아적 세계관으로 비판받았던 설인의 경우 「양자강에 봄이 오면」, 「조국은 그대 심장으로 하여」[18]등의 작품을 통해 국가의 영광과 '조국'의 희망찬 미래에 대한 찬양이라는 계몽적 의도를 적극적으로 드러내는 작품을 보여준다는 점에서 주목된다. "민족의 앞뒷 가슴에 나려치는 원쑤들의 채찍"(「양자강에 봄이 오면」)과 같은 표현이나, "벗이여/조국은 실로/그대 애호박 같은/그러나 세차게 뛰는 젊은 심장으로 하여"(「조국은 그대 심장으로 하여」)와 같은 진술에서 보듯이, 한민족의 일원으로서의 정체성은 중화민족과의 일체감과 중화인민공화국의 가치에 대한 승인 과정을 통해 새롭게 규정되며, 청자를 향한 진술이 공동체 구성원으로서 조선족에 대한 공감의 형성을 목

---

18) 『해란강』, 연변교육출판사. 1954.

표로 함으로써 신성한 권위에 의지하여 새로운 사회 속의 조선족의 존재성에 대한 가치 부여를 시도하고 있는 것이다. 이러한 '조국'의 함의에 대한 재인식 과정은 송정환의 「조국의 수도에서」[19]나 「조국」[20]과 같은 작품의 경우, '북경'을 "내 사랑하는 조국의 수도"요, "내 마음의 영원한 고향"으로 규정하기에까지 이르며, "한 없이 넓고 큰 사랑의 품"으로 동화의 감정을 드러내는 양상으로까지 나타난다.

이러한 '조국'과 '고향'의 대체 양상은 이미 해방기 탈식민의 과정을 거치면서 사회주의 이념의 선택을 행복하고 이상적인 삶에 대한 지향을 내면화하고 현실적 체제의 수용을 통해 중국과 조선을 '이인동체'의 대상으로 인식한 이 시기 조선족 시인들의 현실인식을 대변하는 것이다.[21] 그런 의미에서 이욱의 「'가장 사랑스러운 사람'에게」는 다른 작품들과 달리 새로운 조국으로서 중국을 '당신'이라는 호칭으로 타자화함으로써 이중적 정체성을 드러낸다는 점에서 주목된다.

오늘
당신들은
불길이 멈춘 조선의 마음과 거리에
조선의 형제를 도와
천년반석을 놓고
만년기둥을 세우나니,

---

19) 『아침은 찬란하여라』, 연변인민출판사. 1961.
20) 『연변시집(1950-1964)』, 연변인민출판사. 1964.
21) 해방 이후 중국 조선족 시에서 조국의 대체 과정과 민족적 정체성 확립의 양상에 대해서는 윤의섭, 「1950-60년대 중국 조선족 시에 대한 탈식민주의적 고찰」, 『현대문학이론연구』 27집, 2006.4, 235~256면을 참고할 수 있다.

중국과 조선을
사이좋게 흐르는
두만강—
압록강—
두 나라의 태양 아래서
천년을 흐르고
만년을 흘러
전선의 송가를 길이 드높여라

이제 날랜 조선 인민에게
—광명이 다시 오고
의로운 중국 인민에게
—영광이 거듭 있어
내 오늘
가슴에 어린 지성을 고여
당신들께 축복을 올리노라

아아!
우리들의 이 심청과 저곡—
아침 저녁
이 거리 방사선 도로 위로
떼를 지어 오가는
옹골찬 일군들의 마음은
'가장 사랑스러운 사람'을 생각하고
영웅을 노래하노니

　　　　　　— 이욱, 「'가장 사랑스러운 사람'에게」 부분22)

---

22) 『해란강』, 연변교육출판사. 1954.

이 작품에서 화자는 찬양의 대상인 민족과 국가의 영웅의 의미를 '당신'으로 지칭된 중화인민공화국을 향한 진술의 과정 속에 객관화하고 있다. 그것은 특히 대구를 통해 '광명'과 '영광'의 차이에 대해 병렬적으로 제시하는 방식으로 드러난다. 여기서 민족 상실의 식민치하로부터 해방된 조선의 현실과 사회주의 혁명의 완수를 통해 공화국을 건설한 중국의 현실은 자연스럽게 동화될 수 있으며, 그 동일시의 욕망은 '축복'의 형태로 구체화됨으로써 미래를 향해 열려 있는 시적 공간을 확보하게 된다.

(2) 서정서사시와 서정적 주인공의 형상

송가 양식이 지닌 자기표출적인 표현 형식은 조선족 시인들에게 사회주의 이념의 내면화와 그에 따른 정체성 확보라는 가능성을 열어주었지만, 다른 한편으로는 현실의 다양한 국면을 변화의 관점에서 바라보고 형상화해낸다는 사실주의의 미학적 본질을 구현해내는 데는 일정한 제약을 보인 것도 사실이다. 이런 과정에서 서헌의 「청송 두 그루」(1955), 이욱의 「고향 사람들」과 「장백산의 전설」(1957), 설인의 「묵상」(1957) 등의 작품은 민족의 역사와 혁명 전통을 서사적 구조를 통해 서술함으로써 민족 구성원의 현실적 삶의 역사성을 그려내고 있다는 점에서 의미를 갖는다.

> 풍만히 흐르는 구수하의 젖줄기를 물고
> 하이얗게 핀 벼꽃의 바다에 얼싸 안겨
> 아늑히 들어앉은 새봉 마을
> 양지 바른 동구 앞에 청송 두 그루
>
> 애영 꾸부정 마주 섰다하여

길가던 나그네들 부부솔이라 이름 짓고
마을의 젊은 또래 재단에 좋게 붙여
처녀 총각 죽은 령신이라 불러 온다만

청송 두 그루엔
새봉 마을 백년이 흘러온 나날 속에
십배이고 아로새겨진

가지 가지 이야기 많기도 많아…… (윗점 필자)
— 서현, 「청송 두 그루」 서장[23]

시인의 세계관이 작품에 직접적인 영향을 미치는 서정시 장르에서 주관성을 효과적으로 극복하고 현실의 객관적 진실을 형상하기 위해 서술 구조나 다양한 시적 화자를 선택하는 것은 문학적 리얼리즘을 구현하는 데 중요한 작용을 한다.[24] 이 작품은 '이야기'의 서술자로서 화자가 항일 무장투쟁 시기를 배경으로 '새봄마을' 조선족 구성원들이 살아온 고난과 역경의 생활사를 대신 말함으로써 전체 현실의 조망이라는 의도를 실현시키고 있다. 그러나 한편으로 '—다네', '—더라'와 같은 과거회상의 서술형 어미를 통한 서술자의 진술은 오히려 이야기 자체보다 그것을 전달하는 화자의 존재를 작품 전면에 부각시킴으로써 구체적 현실성의 재현이나 삶의 역사적 맥락 속에 드러나는 인간의 전형성 획득에는 미치지 못하고 있는 것도 사실이다.

---

23) 『창작선집』, 연변교육출판사. 1956. 인용된 부분은 작품의 서장으로 이후 <1.고난
   —2.투쟁—3.굴하지 않는 뜻—4.땅을 찾던 날—5.무성하라 청송이여!>와 같이 전
   5장의 서사적 내용의 전개 형태로 구성되어 있다.
24) 윤여탁, 『리얼리즘 시의 이론과 실제』, 태학사, 1994, 244~245면.

이와 같은 소위 '서정서사시' 형식의 창작은 북한문학의 영향을 받은 것으로 보이는 바, 한국전쟁 중 기동성이 뛰어난 시의 형태로 창작된 것, 즉 본래 투쟁의지를 고취한다는 목적으로 한 양식이라는 점에서 혁명적 낭만주의의 미학적 토대에 근거한다.[25] 그러나 조선족 시의 경우 그들의 삶의 터전과 이력이라는 요소가 시적 대상이 됨으로 인해 보다 총체적인 인간 삶의 복합적인 형상과 정서화가 가능하다.

사회주의 문예이론에서 강조되는 '서정서사시'란 서사시적 방식과 서정시적 방식이 결합된 양식을 가리키는 바, 서정서사시는 서사장르처럼 사건과 인물을 등장시켜 이야기를 구성하지만, 소설과 달리 주인공의 성격과 내면세계의 해명이 그의 행동이나 정황, 심리 자체의 논리가 아니라 그에 대한 시인의 태도 표명, 즉 주정적 토로를 통해 이루어진다는 점에서 고유한 특징을 가진다.[26] 그러므로 서정서사시 양식에서 리얼리즘의 구현을 위한 관건은 서사화된 이야기의 전체적 현실성을 어떻게 바라보는가, 즉 재현된 현실이 어떤 경로를 통해 사회주의적 전망을 구체화시켜주는가의 측면에 있다고 할 수 있다.

다시 말하면 서정시에 서사적 요소를 도입하더라도 모든 서정시에서는 서정적 주인공의 사상과 감정을 표현하는 것을 본질로 한다는 점을 중시한다는 것이며, 따라서 시인이 어떤 인물에 대해 이야기할 때에도 그 인물의 행동이나 업적 자체의 표현에 목적이 있는 것이 아니라, 시인 자신의 사상과 감정, 즉 그 인물에서 환기된 자신의 체험을 진술하는 데 있

---

25) 김경숙, 「북한 시의 형성과 전개과정 연구」, 이화여대 대학원 박사논문, 2002, 84면 참조.
26) 엄호석, 「시문학의 잔르와 형태」, 박기훈 엮음, 『사실주의 서정시 강좌』, 도서출판 이웃, 1992, 115~116면 참조.

으며, 그렇게 함으로써 자신의 체험 속에 생활 현실의 반영이 이루어지는 방식으로 서정성의 본질을 유지한다는 것이다.[27] 그러나 서정서사시 양식은 근본적으로 서술자로서 화자의 존재성이 강하게 드러나는 구조 때문에 서정적 주인공의 체험과 인식, 그리고 환경과의 상호작용에 있어서 서술되는 '이야기' 자체에 종속되어 나타나는 경우가 대부분이다. 이욱의 「장백산의 전설」[28]과 같은 작품이 그 대표적인 예로, 장백산 항일유격대 대장의 용맹스런 면모를 전투 과정의 기술을 통해 그려내고 있는 이 작품은 전투의 승리에 대한 장면화된 언급으로서 서사의 진행만을 보이는 까닭에 서정적 주인공의 내면이나 성격 발전에 대한 고려가 생략되어 있는 것이다.

이처럼 소위 '서정서사시' 양식에 해당하는 작품들이 다수 창작된 것은 서정적 주인공의 영웅적 행위와 집단의 이념적 가치와 이상 실현이라는 목적을 수행하기 위한 전략적 의미를 다분히 내포하고 있다. 서구의 장르 개념에 비추어볼 때 근대의 공간에서 서사시는 존재의의를 상실할 수밖에 없음에도 불구하고, 사회주의 체제에서 유난히 권장된 것은 서사적 세계관인 공동체의식과 영웅주의가 당성과 계급성, 인민성의 본질을 구현하는 데 가장 효과적이라고 여긴 때문이다.

그럼에도 불구하고 이러한 서정서사시 양식의 작품들은 조선족의 삶이라는 민족공동체의 역사에 대한 기억을 현재화하고 과거사로서의 식민체험을 망각하는 과정을 수반함으로써 새롭게 전개되는 사회적 삶에 대한 일정한 대응으로서의 현실인식을 담아내는 동시에, 민족적 정체성을 새롭게 확보해낼 수 있도록 한다는 점에서 의미를 갖는다.[29]

---

27) 리정구, 「서정시의 특징」, 위의 책, 101면.
28) 『시선집』, 연변인민출판사, 1979.

4. 결론—민족적 시형식의 탈식민적 지평

중화인민공화국 건국 이후 조선족 시단에서 사회주의적 사실주의 창작방법에 입각한 작품 창작이 일반화되는 과정은 사회주의 국가 체제 속에 편입된 소수민족의 일원으로서 시인들이 자신의 새롭게 부여받은 정체성을 탐색하고 확보해나가는 방법론적 모색의 과정과 동일한 궤적을 보인다. 그런 의미에서 "우리의 문학과 예술, 그리고 출판 언론, 언어연구 등 분야들은 동화와 비동화의 모대김 속에서 민족의 얼을 지키고 민족의 정체성, 독자성을 수호해왔다."30)는 술회적 자평은 사회주의적 사실주의 창작방법론을 둘러싼 조선족 시인들의 형식 탐구가 지닌 현실적 의의를 대변해주기에 충분하다.

지금까지 살펴본 바의 논의를 종합하면 다음과 같다. 첫째, 이 시기에 송가와 서정서사시가 중심적인 시양식으로 채택된 것은 사회주의 문예이론에 입각한 창작지침을 따른 결과 나타난 것으로, 사회주의 국가 건설의 당위성과 행복한 인민 생활의 터전에 대한 낙관적 희망을 노래한다는 목적의식으로부터 자유롭지 못한 것이었다. 이 과정에서 조선족 시인들은 '조국'을 '중국'과 동일시함으로써 정치적 동화의 태도를 보임으로써 정체성 확보를 위한 지향을 보인다.

둘째, 송가의 형식에 의해 창작된 작품들은 화자의 과도한 노출로 중국에 대한 찬양과 당의 정책에 대한 계몽적 승인이라는 관념을 직접 드러낸

---

29) 역사적 기억은 집단 정체성 확립에 기여하는 바, 이 경우 민족적 정체성은 과거의 것이 아니라 현재적 의미를 띠게 된다. (알라이다 아스만, 변학수 외 옮김, 『기억의 공간』, 경북대학교출판부, 2003, 90면 참조.)

30) 김관웅, 「중국 조선족문학의 력사적 사명과 당면한 문제 및 그 해결책」, 『비평문학』 13집, 1999, 556면.

반면, 서정서사시 양식으로 쓰인 작품들은 민족의 역사적 삶을 시적 대상으로 삼음으로써 서술자로서의 화자가 지닌 객관적 조망의 역할을 충실히 수행하였다. 다만 서정적 주인공의 형상을 창조하는 데 있어 그 영웅적 면모만을 부각한 결과 서사의 진술에 치우친 면을 보인다.

셋째, 1949년 중화인민공화국 건국 이후 1966년 문화대혁명 이전까지의 전체적 흐름을 통해 볼 때 이 시기에 다양한 시양식의 탐구가 이루어진 것은 한편으로는 '부인'의 과정을 통해 체제로의 편입과 정체성 확보의 욕구를 실현하기 위한 방법적 모색이라는 의미를 가진 것이지만, 다른 측면에 보면 소수민족으로서 민족문학의 전통에 대한 자의식을 변화된 사회 환경에 적응하는 방식으로 구체화하려는 노력의 소산으로 볼 수 있다. 특히 서정서사시 양식의 경우 역사적 과거에 대한 기억을 통해 식민체험이 부과한 굴레로부터 벗어나 미래지향적인 삶을 영위하고자 하는 현실 인식의 지평을 엿볼 수 있다.

이런 의미에서 중화인민공화국 건설기의 조선족 시가 모색한 사실주의적 창작방법은 양식적 탐구를 통한 가능성을 얻는 데는 일정한 성과를 보였으나, 서정적 주인공의 형상화의 측면이나 현실적 전형성의 획득에는 한계를 보인다. 그것은 대체된 '조국'에 대한 동일시와 동화의 과정에서 불가피하게 나타난 양가적 정체성의 혼란에 의한 것으로 볼 수 있다. 그러나 보다 중요한 측면은 이 시기의 시가 추구한 사실주의적 창작방법이 결과적으로 시문학의 진실성과 시인의 개성을 위축시킨 점이다.[31] 정치적 범주와 민족적 범주의 혼재가 빚어낸 이러한 과도적 양상은 변화된 현실 자체에 대한 내면적 탐구를 통해 민족 정체성에 대한 심화된 인식을

31) 조성일·권철 외, 앞의 책, 292~3면.

동반함으로써 극복될 수 있는 성질의 것이다. 그러나 문화대혁명기의 기나긴 어둠과 침체를 거쳐 개혁개방의 시대를 맞이함으로써 비로소 조선족 시의 민족문학으로서의 가치 탐색이 재개된다는 점에서, 이 시기의 조선족 시가 서정시를 통한 리얼리즘의 구축을 위한 확대된 인식을 결여한 채 전개된 점은 여전히 과제로 남는다.

오장환 시집 『붉은 기』에 나타난 혁명적 낭만주의

1. 서론

해방의 공간에서 문학자들의 당면 과제는 새 시대에 부응하는 새로운 민족문학의 건설과 해방 이전 문학행위에 대한 반성이라는 두 가지의 방향으로 정초되었다. 특히 후자의 문제는 당시 흔히 '봉황각 좌담회'로 알려진 「문학자의 자기비판」[1]이라는 글에서 여실히 엿볼 수 있는 바, 이는 새 나라 건설에 있어 일종의 자기 모랄과 관련되는 것으로서 일제강점하의 친일 행위 및 순수문학에 대한 반성적 사유가 새로운 문학 행위의 전면에 부각되지 않으면 안 되는 당시 문학의 정치적 위상을 의식한 결과라 할 수 있다.

해방기의 문인들에게 자기비판의 과정이 요구된 것은 조선인으로서의 개인의 정체성을 확인하고 그것을 창작의 새로운 출발점이자 동력으로 삼는다는 점에서 중요하다. 임화나 정지용의 경우 "그때에 있어 문학이 정치로 접근한다는 것은 제국주의 일본의 정신적 용병이 되는 것이요 조선어를 버리고 일본어를 사용하게 되는 까닭이었다."[2]고 피력하거나,

---

1) 1945년 12월 열린 이 좌담회에는 김남천, 이태준, 한설야, 이기영, 김사량, 이원조, 한효, 임화 등이 참여하였으며, 『인민예술』2호(1946.10)에 그 내용이 수록되었다.
2) 임화, 「문학의 인민적 기초」, 중앙신문, 1945.12.10.

"사춘기를 훨씬 지나서부터는 일본 놈이 무서워서 산으로 바다로 회피하여 시를 썼다. 그것이 지금 와서 순수시인 소리를 듣게 된 내력이다."3)라고 스스로 순수시에서 산문의 세계로 나아가게 된 소회를 밝힌 것은 모두 시와 정치의 의도적 분리를 내세워 부끄러운 과거와의 단절을 꾀하고자 한 때문으로 볼 수 있다.

이러한 식민지하 문학의 순수성 옹호라는 입장 표명이 결과적으로 해방 정국에서 문학의 정치적, 이념적 연결을 용이하게 하는 매개물 역할을 했다면, 오장환은, 자신의 시작을 통해 드러내보였듯이, 보다 솔직한 자기비판의 요구를 통해 당시 미래지향적 흥분을 매개로 한 당위적 논리에 앞선 개인적 주체의 재확립을 부각시킴으로써, 사실상 '새 나라 건설'이라는 과제가 우선시되었던 당시 문단에 비판적 논점을 제기했다는 점에서 의미를 갖는다.

우리의 정치적인 환경이 양심적인 자의사를 표시하려면 저절로 작가가 그 작품세계에 상징적인 가장을 하지 않을 수는 없었다. 그러나 이 땅의 시인은 누구 하나 상징의 세계의 핵심을 뚫은 이도 없었고 또 이 세계를 형상적으로도 완성한 사람은 없다.

이것은 물론 사상의 후진성과 형식의 미성숙에 연유된 것이다. 이 땅에서 상징의 세계를 받아들일 처음의 본의는 그 받아들인 사람들의 경제적 토대가 아무리 유족한 것이라 하여도 그것은 유락을 구하는 것이 아니라 견딜 수 없는 식민지의 백성으로서의 내면 모색과 정신적 고뇌의 발현 내지 합일로 볼 수밖에는 없을 것이다.4)

---

3) 정지용, 「산문」, 『문학』, 1948.4.
4) 오장환, 「조선시에 있어서의 상징」, 『신천지』, 1947.1.

여기서 오장환은 식민지 시대에 자신을 포함한 모든 문인들에게 내재되었던 정신적 고뇌를 정당하게 평가할 필요가 있음을 강조한 바, 이는 동시대 시인들의 피해의식에 대한 일종의 변호라는 의미를 담은 것으로 볼 수도 있지만,[5] 민족국가 수립이라는 정치적 명제를 문인의 차원에서 개인적 정체성 확립이라는 문제로 수렴하려는 의지의 표명으로서 평가할 필요가 있다.

이처럼 해방공간에서 가장 날카로운 현실인식과 비판적 태도를 견지한 시인으로서 오장환은 1948년 남쪽의 정치적 상황이 분단의 고착으로 흘러가는 가운데 임화 등과 같이 월북을 결심하게 된다. 그것은 일종의 이념적 선택에 해당하거니와, 그는 6·25전쟁이 일어나기 전까지의 짧은 기간 동안 자신의 열망을 구현하는 시작 활동이 가능한 공간을 확보하게 된 셈이다. 그것은 1인칭 주체의 목소리가 과감하게 전경화되는 형태를 의미하며, 아울러 현실비판의 태도로부터 벗어나 사회주의 혁명으로 완수된 독립국가의 미래를 염원하는 혁명적 낭만주의의 미적 이념을 실천하는 길을 가리킨다.

해방기의 문학적, 현실적 상황에 비추어 오장환이 월북후 1950년 신병 치료차 모스크바를 다녀온 뒤 간행한 시집 『붉은 기』는 이와 같은 시인 개인의 창작적 상황을 명징하게 반영한 마지막 시집이다. 특히 이 시집은 시인의 개인적 체험으로서 소비에트 기행의 결과물이자 여행의 기록이라는 점에서 그의 시가 추구한 이념적 지향이 얼마나 현실적이며 역사적인 맥락을 가지는지를 확인해볼 수 있는 핵심적인 텍스트가 된다.

---

5) 윤여탁, 「해방 정국 문학가동맹의 시단 형성과 시론」, 『한국의 현대문학』 2호, 1992, 328면 참조.

따라서 본고에서는 이 시집이 여정에 따라 편집되었다는 점을 감안하여, 현실적 경험을 내면화하는 시적 주체로서 시인이 그가 대면하는 장소에 대한 관심을 어떻게 의미화하는지의 문제에 초점을 두고 살펴보고자한다. 인문주의적 시각에서 장소란 단지 통계나 수치에 의해 기술되는 객관적 위치 혹은 자리만을 의미하는 것이 아니라, 인간이 그와 상호작용하며 경험하고 느끼는 주관적 대상이 된다. 그렇듯 문학텍스트는 누군가 존재하는 장소, 사람들이 기억하는 장소에 관심을 기울인 결과, 인간이 구체적으로 체험하는 내면적이고 주관적인 장소가 현현된다.6) 그런 의미에서 이 시집에 구현된 장소감7)은 소비에트 체험에 대한 시인 개인의 주체적 인식의 소산인 동시에 그의 시적 편력의 종착점을 향한 그의 현실인식의 결과물로서 작용할 수 있다.

2. 해방공간의 이념 선택과 자기선언으로서의 시작(詩作)

오장환은 해방 후 1948년 1월 월북하기 이전까지 『병든 서울』(1946.7)과 『나 사는 곳』(1947.6)의 두 권의 시집을 간행하는데, 제4시집인 『나 사는 곳』이 비록 일제 말 써두었던 작품들을 모아 간행한 것이지만, 고향에 대한 재발견 혹은 내면화된 인식을 형상했다는 점에서 해방기 문인의 자

---

6) '공간'이나 '위치'와 구별되는 '장소'의 본질과 의미에 대해서는 에드워드 랠프, 김덕현 외 옮김, 『장소와 장소상실』, 논형, 2005, 77면 이하를 참조할 수 있다.

7) 에드워드 랠프에 의하면 인간이 장소를 자각하고 경험하며 의미화하는 방식에 따라 진정한 장소감을 불러일으키는 장소와 그렇지 못한 부정적인 장소감을 가지는 장소로 구분한다. 즉 진정한 장소감이란 개인이나 공동체의 일원으로서 자신이 그곳에 속해 있다는(혹은 진지하게 느끼는) 감정으로 정체성의 원천이 된다. (위의 책, 150면 참조)

기비판의 문제와 관련된 시인 자신의 현실적 존재 회복의 의미를 갖는다면, 이보다 먼저 간행한 제3시집 『병든 서울』의 경우 시인이 시집의 서문에 밝힌 것처럼 "일기처럼 날짜를 박아가며 써 나온", 혹은 "울부짖고 느끼며 혹은 크게 결의를 맹세하려던 그날그날을 조목조목 일기로 적은"[8] 작품들을 고스란히 모았다는 점에서 월북의 선택을 하기까지 시인의 정신적 지향을 살피는 데 중요한 관점을 제공한다.

그는 시집과 같은 제목의 작품 「병든 서울」에서 시인 자신의 실천적인 행위화 과정을 드러내 보여주는 방식을 통해 해방된 조국의 이념적 투쟁 현실에 대한 인식을 구체화한다. 특히 과격하게 직접화된 화자의 목소리는 일종의 '증언의 노래'로서의 시적 기능을 수행하면서, 체험적 과거를 기억해내고 자기비판의 과제를 수행함으로써 자기정체성을 구축하는데 기여한다.

> 8월 15일 밤에 나는 병원에서 울었다.
> 너희들은 다 같은 기쁨에
> 내가 운 줄 알지만 그것은 새빨간 거짓말이다.
> 일본 천황의 방송도,
> 기쁨에 넘치는 소문도,
> 내게는 곧이가 들리지 않았다.
> 나는 그저 병든 탕아로
> 홀어머니 앞에서 죽는 것이 부끄럽고 원통하였다.
> (…중략…)
> 아름다운 서울, 사무치는, 그리고 자랑스런 나의 서울아.

---

8) 「병든 서울」 머리에, 김재용 엮음, 『오장환전집』(실천문학사, 2002). 620면.

나라 없이 자라는 서른 해,

나는 고향까지 없었다.

그리고 내가 길거리에 자빠져 죽는 날

'그곳은 넓은 하늘과 푸른 솔밭이나 잔디 한뼘도 없는'

너의 가장 번화한 거리

종로의 뒷골목 썩은 냄새 나는 선술집 문턱으로 알았다.

그러나 나는 이처럼 살았다.

그리고 나의 반항은 잠시 끝났다.

아, 그동안 슬픔에 울기만 하여 마냥 질척거리는 내 눈

아 그동안 독한 술과 끝없는 비굴과 절망에 문드러진 내 쓸개

내 눈깔을 뽑아버리랴, 내 쓸개를 잡아떼어 길거리에 팽개치랴.

— 「병든 서울」 전문

이 시는 해방의 현실을 직시하려는 주체적 화자의 눈을 통해 역사적 과거의 기억을 개인적 체험의 진술을 통해 현재화함으로써 민족사의 현실적 의미를 반성하려는 의도를 드러낸다. 화자는 과격한 어조로 솔직하고도 강렬하게 해방을 맞이한 주체의 내면을 표출하고 있는바, 이러한 극단적 자기비판의 태도는 격동기에 처한 시인이 어떻게 자신의 개인적 존재를 역사에 투영시켜 현실적 대응력을 확보할 것인가에 대한 문제의식과 연결되어 있다. 자신에 대한 통렬한 부정은 결과적으로 역사의 기억을 통해 그 망각의 과정을 충실히 수행해나가는 과정과 직결된다. 그런 의미에서 화자의 자학적 행위는 자기비판의 현실적 가치를 창출해내는 실천적 전략으로 기능하며, 이것은 일제하 오장환의 시작 과정에서 형성된 '탕아'와 '탈향'의 정체성으로부터 벗어날 수 있는 기제로 작용한다.

오장환이 월북 후 북조선의 인민민주주의공화국 체제에서 처음 발표한 작품은 「2월의 노래」이다.

나는 지금
얼음장이 터지고
밀려 나가는
대동강 기슭에 서 있다

봄보다 먼저
갈라지는 얼음장보다 앞서
우리에게 들려오는 소식

남조선 곳곳에서
우리 인민의
피 끓는 항쟁!

항쟁이여! 새 생명이여!
불붙는 자유를 향하여
아 오래니 짓밟히던
우리의 권리를 찾아

— 「2월의 노래」 전문

북조선예술총동맹 기관지인 『문학예술』 1948년 2월호에 실린 이 작품은 두 가지 측면에서 역사적 존재로서 시인 오장환의 위치를 선명하게 드러내준다는 점에서 의미가 크다. 그 하나는 1인칭 화자의 목소리를 통해 시인 자신이 주체적인 이념 선택에 의해 월북을 택했으며 자신의 현재적 위상은 "봄보다 먼저 갈라지는 얼음장"과도 같이 혁명의 격랑 위에 당당히 서 있음을 천명함으로써 해방기에 보여준 현장성으로서의 시쓰기라는 시인 고유의 시적 전략을 여실히 드러내보였다는 점이며, 다른 하나는 남조선의 항쟁을 독려하는 내용을 통해 그의 목소리가 이미 38선 이남의 '소식'을 향해 있음을 보임으로써 사회주의 통일국가 수립이라는 정치적 노선을 확고히 했음을 보였다는 점이다.

3. 소비에트 기행시편과 혁명적 낭만주의 미학의 구현

오장환은 1948년 12월 신병 치료차 평양을 떠나 모스크바에 머물다 이듬해 7월 귀국한다. 그는 근 1년 가까이 사회주의의 발상지인 모스크바 생활에서 쓴 작품을 모아 1950년 5월 『붉은 기』라는 이름으로 시집을 간행하는 바, 6·25전쟁 발발후 북한군의 남하 당시 문화선전대의 일원으로 서울에 내려온 그가 김광균을 만나 시집을 보여주며 자랑스러워했다는 일화는 유명하다. '붉은 기'는 곧 소비에트사회주의연방공화국의 국기를 지칭한다.

나는 본다 너에게서
사회주의 조국의 긴 역사와
이 나라의
소비에트 세상의 씩씩한 얼굴을

그것은 그대였다

내
뜨거운 흥분이

기창을 부비며 이 나라 수도
힘찬 평화의 서울인
모스크바를 살필 제

나는 여기서도
제일 먼저 보았다
양털 같은 구름 사이로
온 천하에 손 젓는
그대 붉은 깃발을

기!
　　기!
　　　　붉은 기!
세계가 사랑하여 부르는
인민의 기

― 「붉은 기」 부분

'크다!' 할밖에 다른 말이 더 있을 수 없는 위대한 소련, 인류의 진화
와 민주주의의 성새요 사회주의의 조국인 대 소련의 승리한 인민의
힘은 헤아릴 수 없이 크고 무겁고 뜨겁고 빛이 나서 황홀하였다. 이는
곧 우리 조선인민의 승리의 보장인 것이며 자신인 것이다.[9]

　시인은 사회주의 탄생의 본고장을 밟는 감격어린 심정을 격앙된 어조
로 노래하고 있지만, 그가 보다 강조하고 있는 것은 "본다"는 행위, 즉 '지
금 여기'의 현장성과 실천적 자아의 존재성이다.
　오장환은 하루하루 변화하는 역사적 격랑의 현장을 가감 없이 기록하

9) 조운, 『붉은 기』의 발문, 김재용 편, 『오장환전집』, 실천문학사, 2002, 638~9면.

는 마음으로 날짜를 적어가며 시를 썼던 해방기의 창작 태도를 시집『붉은 기』에서도 변함없이 보여준다. 그런 의미에서 시집『붉은 기』에 실린 작품들은 평양에서 모스크바까지 시베리아 횡단열차를 타고 떠난 일종의 여행기와도 같은 의미를 갖는다.

(1) 시베리아 횡단 열차와 풍경의 장소성

3부로 나뉜 시집의 1부 '씨비리 시편'에서 그는 기차의 차창 밖으로 보이는 눈 덮인 시베리아 벌판을 보며 힘찬 호흡과 자랑 속에 고향을 찾는 사람들의 기쁨을 공유하기도 하고(「씨비리 차창」), 하바로프스크에서 혁명투사 김유천의 이름을 딴 김유천 거리를 보며 낯선 거리를 반가운 거리로 재인식한다.(「김유천거리」)[10]

　　　　아 이곳에 내리는
　　　　몇 소대, 몇 분대의 병사들
　　　　등에는 저마다
　　　　가벼운 짐 꾸리고
　　　　멀어지는 차창에
　　　　손을 젓는다
　　　　섣달
　　　　연종의 추위는 살을 에이는 듯

---

10) 하바로프스크는 연해주 지역 독립운동 가운데서도 사회주의 진영의 한인사회당이 활발히 움직였던 곳이다. 아무르 철교 근처에 있는 당시 이름 '인동' 지역에 꽤 많은 한인이 모여 살았던 곳이다. 도시 한복판에 있는 김유천 거리는 1920년대 적위군 빨치산으로서 시베리아 내전에 참여했던 한인 혁명가 김유경(발음 오류로 김유천으로 불리게 됨)을 기려 조성된 거리이다.

함박눈도 얼어서
눈싸라기로 흩어지는데

그대들은
그대들이 해방한
우리 조선이
이제 막 새 나라로
든든히
나감을 보고
그대들의 조국으로 돌아왔는가

— 「씨비리 차창」 부분

낯선 동무야
이곳은 김유천거리
아 듣고 보면
김유천거리

김유천! 김유천!
그대는
이 나라의 자랑스런 이 나라 빛난 별
사회주의 조국을
목숨으로 지켜간 사람

빛나는 그 이름
모두가 모두가 그대 뒤를 따르려는
이 나라의
우리 겨레들

다사론 아침 햇살 두 어깨에
받으며
나는 낯선 거리
그러나 반가운 이 거리를
고향길 가듯이 걸어간다

— 「김유천거리」 부분

　　기차의 차창으로 보이는 병사들의 모습이나, 거리를 걷는 화자가 바라
보는 거리의 풍경들은 모두 화자에게는 처음 경험하는 '낯선' 경관들이지
만, 그는 그 경관들에게 친근함을 표시하며, 나아가 모처럼 찾은 '고향길'
처럼 반갑게 대한다. 이러한 동질감의 표시는 화자가 경험하는 장소인 이
곳이 사회주의 공화국의 본질이 구현되는 새로운 사회라는 의미를 가짐
을 그 스스로 내면화함으로써 가능한 것이다.[11] 진정한 장소감이란 무엇
보다도 그 내부에 있다는 느낌을 말하며, 한 개인이 공동체의 일원으로서
'나'의 장소에 있다는 느낌을 의미한다. 이러한 장소감은 개인의 정체성에
중요한 원천을 제공하고, 이를 통해 공동체에 대한 정체감의 원천이 형성
될 수 있다는 의미에서 볼 때,[12] 이러한 내면의식의 외화를 통해 시인은
조국 해방의 현실 속에 자신의 존재감을 확인할 수 있는 계기를 마련하게
되며, '소비에트사회주의연방공화국'과 '조선인민민주주의공화국'이 하
나의 이념공동체로서 개인의 정체성을 형성시켜주는 원천임을 확인하게
되는 것이다.

---

11) 그런 의미에서 화자의 눈에 비친 모든 경관들은 감정이입된 장소가 되는 바, "한 장
　　소의 내부에 감정이입적으로 들어간다는 것은 그 장소를 의미가 풍부한 곳으로 이
　　해하며, 따라서 그곳과 자신을 동일시하는 것이다."(Edward Relph, Place and
　　Placelessness, 김덕현 외 옮김,『장소와 장소상실』, 논형, 2005, 126면.)
12) 위의 책, 150면.

이처럼 시인의 현실에 대한 낙관적이고 긍정적 인식은 레닌과 스탈린에 대한 찬양으로 이어지기도 하지만, 이것은 근본적으로 이들 시편에 빈번하게 나타나는 '나의 조국'과 '그대들의 고향'의 대비 내지 관련지음을 통해 시인의 세계주의적 인식을 보여주는 것에 다름 아니다.

(2) 사회주의 찬양과 송가 형식

한편 2부의 '모스크바 시편'에서는 「스탈린께 드리는 노래」, 「레닌 묘에서」, 「김일성장군 모스크바에 오시다」와 같은 작품을 통해 위대한 혁명가에 대한 칭송과 예찬의 목소리를 높이고 있다는 점에서 당시 조선의 해방에 도움을 준 소련에 대한 동지적 관계 인식에 바탕을 한 조·쏘 친선의 국제주의 사상[13]을 표면화하고 있음을 보여주기도 한다.

> 늠름한 새 조선의 발걸음이여!
> 우리도 오늘은 조국의 초소에 서서
> 자주와 통일을 위하여
> 견결히 싸우는 공화국의 한 사람
>
> 헤아릴 수 없이 크신 인격의 당신
> 온 세계 인류의 뜨거운 사랑이신 당신이시여!
> 우리들에게 자랑이 있는 것 그것은 당신이기에
> 우리들에게 기쁨이 있는 것 그것은 공화국 인민이기에
>
> 나는 노래 부릅니다

---

13) 김경숙, 『북한현대시사』, 태학사, 2003, 382면 참조.

즐거운 내 노래―그것은 우리 인민이 즐거운 때에
노호하는 내 노래―그것은 우리들이
원수를 향하여 용감히 싸워나갈 때
　　　　　　　　　　―「스탈린께 드리는 노래」 부분

오래니는 스베틀로프에서
가차히는 주다노프에 이르기까지
드제르스키
칼리닌
우렁한 이름들!

오 찬란한 곳이여!
내 마음 어느덧
훨훨 높이높이 날아
조국의 인민 앞에 날아가나니

어느 산기슭
푯말도 없이 죽어간
우리나라 혁명 투사들이여!
조국의 흙으로 돌아간
그대들이여!
귀 기울여
이 노래 들으라
　　　　　　　　　　―「레닌 묘에서」 부분

　위에 인용된 두 작품의 양식성은 엄격히 말하면 동일한 것은 아니다.
앞의 작품은 사회주의공화국의 대표자에 대한 경의의 마음을 담아 '당신'

으로 호명된 존재성을 화자의 고조된 감정을 통해 찬양함으로써 대상화하는 일종의 '찬가(讚歌)'의 형식에 해당한다면, 뒤의 작품은 대상이 화자의 내면에 동화된 채 일체감을 지닌 정조로 표현된 '송가(頌歌)'의 형식에 해당한다.[14] 즉 전자에서 시적 대상에 대한 화자의 인식은 사회주의공화국이 건설된 당대의 시간적 현실성을 배경으로 직접적인 정서표출의 형태로 드러난 반면, 후자의 경우 현실을 구성하는 시간적 계기로서 혁명의 역사성에 대한 화자의 관조적 성찰이 인식태도의 근간을 이루고 있는 때문이다.

그럼에도 불구하고 두 작품에 나타나는 대상을 대하는 화자의 태도는 '예찬'의 정서를 바탕으로 한 것이라는 점에서 근본적으로 동일하다. 아울러 이러한 정서를 드러내고자 하는 의지는 '노래'의 의미로 제시되고 있음을 주목할 필요가 있다. '노래 부르기'의 행위는 화자가 적극적이고도 능동적으로 현실의 동력을 내면화한다는 의미에서뿐만 아니라, 개인적 관념을 공동체의 구성원과 공유하며, 그 내용성을 일반화함으로써 시인의 현실인식을 전경화하고 가치화하는 데 기여한다. 그런 의미에서 이러한 노래의 형식은 주체의 열정에 토대한 미래에의 투사를 본질로 하는 혁명적 낭만주의의 미적 이념에 충실할 수 있는 가장 적절한 표현 형태가 될 수 있는 것이다.[15]

---

14) 서정적 양식의 구조와 형식에 대해서는 Wolfgang Kayser, 김윤섭 역, 『언어예술작품론』(대방출판사, 1984), 524~531면을 참조할 것.

15) 이것은 현실에서 발전의 실마리를 찾아 그것을 능동적으로 미래로 이어간다는 사회주의 리얼리즘의 문예관과도 일치하는 것이다. (슈미트,슈람 편, 문학예술연구회 미학분과 옮김, 『사회주의 현실주의의 구상』, 도서출판 태백, 1989, 368면 참조.)

(3) 문화 체험과 정념의 향유

이러한 정점에 3부 '살류트 시편'의 작품들이 있다. 그는 레닌 중앙박물관에 전시된 네크라소프의 시집을 구경하며(「붉은 표지의 시집」), 모스크바예술극장에서 체호프의 연극무대를 관람하기도 한다(「올 리가 크니페르」). 소비에트 군대 창건의 날 모스크바 밤하늘을 수놓는 축포에 환호하고(「샬류트」), 고리키 문화공원에서 벌어지는 화려한 왈츠의 무도회를 즐기며(「고리키 문화공원에서」), 아침 식탁에서 읽을 프라우다지를 사러 지하철 매점에도 들르기도 한다(「프라우다」). 이러한 화자의 체험적 행위들은 모두 문화적 체험이라는 데 고유한 의미가 있다.

장미처럼 붉은
가죽 표지의 시집
레닌 중앙박물관에서
본 시집
거룩하신 이의 젊은 시절에
어디엔가 머릿속에 남아 있었을
그 속의 시편

— 「붉은 표지의 시집」 부분

MXAT*의 성장과
MXAT의 광영을
한몸에 지니고

---

* MXAT(Московский Художественный Академический Театр; Moscow Art Theatre): 모스크바 예술극장. 1898년 콘스탄틴 스타니슬라프스키와 블라디미르 네미로비치단첸코에 의해 창립되었다

오늘도
당신은 무대에 선다
올리가는
세계가 사랑하는
안톤의 부인
빛나는 소련의 인민배우

—「올 리가 크니페르」 부분

축포는
나라 불타는 꿈인 양
온 하늘에
솟아오른다

샬류트여!
샬류트!
모스크바의 하늘을
오색 꿈으로 수놓는 아름다운 그림아

—「샬류트」 부분

그리고 또
저 넓은 강 그 운하 위로
가벼이 기적 울리며
줄지어 오고 가는 수송선

그리고 또
저 넓은 강 그 운하 위로
시원히 가로지는
화려한 크린스키 철교!

또 다시 강 건너
한밤에도 불야성 이루는
모스크바의 장안
메트로 정거장의 찬란한 등불

모든 것은 가벼이 가벼이
춤추며 돌아가는 내 안계에
주마등으로
스치며 가도다

　　　　　　　　　　　　　　─「고리키 문화공원에서」

　여행객으로서 화자가 방문하는 곳은 모두 공공장소이자, 러시아의 대표
적인 문화적 건축물들이다. 기념물이란 본디 주목을 끄는 장소인 동시에
특정한 문화 가치를 초월하여 역사성을 담지한 채 존재하는 대상이라는 점
에서,16) 그는 그가 접하는 모든 대상들을 고유명사화하여 호명함으로써 러
시아문화의 고유한 가치들을 내면화하는 동시에, 자신이 그것을 향유하는
데 대한 기쁨과 자부심을 영탄의 어조로 드러낸다. 이 과정에서 경관들은
"오색 꿈", "불야성", "축포" 등의 부유하고 명멸하며 시야의 저편에 동경의
대상으로 암존하는 이미지로 대상화된다. 그것은 눈앞에 비치는 사물과 경
관들이 화자의 주관적인 정념에 의해 장소화되었기 때문이다.

모스크바의 달이
밝기도 전에
나는 갑니다

---

16) 이─푸 투안, 구동회 외 옮김, 『공간과 장소』, 도서출판 대윤, 2007, 262~5면 참조.

지하철의 매점을 찾아

아침 식탁 위에
놓여지는 신문도
기다리기 어려워

"프라우다여!"
위대한 레닌 스탈린 당의
입이여!
나는 오늘 아침도
무엇보다 당신의 말이 듣고 싶습니다

—「프라우다」 부분

이 작품에서 보듯, 결국 시인은 스스로 이러한 '호사'를 누리는 자신을
시적 현실과 현존의 전면에 부상시키는 데까지 이른다. 이렇게 함으로써
해방된 조국에서의 개인적 삶과 미래 통일독립국가 수립을 향한 열망을
일체화시키려는 의지를 구현하고자 한 것이다.

4. 이념의 시적 형상으로서 고향의 재인식

냉전의 다른 한 축을 형성하고 있는 소비에트사회주의연방공화국의
심장부인 모스크바에서 반 년 남짓을 보내면서 오장환은 냉전적 적대 관
계의 국제적 재편이 한반도의 통일독립국가 수립을 위한 큰 장애물이 되
고 있음을 직시한다. 비록 사회주의 이념에 대한 절대화를 거부할 수 없
는 것으로 인식하고는 있지만, 정작 그에게 중요한 것은 인민이 주인이

되는 주체적인 통일독립국가이며, 이것이 없이는 사회주의 이념의 현실
화도 불가능함을 그는 인식하게 되는 것이다.

1
해종일을
급행차가 헤치고 가도
끝 안 나는
밀보리 이랑

이 풍경
내 고향과 너무 다르기
내 다시금
향수에 묻히노라

2
메마른 산등성이
붉은 흙산도
높이 울군 돌개밭으로
지금은 유월 유두 한창에
밀보리 우거졌을 나의 고향아!

그곳에
하늘 맑고 모래 흰
남쪽 반부는
어머니가 계신 곳

돌개밭 밀보리

새로 패는 고향 밭에는
설익은 보리마져 훑어가는
원수를 기다려
총부리 겨누고 섰을 나의 형제들

—「연가」부분

이 시는 1959년 7월 그가 모스크바에서 시베리아를 거쳐 다시금 평양으로 돌아오는 도정에 쓴 것으로, 사회주의 국가인 소련과 아직 독립을 이루지 못한 조국 사이에 가로놓인 큰 심연을 체감할 수밖에 없는 시인의 내적 풍경을 엿볼 수 있다는 점에서 주목된다.

이 작품에서 화자는 삼팔선 이남에 살고 있는 고향의 어머니를 생각하고, 편안한 마음으로만 고향을 생각할 수 없는 자신의 처지와 조국의 현실을 토로한다. 이러한 이념적 각성을 통해 시인은 냉전적 세계질서와 조국의 통일 사이에 가로놓인 정치적 긴장을 확인하고 있음을 드러낸다. 본디 '고향'이란 인간의 공동체적 삶과 취락의 원천으로서 뿌리내림의 안정감과 공동체의 역사를 고스란히 간직하고 있는 장소라는 점에서 볼 때,17) 이 시에 나타난 화자의 고향에 대한 의식은 원초적인 것이라기보다는 현실에 의해 재구성된 것이자, '뿌리뽑힘' 혹은 탈향에 대한 대타의식으로서 대체물로 형성된 것이라고 할 수 있다.

그에게 모스크바가 민족의 통일을 보장해줄 것이라든가 혹은 원천이라든가 하는 것은 그 어디에도 드러나지 않는다. 자기 자신의 병을 치료해줄 정도의 아량을 갖고 있는 모스크바와 냉전의 한 축을 형성하고 있는

---

17) 위의 책, 252~4면 참조.

모스크바는 전혀 다른 존재이자 문제인 것이다. 이것은 이 시기 여타 작가들이 오로지 계급의 문제에만 매몰됨으로써 사회주의의 조국으로서의 러시아를 생각하고 이 연장선에서 민주기지론을 자연스럽게 받아들인 것과는 일정한 차이를 보이는 것이다.

이 시에서 '어머니'는 매우 중요한 모티프가 되고 있는 바, 자연 풍경이 너무나 다른 소련의 농촌 마을을 보면서 오히려 고향을 생각하고 있다는 것이야말로 남조선에 어머니가 생존해 있다는 사실 때문임은 분명하다. 그의 시에서 어머니의 존재는 이미 현실로부터의 일탈과 위악의 포즈를 통해 일제치하의 억압적 현실에 대한 저항과 비판의 목소리를 형성해왔던 초기부터 귀향을 염원하는 탕자의 역설적 모습으로 존재해왔던 바, 그런 의미에서 이 작품은 그에게 고향이란 독립된 민족국가이자 그곳에 사는 사람들이었음을 다시금 확인할 수 있도록 해준다. 해방기의 정치적 이상 실현을 위한 현실의 현장성에 충실했던 그는 새삼 다시 고향을 떠난 그야말로 낯선 이국의 풍경 속에서 민족구성원으로서 고향의 얼굴들을 시적 본질로 부상시킬 수 있었던 것이다.

5. 결론

오장환의 전 생애를 통한 시적 편력에 비추어볼 때, 월북 후 한국전쟁의 발발까지의 짧은 기간은 해방기에 보여준 그의 시적 지향을 이념적으로 구체화할 수 있는 공간을 보장한 셈이라 볼 수 있다. 특히 남북 분단 이후 북쪽에서 간행한 시집『붉은 기』는 시인의 개인적 체험으로서 소비에트 기행의 결과물이자 여행의 기록이라는 점에서 그의 시가 추구한 이념적 지향이 얼마나 현실적이며 역사적인 맥락을 가지는지를 확인해볼 수 있는 핵심적인 텍스트가 된다.

이 시집이 여정에 따라 편집되었다는 점을 감안할 때 이 시집에 실린 시편에서 두드러지는 것은 장소에 대한 관심과 의미화라 할 수 있다. 그 것은 곧 소비에트 사회주의 공화국이라는 이념적 대명제의 체험과 확인 이라는 시인의 현실적 인식과 직결되거니와, 무엇보다 시양식의 선택이 라는 측면에서 볼 때 이 시집의 시들이 사회주의 리얼리즘 미학의 방법적 계기로서 혁명적 낭만주의의 이념에 충실하게 쓰여졌다는 점을 확인할 수 있다. 능동적이고 적극적인 현실참여적 화자의 전면화와 낙관적이고 미래지향적인 의식의 표출, 그리고 사회주의 사회의 구현을 위한 공동체 적 연대감의 정서화와 같은 특징들이 이를 뒷받침해준다. 특히 찬가나 송 가 형식을 채용한 시적 형태는 이러한 시인의 의도를 구현하는 데 매우 효율적이고도 적절하게 활용되었다. 아울러 기행시로서 시편들에 나타난 경관과 사물의 장소성에 대한 인식은 내면화된 장소감의 소산으로서 낯 선 장소에 대한 친근함을 형성시키는 모습을 보여준다.

그러나 이러한 사회주의 이념에 대한 예찬의 정서를 표면화하는 시인 의 내면의식은 조국의 통일이라는 대의명제에 대한 신념을 표출하고자 하는 의지와 관련되어 드러난다는 점은 그의 시가 지닌 고유한 본질을 설 명하는 데 중요한 시사점을 제공한다. 그것은 오장환의 초기시에서부터 일관된 '고향의식'의 문제와 관련되는 바, 이 시집을 통해 그가 가장 관심 을 둔 것이 시베리아 횡단 열차의 차창에 비친 풍경도, 소비에트 사회주 의 공화국의 심장부 레닌그라드의 붉은 광장도, 러시아 문화 전통의 보고 모스크바의 건축물도 아니며, 귀국길에서 떠올린 '그 풍경'들과 사뭇 다른 고향의 모습이었다는 점에서 확인할 수 있다.

이런 의미에서 시집 『붉은 기』는 일제하의 탕아로서 위악적 자아의 노출과 귀향, 현실적 이념에의 선택과 추구라는 그의 시적 편력의 종착점으로서 고향의식의 이상화 혹은 이념을 통한 고향의 재발견 내지 재구성이라는 시적 인식을 구현해 보여준다 하겠다.

3부 '啓蒙'

현대시 교육에서 문학사적 맥락의 수용

청소년 시교육 현장에 수용된 한용운 시의 정전성

―해방후 국내 중등 교과서 수록 양상을 중심으로―

1. 서론

한용운이라는 역사적 개인에 대한 문학사적 조명은 한국전쟁이 종전된 이후인 1950년대 중반 조지훈과 조영암에 의해 본격화되기 시작하였다.[1] 그런데 우리 사회 전반에서 이 시기 그가 조명된 과정이 '국민적 관심'이라는 방식으로 부각되었다는 점에서 볼 때, 이처럼 특정 문인들에 의한 한용운의 호명은 특별한 의미를 갖는다. 이들은 한용운의 생애와 사상, 문학세계를 총체적인 관점에서 민족주의의 발로로서 단정하는 한편, 숭고한 가치로 평가함으로써, 전후 시기에 국가적 이념의 확립을 위한 담론으로서의 역할을 수행하였다.

이후 사상가로서, 민족운동가로서, 그리고 시인으로서 한용운이라는 개인의 존재가 일반 대중적 측면과 아울러 지성사적 측면에서 사회적으로 본격화되며 부각된 것은 1970년대에 접어들면서부터이다.[2] 임중빈의

---

1) 이 시기 발표된 한용운의 생애에 대한 소개로 대표적인 글은 다음과 같다.
　조영암,「조국과 예술―젊은 한용운의 문학과 그 생애」,『자유세계』1권 4호(1952.5),
「일제에 항거한 시인군상」,『전망』4호(1956.1), 조지훈,「한용운선생」,『신천지』9권
10호(1954.10),「한용운론―한국의 민족주의자」,『사조』5호(1958.10), 조승원,「한용운평전」,『진원』1호(1957.2)
2) 1970년대에 본격적인 평전이 집중적으로 발간되었다는 점은 이 시기가 지닌 한국사회의 현실적이고 역사적인 맥락에서 볼 때 중요한 의미를 갖는다. 그것은 1960년

『한용운 일대기』(정음문고, 1974)와 고은의 『한용운 평전』(민음사, 1975)이 대표적인데, 이 두 권의 텍스트에서 필자들은 공통적으로 전지적 작가의 눈으로 한용운의 생애를 조명하면서 위인으로서 그의 삶의 세목들에 주목하는 모습을 보이고 있다.

한편, 1973년 신구문화사가 발간한 『한용운 전집』은 근대불교를 대표한 승려인 한용운의 연구를 추동했다. 전집 작업에 참여한 인권환·박노준은 『만해 한용운 연구』를 1960년에 통문관에서 펴냈다. 이전에도 한용운의 글이 출판되었으나, 전집 발간으로 본격적인 한용운 연구가 가능해졌다. 『한용운 전집』이 발간되기 직전인 1970년대 초 『창작과 비평』은 정체성 구현 차원에서 한용운의 자료 및 연구를 게재했다. 게재된 자료는 「조선독립의 서」와 「조선불교유신론」(이원섭 역주)이었고, 안병직, 염무웅은 만해의 독립사상과 정체성에 관한 글을 기고했다. 이런 기조에서 1974년 '만해문학상'을 제정했다. 그리고 『나라 사랑』 2집(1971)이 한용운 특집호로 나왔다.

이처럼 한용운과 관련된 1차 자료의 소개와 개인에 대한 집중조명은 특정 작가의 생애를 이해한다는 본래적 취지에 가장 부합하는 형식으로서 평전의 가치에 더해 순연한 조회 텍스트로서의 충분한 기능을 한다. 특히 이 시기 저술담론들이 부각시킨 구체적인 텍스트가 무엇인지를 확인함으로써 그 선택적 의도를 이해하고 의미화할 수 있는 지식 생산의 계기로 작용한다. 특히 1960년대부터 진행된 외래문화의 무비판적 수용에 대한 비판과 자아발견을 추구하는 민족주의 정신 발굴 등의 일련의 한국

대를 지나면서 '조국근대화'라는 이름으로 수행한 제3공화국 군사정권이 민족주의를 통치이념화하는 과정에서 전경화되었기 때문이다.

사회의 정신사적 정체성 구축과정은 중등과 대학 교육과정의 변혁을 추동하게 된 바, 1970년대 초 유신체제 하에서 민족주의적 사회역사관은 관주도의 소위 '국적 있는 교육'의 이름 아래 전통문화의 미화와 국수적 방향으로 정초되면서 계몽으로서의 민족정신 교육의 목적의식을 강화하게 된 것이다.3)

그런 의미에서 기존의 한국사회에서 이루어진 한용운에 대한 비평적 접근에 대한 다음과 같은 문제제기는 한용운의 시문학을 바라보는 선입견과 그동안 고착되어 온 일정한 문학(사)적 관념에 대한 반성적 일침을 던져주기에 충분하다.

> 해방 이후 한용운이 재발견되는 순간 명명된 혁명가, 선승, 시인의 삼위일체는 전인적 인간상에 대한 강박을 보여온 바, 이러한 방식으로는 한 시대를 온몸으로 살아내는 과정에서 한용운이 마주한 고뇌의 면면들을 읽어내기는 어렵게 된다. 말하자면 '민족'과 '불교'라는 이름으로 수행된 과도한 평가를 그의 생애에 덧입힘으로써 야기된 기형적 인물상을 해체하는 방향에서 평전은 재기술되어야 할 과제를 안고 있다.4)

이와 관련하여 평전을 중심으로 한용운에 대한 담론이 형성, 확대, 유포되는 역사적 과정은 특별히 중등과정의 교과서에 그의 시가 수록되는 과정과 맥을 같이 해왔음을 주목할 필요가 있다. 한용운의 시가 교과서에 수록된 양상은 건국기부터 현재까지 특정 작품을 중심으로 지속적으로

---

3) 이민호, 「전후시대의 역사의식」, 안청시 외 엮음, 『전후세대의 가치관과 이념』, 집문당, 1987, 37면 참조.
4) 이선이, 「한용운 평전의 과거와 미래」, 『한중/중한 교류와 인문학 번역의 방향』, 제36회 한중인문학회 국제학술대회 발표자료집, 한중인문학회, 2015.6.19, 79면.

수록되어 왔다는 점에서[5] 다른 시인의 경우와는 다른 특별한 의미를 갖는다. 한국 현대시 100년사의 절반에 해당하는 50년 이상의 시간을 관통하여 청소년들의 교과서 속에서 절대적으로 구축된 한용운 시의 존재감은 한국 현대사회의 전개과정에서 매 시기 청소년 세대들의 의식구조 형성에 강력한 계몽적 작용을 해 온 바, 특히 2000년 7차 교육과정기 이후 국어 교과서의 검정 체제로의 전환되기까지 이어진 국정의 <국어> 교과서에 특정 작품(중학교 경우「복종」, 고등학교는「알 수 없어요」, 「님의 침묵」)이 변함없이 수록되어 왔다는 점에서 볼 때 그 역할은 상상의 수준을 넘어서는 것일 수 있다.

여기서는 역대 교육과정기의 중등 교과서 속에 수록된 한용운의 시작품들과 그것을 다루는 교육적 처리방식을 분석해봄으로써, 그의 시가 한국현대시사 속의 정전으로서의 위상을 넘어 '교육정전'으로서의 고유한 본질을 구성해나간 자취를 살피는 한편, 아울러 그 현실적 의미와 한계를 짚어보고자 한다.

2. 문학정전으로서 한용운 시와 청소년 문학교실에서의 수용

청소년 문학교육에서 학습자에게 교육적으로 적당한 작품을 선정하여

---

5) 한용운의 작품 중 역대 교육과정기를 기준으로 한 중등 교과서 수록시의 양상은 다음과 같다.
「복종」(건국기: 중등교본상, 3─4차; 중학3─1, 5─6차; 중학2─2), 「나룻배와 행인」(7차;중학2─1), 「알 수 없어요」(1─2차;고등Ⅱ, 3차;고등3), 「님의 침묵」(4차; 고등Ⅱ), 「찬송」(5차; 고등─상), 「논개의 애인이 되어 그의 묘에」(6차;고등─하) (조희정, 「교과서 수록 현대 문학 제재 변천 연구」, 『국어교육학연구』 24집, 국어교육학회, 2005.12, 452~453면 참조.)

이를 제공하는 일은 교육 담당자에게 부여된 중대한 임무다. 그러므로 문학교육 연구자들이 기존의 문학교육의 정전을 검토하고, 교육적 효과를 드러낼 수 있는 텍스트를 선별하는 데에 집중하는 것은 교육과정을 해석하고 교실 현장에서 구체적으로 실천함으로써 '전인적 삶의 교육'을 본질로 하는 문학교육의 목적이 구현될 수 있기 때문이다. 그런 의미에서 생래적으로 이념태이자 당위론적 목적의식에 의해 조직된 교육과정은 문학교육에서 특히 텍스트 차원의 탐색과 정립을 매개로 한 재개념화를 수반할 것을 요구한다.[6]

문학교육에서 정전(正典) 문제에 대한 논의를 불러오게 된 맥락은 바로 이처럼 텍스트에 대한 고려 없이 교육과정의 목표와 내용이 구체화될 수 없다는 이유에서이다. 지금까지 문학교육에서 정전 논의는 대체로 본래적 의미의 문학정전과 교육정전의 변별성에 초점이 맞추어져 왔다.[7] 정전의 연구는 궁극적으로 어떤 작품을 어떤 이유로 교과서에 수록할 것인지 대해 답변을 얻고자 한다. 실효성이 있는 논의를 위해서는, 학습자와 소통의 폭을 넓힐 수 있는 작품을 찾고, 문학교육의 정전으로 공인된 작품을 현재적 관점에서 검토하는 작업이 필요한 것이다.

그럼에도 불구하고 작가나 작품을 교육 자료로 선정하는 과정에서는

---

6) 우한용 외, 『문학교육론(제3판)』, 삼지원, 2007, 203면.
7) 대표적인 문학교육에서의 정전론으로는 다음과 같은 글들을 참조할 수 있다.
   송무, 「문학교육의 '정전' 논의」, 『문학교육학』 1호, 한국문학교육학회, 1997.12.
   문영진, 「정전 논의에 관련된 몇 가지 문제에 대하여」, 『민족문학사연구』 18호, 민족문학사학회, 2001.
   유성호, 「문학교육과 정전 구성」, 『문학교육학』 25호, 한국문학교육학회, 2008. 4.
   김중신, 「문학교육에서의 정전 형성 요건에 관한 시론」, 『문학교육학』 25호, 한국문학교육학회, 2008.4.

교육적 가치와 문학적 가치의 상충이 불가피하게 발생한다. 교육적 가치의 측면에서 배제되는 경우로 한국근대사의 전개과정에서 불가피하게 나타난 이념과 체제선택 과정에서 국가주의적 기획에 합치될 수 없었던 카프계와 해방후 월북작가들, 친일작가들의 작품이나, 미적 난해성을 지닌 아방가르드적인 시작품들, 혹은 성적 기표가 드러나는 대중소설작품들이 이에 해당한다. 그 반대로 교육현장에서 과대평가되어 교육정전 구성의 암묵적 원리로 작용해온 사례도 나타난다. '문학적 전통'이라는 이름으로 가치화되는 순수문학, 저항문학, 전통주의문학 등의 작품 범주가 그것이다.[8] 한용운 시가 대표적인 한국 현대시문학사상의 교육정전으로 자리매김 될 수 있었던 것도 이러한 민족문학으로서의 문학사적 특수성에 대한 인식의 요구를 문학사교육의 토대로서 한국문학의 전통 형성이라는 관념으로 맥락화한 결과라 할 수 있다.[9] 요컨대 해방 이후 국어교육과 문학교육에서 문학 텍스트는 그 자체로서 선택되기보다는 국민국가의 일원으로서 가치관을 함양하고 그 이념을 '교육'하기 위한 효과적 자료가 되어온 것이다.

국정으로 간행되어 온 과거 국어교과서의 체재는 소단원명이 곧 작품명이 되는 소위 '독본주의'적 구성으로 일관되었던 까닭에, 한용운의 시작품은 다른 텍스트들과 마찬가지로 그 자체만으로 이미 정전으로서의 교육내용을 담지한다. 한용운 시의 정전성을 분석적으로 고찰한 연구의 다음과 같은 진술내용은 바로 이러한 텍스트를 대하는 기존의 고정된 관념

---

8) 유성호, 「문학교육과 정전 구성」, 『문학교육학』 25호, 한국문학교육학회, 2008.4, 43~44면 참조.
9) 이런 의미에서 교육정전의 문제는 단순한 작품 이해의 차원에 머무는 것이 아니라 문학사교육의 측면에서 중시되는 요건이다. (문학사교육에서 민족문학적 특수성과 전통의 문제에 대해서는 우한용, 앞의 책, 356면 이하 참조.)

성을 역설적으로 보여준다.

한용운은 김소월과 함께 1920년대를 대표하는 시인으로서 한국 근대시에서 서정시의 원천을 형성하였다. 이 시기의 시들이 대부분 이 민족에게 나라를 빼앗긴 슬픔과 울분에 젖어 있을 때, 만해는 당대의 시류에 흡수되지 않고 불교적 상상력을 바탕으로 한 연가풍의 노래로 독자적인 시세계를 구축하였다. 「님의 침묵」은 1926년에 발간된 시집 『님의 침묵』에 수록된 88편의 작품 중 하나로 「알 수 없어요」, 「나룻배와 행인」 등과 그의 대표작으로 인정받고 있다.[10]

이 인용에서 보듯 한용운 시의 문학정전으로서의 요건에 대한 승인은 곧바로 교육내용으로 환원되고 있는 바, 교육정전으로서의 의미는 탈맥락화되어 숨겨진 채 문학사적 지식이라는 외부적 요인에 의해 주제화된다. 이러한 주제중심의 정전성에의 요구는 이미 건국기를 비롯, 3–6차 교육과정기의 30여년간 중학교 국어교과서에 수록된 「복종」과 같은 작품의 경우 대체로 '시의 주제'에 대한 학습을 목표로 한 단원에 배치되었음을 볼 때 여실히 드러난다.

작품명	학년	단원명	중점 주제	시기
복종	9−1	1.시 (1)시의 세계	사랑하는 대상에 대한 복종은 자유보다 더 가치가 있음.	4차 (1982~88)
복종	중2−2	10.시의 주제	님에 대한 사랑을 위하여 스스로를 헌신하고자 함	5차 (1989~94)
복종	중2−2	11.시의 주제	님에 대한 사랑을 위한 헌신	6차 (1995~99)
나룻배	8−2	6.작품 속의	인내와 희생과 믿음을 통한	7차

---

10) 김현수, 「현대시 정전의 교육내용에 관한 고찰」, 『문학교육학』 26호, 한국문학교육학회, 2008.8, 154면.

와 행인		말하는 이	참된 사랑의 실천(참된 사랑의 본질인 희생과 믿음)	(2000~08)

위의 표에서 확인되듯이, 주제 중심 접근법이란 곧 삶의 가치의 덕목화를 지향하는 것으로 명시되며, '복종'을 '자유'보다 선행하는 가치로 제시한다든지, '헌신','인내','희생'과 같은 가치를 '사랑의 실천'으로 규정하는 인식적 요구 속에 한용운 시는 교육정전으로서 재문맥화된다.

교육정전으로서 한용운 시를 둘러싼 이러한 문제 상황은 문학교실 현장에서의 직접적 수용의 맥락에서 보다 선명하게 나타난다. 고등학교 국어 교과서 및 문학 교과서의 대표적 수록시인 「님의 침묵」의 경우 교육정전으로서 가치인식과 작품의 이해와 감상을 통한 해석적 수용과정의 양 측면이 상호 유기적으로 결합되지 못한 채 부유하게 됨으로써 교육정전으로서 시작품의 의미에 대한 탐색은 실종되는 결과를 낳게 된다.

[관점a] 이 시는 문학적인 면에서 뿐만 아니라 교육적으로 가치가 있다. <님의 침묵>은 사랑의 감정을 거침없이 표현하지만 경어법을 통한 진심 어린 고백으로 진실성을 확보하고, 부정적 현실을 긍정하는 역설적 인식과 돌려 말하는 비유의 기법으로 예술성을 성취한다. 시인이 독립 운동가로서의 일제의 만행에 적극적으로 대응했다는 점, 시의 내용이 국권 회복의 의지를 담고 있다는 점 등은 학생들의 가치관 교육에 좋은 제재가 된다. 또 이 시는 문학의 접근 방식에서 작가의 삶과 현실에 비추어 문학 작품을 바라볼 수 있다는 사실을 학습자에게 일러준다.
[관점b] 교사와 학생은 작품 감상에 앞서 임의 다양한 의미, 역설의 수사, 승려와 독립 운동가로서의 시인의 행적, 불교적 사상관 등의 외적 정보에 휘둘린다. 작품 이해에 앞선 지식의 과도한 주입은, 문학 감상에서 독자가 가지는 사유의 과정을 앗아간다. 결과적 지식에 몰두하여 학습자의 감상 과정을 방관하는 시 교육은, 학습자에게 시가 어렵다는 고정관념을 부추기고 문학에서 얻을 수 있는 즐거움을 차단한다.

작품을 가르치는 입장에서 위의 인용에 제시된 두 관점은 각기 교육정전으로서 가치인식과 작품의 이해와 감상을 통한 해석적 수용의 양면적 접근에서 야기되는 이율배반적인 의미화 상황을 대변해주고 있다. 전자의 경우 이 작품의 가치화는 비록 문학정전의 논리에 토대하고 있음에도 불구하고 작가의 전기적 측면을 통해 그 내용성을 확보한다는 점에서 문제적인 반면, 후자의 경우 작품 자체의 온당한 해석을 통한 정전성의 이해에 대한 요구가 오히려 현실적 가치화의 가능성을 차단하는 결과를 낳을 수 있다는 점에서 문제이다.

이렇게 볼 때 교과서에서 정전화된 한용운 시작품의 정전성에 대한 검토는 다음 두 가지 측면에서 접근해야 할 것으로 보인다. 우선 정전으로 승인된 작품이 현재의 학생들에게 의미가 있는 교육 자료가 되고 있는지를 점검할 필요가 있다. 기성세대가 불멸의 고전처럼 여기는 작품이 오늘의 학생에게도 그대로 고전이 되는 것은 아니다. 과거의 고전은 현재의 수용자에게 재평가의 대상이 된다. 이를 위해서 정전화된 작품 자체에 초점을 두기보다는, 그것의 교육내용이 어떻게 구성되며, 주어진 작품이 무엇을 학습내용으로 하는지 살핌으로써 교과서가 학습자에게 가치 있는 교육내용을 제공하는지 확인할 필요가 있다.

3. 교과서 속 한용운 시의 교육내용―「님의침묵」의 경우

(1) 교육내용으로서 학습활동과 한용운 시에 대한 접근의 관점

교과서는 교육과정의 추상적 내용을 자료화하여 학생들에게 구체적인 학습내용을 제공한다. 문학 교과서의 경우, 작품의 원문을 제외하면 교과서의 실질적인 내용은 '학습활동'이 된다. 질문의 형식으로 제시되는 학습활동은 배운 내용을 점검하는 평가의 성격을 지니면서도 학생들이 학습해야할 내용을 안내하는 구실을 한다. 곧 학습활동은 단원의 목표와 작품의 특성에 따라 설정되며, 작품에서 학습자가 익힐 교육내용을 집약적으로 보여준다. 하지만 학습활동은 상이한 시각에서의 비판을 실현가능한 방안으로 보완할 수 있다.

한편 학교교육에서 교과서가 교육과정의 목표와 내용을 구체화시켜 놓은 공식적이고 거의 독점적인 자료로 작용하는 한, 교과서의 전반적인 내용은 교육과정의 문서에 따라 계획된다. 7차 <문학> 교육과정은 ① 문학의 본질, ② 문학의 수용과 창작, ③ 문학과 문화, ④문학의 가치화와 태도 등의 네 영역으로 내용 체계를 제시한 바, 이에 따른 18종의 『문학』 교과서의 교육내용은 문학에 대한 일반 이론을 습득하며, 문학의 창작 수용과 창작 원리를 이해하고, 문화의 관점에서 작품을 살피고, 문학에 대한 바른 태도를 지니는 데에 중점을 둔다.[11]

「님의 침묵」은 7차 교육과정기의 18종 <문학> 교과서 중 12종의 교과서에 실려 있을 만큼 지배적 영향력을 보인다. 교과서별 수록 단원과 주요 학습내용을 정리하면 다음과 같다.

---

11) 이와 관련하여 다만 작품의 정전화의 문제를 의식할 때, 특히 한국문학의 전통이나 역사와 관련한 문학사교육의 측면은 '③ 문학과 문화'에 편입되어 있음을 감안할 필요가 있다.

종별	대단원명	중단원명	주요 학습내용	총 문항수
A	문학의 수용과 창작	비유와 상징	비유와상징의 표현 님의 상징적 의미	3
B	문학작품의 수용과 창작	언어와 표현	시행의 함축적 으미 역설적 표현, 님의 의미	9
C	문학의 수용과 창작	사랑과 그리운	화자의 태도 역설적 표현	3
D	시의 수용과 창작	시의 본질 갈래	작품의 구성, 산문시 특성 시 구절의 의미, 님의 의미	10
E	한국문학의 특질과 흐름	근대 전환기의 문학	님의 의미, 시상 전개 표현상 특징(비유, 역설)	11
F	한국문학의 흐름	알제 강점기의 문학	작품의 구조, 님의 의미 시 구절의 의미	6
G	한국문학의 흐름과 특질	일제 강점기의 문학	시행의 의미, 님의 의미 표현 기법(역설, 상징)	9
H	한국문학의 특질과 흐름	일제 강점기의 문학	님의 의미, 시행의 의미 역설의 효과	7

이들 중 [A]—[D]는 '문학의 수용과 창작'이라는 범주에서 다루는 반면, [E]—[H]는 '한국문학의 흐름'의 범주에서 다룬다는 점에서 상호 대비적 관점을 보일만 하다. 그럼에도 불구하고 주요 학습내용에 있어서 이 모든 교과서가 공통적으로 시의 표현 기법, 시상 전개, 시 구절의 함축적 의미 등을 다루고 있다는 것은 교육정전으로서 한용운 시가 문학교실 현상에 서 실질적인 의미를 구축하는 데 장애요인으로 작용할 수 있다.

[A] ● 님의 침묵에서 '님'의 상징적 의미를 다음과 같이 가정할 경우, 시의 전체적 의미가 어떻게 달라질지 정리하며 발표해 보자.
　　● 다음 시에서 '황금'이 의미하는 바가 무엇인지를 밝히고, 이를 '님의 침묵'에 나타난 '황금'의 비유적 의미와 비교하여 토론해보자.
[B] 다음에 제시된 경구와 속담은 일상생활에서 널리 사용되는 역설적 표현이다.
살아오면서 이와 같은 표현을 적용할 만한 경험이 있었는지 생각해 보고, 그 경험을 이야기해보자.

[A]는 시의 비유와 상징이라는 기법에 관심을 갖는데, 나머지 세 교과서는 역설적 표현이나 서술상의 특징에 관심을 둔다. 후자의 교과서들도 '임'의 다양한 의미를 묻는 학습활동을 제시한다는 점에서 상징을 다루고 있다고 볼 수 있으마, 전자의 교과서처럼 "비유와 상징의 표현을 살피면서 감상해보자."는 식으로 비유와 상징을 명시적으로 언급하지는 않는다. 임의 의미를 묻는 학습활동을 상징과 관련한 문제로 인정하더라도 세 교과서는 모두 이 시의 비유적 표현을 등한시 한다. 물론 이는 설정된 단원이 달성하고자 하는 학습목표가 다른 데에서 그 이유를 찾을 수 있다.

교육내용의 차이는 문학사의 영역에서 작품을 다루는 [E]—[H]에서도 나타난다. 앞서 확인한 바, 이들 교과서에서도 [A]—[D]와 마찬가지로 시의 표현 기법이나 님의 의미, 시 구절의 의미 등을 교육내용으로 하고는 있으나, 「님의 침묵」을 일제강점기를 대표하는 문학으로 선정하여 그 작품의 특질과 위상에 초점을 두고 있다는 점에서 변별성을 가진다. 하권의 학습활동은 상권에 비해 문항 수가 많은 편이며 작품에 대한 심층적 이해를 요구한다.

[F] 1. 이 시의 구조를 다음과 같이 도식화할 때 빈칸에 들어갈 내용을 정리해 보자.

　2. 다음의 보기는 시집 '님의 침묵'에 나오는 '군말'이라는 글이다. 이를 참고하여 이 시에
나오는 '님'의 다양한 의미에 대해 토론해 보자.

　3. 앞의 문제에서 생각한 '님'의 의미를 바탕으로 다음 구절을 풀이해 보자.

　인용한 학습활동은 비유적 표현의 속뜻, 역설적 표현의 효과, 시 구절
의 의미, 작품의 구조, 화자의 심리나 태도, 님의 의미 등에 대해 묻는다.
교육내용에서 하권 또한 교과서마다 차이가 있다. 가렬 [E]가 비유나 역
설의 수사에 대해 언급하는 반면, [F]는 이 같은 표현기법 보다는 님의 의
미를 바탕으로 한 작품의 의미에 관심을 둔다. 후자의 경우, 시집의 서주
에 나와 있는 「군말」을 근거로 하여 님의 의미를 찾는 학습활동을 제시하
는 데, 이는 [I]를 제외한 하권의 교과서에서 공통적으로 나타난다. 이 학
습활동은 만해의 시가 심오한 사상을 담고 있으며, 국권 회복을 염원한다
는 사실을 학습자에게 은연중에 알려준다.

(2) 교육정전으로서 한용운 시의 의미화

　교육정전으로서 한용운 시를 의미화하기 위한 1차 관건은 앞 절에서
살펴본 것처럼 수용적 맥락과 문학사적 맥락의 상호관련성을 확보하고
해석과 이해과정에서 조회가능하도록 유도하는 일이다. 이 과정에서 기
왕의 외부에서 주어진 것으로서 계몽적 가치화가 아닌, 학습자의 현실적
맥락에서의 심미적 수용이 가능해진다. 그 해석적 중점은 다음 세 가지
측면에서 살펴볼 필요가 있다.

1) '님'의 의미에 대한 이해

「님의 침묵」의 시적 대상은 화자인 '나'의 운명을 바꾸어 놓고 떠나 가 버린 '님'이며, 이 시는 이 '님'에 대한 해석 여부에 따라 작품의 내용과 주제에 대한 접근방식을 달리 하게 된다. 작품 내적 문맥에서 보면 임은 사랑하는 연인이지만, 시인의 삶의 행적은 임을 이성적 대상으로 묶어 두지 않는다. 만해는 불교의 개혁에 앞장선 승려이면서 3·1운동 당시 민족대표의 한 사람으로 독립운동에 헌신하였다. 이러한 전기적 사실에 비춰보면, 시인이 사랑한 임은 종교적 절대자, 일제에 빼앗긴 조국, 일제치하의 우리 민족 등으로 그 범위가 넓어진다. 교과서는 역사적 맥락에서 작품 접근이 필요하다는 점에서 임의 상징적 의미를 학습내용으로 한다.

[A] ① 한용운 시에 빈번히 나타나는 '님'의 상징적 의미는 그의 생애와 관련해 세 가지로 해석된다. 그의 신분인 승려와 관련해 종교적인 절대자, 곧 부처로 볼수 있고, 일생을 독립운동에 헌신한 애국 투사라는 측면에서는 일제에 빼앗긴 조국, 그리고 인간적인 측면에서 사랑하는 여인으로 해석할 수 있다. 이 시에서 '님'은 조국으로 해석할 수 있는데, 이러한 측면에서 이 시는 조국 광복에 대한 불굴의 의지와 신념을 노래하고 있다고 볼 수 있다.

② '님의 침묵'에서 '님'의 상징적 의미를 다음과 같이 가정할 경우, 시의 전체적 의미가 어떻게 달라질지 정리하여 발표해 보자.

'님'의 상징적 의미	시의 전체적 의미
종교적 절대자(부처)	
일제에 빼앗긴 조국	
사랑하는 여인	

[B] ③ 『님의 침묵』에 나타난 '님'의 의미를 '조국'이라고 할 때, 이 작품이 씌어진 시대상황과 관련하여 '이별→이별 후의 슬픔→희망의 전이→만남'의 의미를 설명해 보자.

④ 『님의 침묵』은 일제 시대인 1926년의 작품이다. 그리고 작가인 한용운은 독립운동가이기도 했다. 따라서 '님의 이별'은 빼앗긴 조국으로 해석할 수 있다. 이런 해석을 '이별→이별 후의 슬픔→희망의 전이→만남'에 적용시켜 보면, '국권의 상실→국권상실 뒤의 슬픔→국권 회복에 대한 믿음→국권 회복'으로 해석할 수가 있다."

위에서 [A]의 ①은 교과서에 언급된 작품 해설이고, ②는 이와 관련한 학습활동(②)이다. [B]는 교과서의 학습활동(③)과 이에 대한 지도서 풀이(④)다. 교과서는 임에 대한 여러 상징적 의미를 바탕으로 다양한 해석을 보이고 있다. 시는 그 속성상 일의적 의미에 충족되지 않기 때문에 하나의 절대적 해석으로 고정되지 않는다. 이에 시 교육의 장에서는 작품에 대해 다양한 해석이 양산되고 이를 허용한다.

인용 글은, 시인의 전기적 사실에 기대어 '임'의 사실적 의미를 부여하고, 이를 토대로 작품의 여러 의미를 추출하고 있다. 최소한 이것은 문학 교육에서 말하는 다양한 이해나 감상과는 거리가 있다. 이른바 반영론이나 표현론의 관점에서의 작품 접근은 그 의미가 몇 가지로 한정된다. 정해진 틀에 내용을 끼워 넣는 식이어서 학습자는 작품을 주체적으로 감상하지 못한다. 외적 정보는 작품의 의미를 고정시켜 학습자의 창의적 사고를 방해한다. 빈자리에 맞는 의미를 발견했다고 해도 그것은 허술한 해석이 된다, 독자가 얻은 정보는 작품에 대한 개괄적인 설명을 가능케 하지만, 시 구절을 하나하나 투명하게 해명하지 못한다.

인용한 학습활동은 문학작품을 작가나 현실에 비추어 해석할 수 있다는 교육적 시사점을 주지만, 학생의 사고를 활성화하는 데에는 분명히 한계가 있다. 시 해석에는 정해진 답이 따로 있는 것은 아니기 때문에 독자는 여러 관점과 방법에서 작품을 다양하게 해석 할 수 있다. 그러나 어떤 경우든 근거가 부족한 해석은 작품의 의미로 인정받기 어렵다, 창의적으로 문제에 접근했다고 하더라도 부분과 부분을 합당하게 규명하지 못할 때는 자의적이거나 편협한 해석이 되고 만다.

[F] 다음의 보기는 시집 「님의 침묵」에 나오는 '군말'이라는 글이다. 이를 참조하여 이 시에 나오는 '님'의 다양한 의미에 대해 토론해 보자.
[H] 다음 글은 시집 「님의 침묵」의 서문 격인 '군말'이다. 다음 글을 참고로 하여 이 시의 대상인 '님'을 무엇으로 해석하는 것이 좋을지 각자의 견해를 논리적으로 말해보자.

위의 학습활동은, 시집의 서두에 나와 있는 「군말」을 자료로 해서 학습자로 하여금 '님'의 의미를 다양한 관점에서 접근하게 하는 데에 그 취지가 있다. 「군말」은 시인이 시를 쓰게 된 동기를 밝히고 있어 그가 생각하는 임이 어떤 존재인지를 파악하는 데에 중요한 단서가 된다. 그럼에도 불구하고 문학교실 현장에서는 이 텍스트가 갖는 모호함을 이유로 해석상의 어려움과, 그로 인한 학습자의 작품 감상과정에서의 정신적 부담, 특히 작품의 자연스런 감상에 해가 될 수 있음을 지적하면서 시 읽기의 즐거움을 앗아갈 수 있다는 경계론 내지 신중론의 입장을 취하기 마련이다. 그러나 이러한 해석적 장애의 근본적인 이유는 역시 '님'을 무엇으로 해석해야 하는가?"라는 당위적 대답을 요구하는 데서 유발된 것이다. 그러므로 오히려 이러한 당위론으로부터 벗어나기 위해서라도 이 글을 통해 해석을 위한 텍스트적 의의를 찾아낼 필요가 있다.

님만 님이 아니라 기룬 것은 다 님이라 衆生이 釋迦의 님이라면 哲學은 칸트의 님이다. 薔薇花의 님이 봄비라면 마치니의 님은 伊太利다. 님은 내가 사랑할 뿐 아니라 나를 사랑하나니라.

戀愛가 自由라면 님도 자유일 것이다. 그러나 너희는 이름 좋은 自由에 알뜰한 拘束을 받지 않느냐 너에게도 님이 이느냐 있다면 님이 아니라 너의 그림자니라.

나는 해 저문 벌판에서 돌아가는 길을 잃고 헤매는 어린 양이 기루어서 이 詩를 쓴다.

―「군말」전문

기왕의 연구는 "님만 님이 아니라 기룬 것은 다 님이다"라는 첫 구절을 근거로 하여 한용운의 시에 나오는 임이 이성적 대상으로서의 연인이 아님을 제기한 바 있다. "마치니의 님은 이태리다"라는 말에 주목하여 이를 '나의 님의 조선이다'이라 언명으로 보고 '우리 민족의 님은 조선의 독립이다'라는 대의를 살핀 경우나,[12] "해 저문 벌판에서 돌아가는 길을 잃고 헤매는 어린 양"을 일제 치하에서 억압받고 착취당하는 민중으로 받아들이고, 한용운이 민중에 대한 그리움으로 충동의 시를 쓰게 된 것으로 파악한 경우[13]가 그 대표적인 견해이다.

그럼에도 불구하고 사실상 「군말」은 단어와 문장을 모호하게 사용하고 있어 하나의 일관된 논리를 찾기 어려운 측면도 있다. 이를 테면 '기룬'이라는 단어는 원형이 '기룹다'로 '그립다', '그리워하다'는 뜻을 지닌다. 「달을 보며」에 나오는 "달은 밝고 당신이 하도 기루었습니다,"가 그 예다, 그런데 한용운 시에서 '긔루다'는 '그립다', '그리워하다'는 뜻 이외에 '사랑하다', '기리다(찬양하다)', '블쌍히 여기다', '안타까워하다' 등 여러 의미의 층을 내포한다.[14]

한편 「군말」은 '―니라"나 '―일 것이다'라는 종결어미에서 보듯 윗사람이 아랫사람에서 이르는 것처럼 고압적이고 단정한 태도를 보인다. '나

12) 최동호, 「시집 <님의 침묵>과 현대시사의 갈림길」, 『시와시학』 22호, 시와시학사, 1996, 221~222면.
13) 김선학, 「시인 한용운론―<님의 침묵> 재조명」, 『우리말글』 24호, 우리말글학회, 2002, 184~194면.
14) 김재홍, 「한글의 쓰임새와 시적 가능성」, 『세종학연구』 6호, 1991, 52면.

는 어린양이 기루어서 이 시를 쓴다'는 마지막 문장은 자신을 부각하면서 나와 의식이 다른 이를 질타하는 듯한 자세를 취한다. '나와 의식이 다른 이'는 시인이 염두에 두고 있는 실질적 독자다. 작가의 서술적 태도나 어조에 비춰 볼 때, 이글의 내포 독자는 '어린 양'이 아닌 '너희'로 볼 수 있다.

만해는 이글에서 자신이 추구하는 임과 너희가 추종하는 임이 다르다는 것을 강조하였다. 3문단의 '나는'의 '는'이 대조의 뜻을 지닌 보조사의 기능을 하여 화자인 '나'는 2문단의 '너희,;'와는 명확히 대비된다. 너희는 임을 이성으로 생각하며 자유롭게 연애하는데, 이 연애에는 구속이 따르고 헛된 욕망의 그림자가 드리워져 있다. 하지만 나의 사랑은 이런 속세적 사랑과는 멀다. 석가가 중생을, 마치니가 이탈리아를 임으로 여기듯 나는 중생과 조국이 나의 임이라 생각한다. 내가 사랑할 뿐만 아니라 나를 사랑해주는 절대자 또한 나의 임인 것이다.

이처럼 이 글의 진언에 의지하여 시집『님의 침묵』과 시작품들을 바라보면 시집에 수록된 시들은, 시인이 조국을 잃고 절망에 빠져있는 중생들에게 위로와 희망을 주기 위해 썼다고 이해할 수밖에 없게 된다. 한용운은 불타와 중생을 위하는 길이 조국과 민족을 위한 길이라고 생각하였으며, 그에게 시는 그 자체로 절대의 가치를 지닌 예술이라기보다 중생의 구제를 위한 하나의 방편이었다는 점을 인정할 때, 작가로서 한용운의 사상적 가치인식은 명확해지지만, 시적 담론들이 구성하는 의미의 자장은 오히려 협소해질 위험성을 내포하게 되는 것이다.

2) 시상에 대한 총체적 파악 능력

시 읽기에서 시상 전개의 파악은, 작품의 구조는 물론 시적 대상을 대하는 화자의 마음과 태도를 이해하는 데에 중요한 구실을 한다. 시상의 흐름은 시의 내용을 관통하는 내적 질서를 추적할 수 있는 핵심적 단서가 된다는 점에서 시 교육의 요소가 된다.

「님의 침묵」은 '이별의 슬픔과 절망'과 '이별의 극복과 희망'으로 그 의미가 분명히 갈리는데, 7행의 '그러나'라는 접속어가 시상을 전반부와 후반부로 양분하는 표지의 역할을 한다. 그래서 이 시는 7행을 기점으로 크게 두 부분으로 나뉘며, 이별의 상황이 반전되는 후반부의 내용이 부각된다고 볼 때, 학습활동은 이러한 반전이 주는 의미가 무엇이며, 이러한 상상력의 원천은 어떻게 가능한 것인지, 그리고 그 결과 수용자는 어떤 인식을 형성할 수 있는지를 확인할 수 있는 동기를 제공해야 할 것이다.

[C] 이 작품에서 나타난 서정적 화자의 태도나 정서를 파악하여 다음 빈칸을 채워보자.

구분	행	서정적 화자의 핵심정서	정서가 반전된 이유
전반부	1행 — ( )행		
후반부	( )행 — 10행		

[E] 이 시를 내용상 4개로 단락으로 구분해보고, 각각의 단계에 드러나 화자의 심리 및 태도의 변화 과정을 살펴보자.

[F] 이 시의 구조를 다음과 같이 도식화할 때 빈칸에 들어갈 내용을 정리해 보자.

구조	내용
현재의 처지 [기(起)]	
문제점의 인식 [승(乘)]	
해결의 방안 [전(轉)]	

[I] 이 작품을 몇 개의 부분으로 나누고, 시상의 전개과정을 말해보자.

위의 활동에서 보듯, 시상 전개와 관련하여 교과서는 서술형의 방식으로 질문하거나 표로 간략히 도식화하여 묻는다. 그런데 시상의 구분에서,

[C]를 제외하고는 모두 「님의 침묵」이 기승전결의 4단계 구성으로 되어 있다고 본다. 이에 대해 교사용 지도서들은 모두 시의 1—6행까지의 전반부를 기와 승, 7~10행까지의 후반부를 전과 결로 구분해 놓고 있다.15)

지도서의 분석에 따르면, 이 작품은 1~4행, 5·6행, 7·8행, 9·10행으로 기, 승, 전결이 구분된다. 여기서 문제되는 것은 기와 승의 구별이다. 교과서 집필진은 1행에서 4행까지 기의 도입부로, 5행과 6행을 승의 전개부로 본다. 하지만 화자의 심리적 상태를 고려한다면 시의 전반부는 1행과 2행, 3~6행으로 나눌 수 있다. 승의 내용이 되는 "이별 후의 슬픔"은 3행에서부터 두드러진다. 즉 이 시는 1행과 2행에서 이별의 상황을 제시하고, 3~6행에서 이별 후의 상념과 슬픔을 드러낸다고 볼 수 있다.

이렇게 볼 때 [I]의 지도서는 "이별의 자각"과 "현실의 인식"으로 기와 승의 내용을 정리하는데 이 두 항목은 그 의미가 서로 중첩된다. 기승전결의 경계를 생략하고 있는 [F]의 경우, 이별의 상황을 문제 상황으로 보고 이를 해결하는 방식에 관심을 둔다. 흔히 삶을 문제의 연속으로 보지만, 이별의 상황과 감정이 '문제'와 '해결'롤 갈릴 때 이 시가 보여주는 사랑은 가식적이고 위선적인 사랑으로 변질될 수 있다. 또한 작품의 내용을

---

15) [C] 외의 세 종 지도서상의 시상 구분은 다음 표와 같이 제시되어 있다.

[E]의 지도서	**[F]의 지도서**	**[I]의 지도서**
기[1행~4행] 이별의 상황으로 인한 슬픔과 안타까움	현재의 처지 (기) : 임과의 이별	기[1~4행] 이별의 지각
승[5,6행] 이별 후의 견디기 힘든 고통과 슬픔	문제점의 인식 (승) : 이별 후의 슬픔	승[5,6행] 현실 인식
전[7,8행] 고통과 슬픔을 극복한 새로운 희망	해결의 방안 (전) : 새 희망의 의지	전[7,8행] 만남에 대한 희망
결[9,10행] 임을 다시 만나리라는 확신과 임에 대한 영원한 사랑의 다짐	문제의 해결(결) : 불굴의 의지와 사랑	결[9,10행] 임에 대한 의지와 사랑

문제점과 해결방안으로 구획될 때 독자는 화자의 내밀한 심정을 놓치게 된다.

그런 의미에서 이 시의 화자의 인식내용과 그 심리적 변화과정을 살피는 일은 시상의 총체적 파악을 통해 시의 의미를 내면화하기 위한 관건이 된다. 요컨대 「님의 침묵」은 '이별의 슬픔'이 '희망의 의지'로 전이되면서 시상이 전환된다는 점에서 접근할 필요가 있다. 따라서 시상 전개의 문제는, 내용을 세분화하여 나누기보다는 [C]의 학습활동과 같이 화자의 정서나 태도와 관련하여 묻는 것이 작품을 이해하는 데 효과적이다.

3) 비유(상징)와 역설의 표현미학

역설은 논리상 모순되는 의미를 갖는 진술이다. 'paradox'는 'para(초월) + doxa(의견, 견해)'의 합성어이다. 영어의 어원에 보듯 역설은 상식을 넘어선다. 하지만 이 비상식, 비논리 속에서 깊은 의미나 진실이 숨어 있다. 한용운 시인이 불교의 진리와 관련한 역설적 표현을 많이 구사한다는 점에서 교과서는 특히 역설을 강조한다.

[B] ① 『님의 침묵』에는 시대 상황과 시인의 사상적 배경이 함축적 시어 속에 담겨 있으며, 시인이 자주 사용하는 역설법을 통해 시적 진실을 담고자 했다. 따라서 시어의 함축적 의미와 역설에 특히 유의하여 지도하도록 한다.
   ② 다음에 제시된 경구와 속담은 일상생활에서 널리 사용되는 역설적 표현이다. 이와 같은 표현을 적용할 만한 경험이 있었는지 생각해 보고 그 경험을 이야기해 보자.
[H] ① 한용운의 시는 역설이라는 시적장치를 자주 사용하기 때문에 이것을 파악하는 것이 그의 시를 이해하는 첩경임을 알아야 한다. 현실적으로 극복 불가능한 '님(조국) 상실'의 상황을 시적으로 극복하고자 하는 상상력의 활동이 '역설로 드러남을 설명해 주는 것도 시에 대한 이해에 있어 특히 중요하다고 할 것이다.'
   ② '님은 갔지마는 나는 님을 보내지 아니하였습니다.'라는 구절에 대한 물음에 답해 보자.
이 구절의 뜻을 풀이 해보자.

위에서 ①은 교수학습의 길잡이로 제시된 지도서의 내용이고. ②는 이와 관련한 교과서의 학습활동이다. 지도서에서 두 진술은 시인의 역설을 자주 사용하기 때문에 「님의 침묵」도 역설이 사용되었다고 가정한다. 교과서에서 역설이 사용되었다고 지적하는 구절은 5행("나는 향기로운 님의 말소리에 귀먹고, 꽃다운 님의 얼굴에 눈멀었습니다.")과 9행("아아, 님은 갔지마는 나는 님을 보내지 아니하였습니다.")이다.

두 행은 상식적인 말은 아니지만, 의미 파악은 그렇게 어렵지 않다. 상대에게 귀먹고 눈멀었다는 것, 임은 내 곁을 떠났지만 임을 보내지 않았다는 것 이 모두 사랑의 절절한 표현으로 보아 무방하다. 다만, 5행에 대해 [H] 지도서는 사리에 맞지 않는 표현이 주는 시적인 함축성이 시적인 감동을 자아내기 충분하고 절대자에 대한 형언할 수 없는 감동을 줄 만큼 높이 평가할 만한 표현이라고 설명하고 있다는 점에서 재고의 여지가 있다. 5행은 화자가 임에게 깊이 빠져 있다는 것을 말하며, 그에게 임의 존재가 얼마나 대단한지를 보여주지만, 기법의 측면에서 이 구절은 진부함을 떨칠 수 없다는 점에서, 역설이라기보다는 단순히 미화된 애정표현으로 보는 것이 더 타당할 수 있다.

역설은 표면적으로 모순된 것처럼 보이지만 진실의 요소를 내포하고 있어 면밀히 살피면 타당성이 입증되는 진술이다. 모순 속에서 그럴듯한 의미를 담고 있어 역설은 '극과 극은 서로 통한다.', '지는 것이 이기는 것', '사랑하기 때문에 헤어진다.'등과 같이 일상에서도 흔히 사용된다. 그러나 일상의 역설이 그대로 문학적 표현이 되는 것은 아니다. 역설이 시에서 예술적 기법으로 인정받으려면 독자에게 경이감을 줄 수 있는 매력적인 표현이어야 한다. 좋은 시는 상식적 인식에 대한 경이적인 수정을 가져오는 통찰력에서 가능한데, 바로 이러한 통찰력이 역설이다. 역설적 표현은 세계에 대한 진지한 인식을 바탕으로 하며, 궁극적으로는 숨겨진 진실이나 진리를 추구한다.

9행은 겉보기에는 대수롭지 않지만 삶에 대한 깊은 통찰의 결과라는 점에서 역설이 인정된다. 이 시의 화자는, 임이 떠나감으로 걷잡을 수 없는 슬픔에 빠지지만 인생에 재한 각성과 사랑에 대한 확신으로 아픔을 극복한다. 그는 눈물을 흘리며 슬퍼하는 것이 도리어 사랑을 깨뜨리는 일이라고 인식하며 새 희망을 갖는다. 깨달음으로 희망을 갖는 화자는, 만남이 있으면 헤어짐이 있듯 헤어짐 뒤에 다시 만남이 있을 것이라고 믿으며 임에 대한 변함없는 사랑을 다짐한다.'님은 갔지만 나는 님을 보내지 않는다는 진술은 부정을 긍정하는 역설적 인식을 바탕으로 이루어진 것이다. 따라서 9행은 그 한 구절만 따로 떼어 놓고 역설의 수사적 개념을 익히기 보다는 현실 인식의 측면에서 삶의 태도를 헤아리는 것이 중요하다.

시에서 역설은 모순을 정당화하는 강력한 힘을 지닌다. 불가능한 것을 가능하게 하고, 부정적 상황을 긍정적 상황으로 바꿔 놓는다. 이러한 역설의 효능은 현실의 상황을 변모 시키겠다는 주체자의 의지와 깨달음이 있을 때 발휘된다. 엄밀히 말해 역설은 의식의 문제이지 형식적 기법의 문제가 아니다. 그러므로 시 교실에서 역설이라는 용어의 개념이나 효과를 익히는 것보다 역설에 깃든 사유 방식을 이해하는 것이 더 중요하다. 시에 나타난 사유 방식은, 특정 구절에서 나타나기도 하지만 부분들의 유기적 관련성을 조망하지 않고서는 그 속뜻을 분명히 알 수 없다. 따라서 학습활동은 부분적 의미에 매몰되지 않고 전체의 통일적 의미 속에서 역설을 살필 수 있는 것이어야 한다.

4. 결론—한용운 시 정전화 과정의 의의와 한계

이상에서 살펴본 바, 해방후 중고등학교 <국어>와 <문학> 과목 교과서에 한용운 시가 지속적으로 수록되어온 과정을 통해 볼 때, 그의 시는 철저히 국민의식 형성을 위한 전형적 규범으로서의 가치의식을 대변해주는 효용적 텍스트로서 작용했다고 평가할 수 있다.

그 전형적인 예는 가장 긴 시기 중학교 국어 교과서에 수록된 작품인 「복종」의 경우에서 확인할 수 있는 바, 해당 단원의 학습목표나 성취기준과는 관계없이 중점학습의 주제를 "사랑하는 대상에 대한 복종은 자유보다 더 가치가 있음"(4차)이나, "님에 대한 사랑을 위하여 스스로를 헌신하고자 함"(5,6차)으로 제시함으로써 규범에 '복종'하고 대의명분을 따르며, 인내와 희생과 믿음을 지고의 진리이자 선으로 가치화하도록 이끌었다는 점에서 최소한 교육정전으로서 한용운의 시작품은 결과적으로 그의 시가 지닌 민족사상이나, 불교적 인간관, 혹은 사랑의 미학 그 어느 하나도 포괄해내지 못한 채 추상화된 도덕규범, 혹은 전통적 수신서로서의 역할을 충실히 수행해내는 데 그치고 만 것이다.

이러한 가치의 추상화는 고등국어에 수록되었던 「알 수 없어요」나 「님의 침묵」이 바로 불교의 선적 진리 탐구를 표백한 작품이라는 점에 비추어볼 때, 추상화된 도덕규범의 신비화에까지 이르는 상승작용으로 발전되며, 이는 비록 1990년대 이후 「찬송」, 「논개의 애인이 되어 그의 묘에」와 같은 작품으로 대치되었다 하더라도 '찬양'이나 '추모'와 같은 정서가 절대적 존재나 민족사적 영웅에 대한 경외와 존경이라는 공적인 가치인식을 유도한다는 점에서는 다를 바 없다.

심지어 2000년대를 연 7차 교육과정 이후의 검정제 『문학』교과서(18종)에서도 「나룻배와 행인」, 「님의 침묵」, 「알 수 없어요」, 「복종」과 같은 기존에 교과서에 수록되었던 작품들을 그대로 답습하여 제공하였다는 것은 청소년 문학정전으로서 한용운 시를 '가치 있게' 수용하는 데 큰 걸림돌로 작용하고 있다.

한용운 시는 본질적으로 문학사적 관점에서 교육됨으로써 바람직한 수용의 맥락과 해석적 가능성 및 심미적 독서의 자장을 구축할 수 있다. 그것은 그의 시가 일제강점하의 사회역사적 맥락 속에서 창작의 고유한 의미를 지니고 있기 때문이다. 그런 의미에서 청소년 문학교육의 현장에서 한용운의 시는 이제 새로운 관점에서 이해와 해석, 수용과 평가의 방법 및 관점을 재구성할 필요가 있다.

한국 현대시에 나타난 자기초상의 형상인식과
심미적 수용

1. 서론

전통적으로 미학적 논의에서 아름다움에 대한 경험은 비교적(상대적
으로) 현실로부터 초연한, 일종의 심적 거리를 유지하는 가운데 수행되는
것으로 이해되어 왔다. 칸트의 '무목적성' 개념으로 대변되는 이러한 관념
론적 관점은 진리 혹은 과학적 실재에 대한 형이상학적 신념에 의해 오히
려 예술이 지닌 미적 가치의 독립성에 대해 부정적이 되는 오류를 노정한
바, 이는 리차즈의 '마음의 상태'에 대한 소론을 통해 통렬히 비판된 이래
예술과 미에 대한 주관주의적 관점의 효용성에 대한 믿음을 확장해 왔다.

그는 올바른 예술의 기능이란 미적 경험을 하는 사람의 마음속에 주관
적(심리학적)인 여러 요소들을 조직해 놓는 일이라고 하여, 미적 체험 주
체의 대상에 대한 심적 거리에 대한 기존의 인식을 새롭게 환기시켰다.
즉 대상을 미적으로 바라본다는 것은 단순한 지각자의 주관적 인상에 의
존함을 뜻하는 것이 아니며, 그렇다고 물리적 대상으로서 사물에 대해 냉
정한 객관성을 유지함을 의미하는 것만도 아닌 대상과의 친밀성을 통해
그 속에서 고유한 특징을 발견하고 생기를 부여하는 일인 것이다.[1]

---

[1] 버질 올드리치, 오병남 옮김,『예술철학』, 종로서적, 1993, 44~5면 참조.

이렇게 볼 때 예술적 재현은 단순한 대상의 반영이나 모사와는 다르다. 특히 문학작품의 경우 그 매재인 언어는 그 담론의 표현과 구성과정에서 그 자체 새로운 의미를 생성함을 본질로 하는 바, 문학작품에서 대상은 언어적 매재를 통해 내용으로 실현될 때 일정한 변형을 겪는다. 즉 미적 재현은 거울에서처럼 사물을 수동적으로 반영하는 것이 아니라, 일종의 구성적 재현으로서 주제를 예술작품의 내용으로서 나타나게 하는 것이다.[2] 그러므로 미적 대상으로서 예술작품은 비기술적인 성격의 것이며, 예술작품을 통한 재현은 표현적 묘사를 바탕으로 한다.

미적 대상은 자체의 고유한 의미를 담지하고 있으며, 그 대상을 인식하는 주체는 그와 보다 깊은 합일의 상태를 견지하는 미적 체험의 과정을 거침으로써 그 의미를 발견하는 미적 주체가 된다. 이때 형식은 미적 대상으로 외부에서 결정짓는 일반적인 사물로서의 존재가 아니며, 창조행위가 미적 대상에 부여했던 존재를 드러내는 계기이다.[3] 그런 의미에서 미적 대상이 하나의 형식을 갖는 것이 아니라, 미적 대상 자체가 형식이다. 말하자면 형식이 대상을 형태짓고 대상에 대해 하나의 존재를 부여한다는 점에서 형식은 근원적인 의미인 동시에 본질이라고 할 수 있는 것이다. 이처럼 형식이 스스로 의미를 드러내는 방식이야말로 미적 표현에 내재한 고유의 속성이다.

미적 대상의 형식은 하나의 형태로 구현되는 바, 이때 형식은 객관적 형체라기보다는 주관과 객관이 더불어 형성하는 체계적인 조직의 형체라

---

2) 위의 책, 83~4면 참조.
3) 미켈 뒤프렌, 김채현 옮김,『미적 체험의 현상학(상)』, 이화여대출판부, 1991, 403~
   5면 참조.

는 점에서 세계와 일정한 관계를 맺은 존재이다. 즉 미적 체험에서 이루어지는 지각하는 자와 지각되는 것 사이의 이러한 상호유대성은 미적 주체로 하여금 미적 대상에 대해 일정한 태도를 취하지 않을 수 없도록 한다. 이때 미적 체험에서 주체는 미적 대상이 그 자신을 실현시키고 의미를 찾는 과정에서 종속적으로 개입되게 된다. 왜냐하면 미적 지각이 감정인한, 미적 지각은 주관을 객관에 내맡기는 것과 다름없이 되기 때문이다.

흔히 미적 주체가 자신을 대상 속에 몰입시키는 동일시의 과정에서조차도 이들 사이의 거리가 사라지는 것은 결코 아니다. 대상은 여전히 주체에 대해 하나의 규준으로 존재하며 대상이 자신의 의미를 그에게 부과하기 때문이다. 그런 의미에서 주체가 미적 대상을 구성하는 것은 아니며, 오히려 미적 대상을 지향하는 행위의 과정 속에서 그를 통해 미적 대상이 스스로를 구성한다고 말하는 편이 보다 정확할 것이다.[4] 그러므로 의식은 대상을 설정하지 않고 추종하며, 그리하여 대상은 의식의 그러한 활동 속에서 확증된다.

시문학은 이처럼 대상에 대한 주체의 개인적 인상과 인식을 직접 표현하는 대표적인 문학장르에 해당한다. 특히 현대시의 경우 단순한 주체의 감정 표출의 형식을 지양하고 대상에 대한 객관적 인식과 의미 탐구를 추구하는 주지적 성향이 강화되어 온 바, '아름다움'이라는 관념에 대한 인식과 그 표현 역시 낭만적인 대상의 예찬이나 주관적 감정이입으로부터 벗어나 대상의 미적 형상화나 그 의미에 대한 탐구로 심화되는 경향을 보여 왔다. 본고에서는 특히 한국 현대시 작품에서 '미인'을 형상한 경우와 일종의 자화상이라 할 수 있는 자기초상을 묘사한 경우를 대상으로 그 미

---

4) 위의 책, 409~410면.

적 인식과 형상성의 특징을 살펴봄으로써 예술로서 미용의식의 가능성이 어떻게 문학 속에 투영되고 융합되었는지를 검토해 보고자 한다.

2. 현대시의 미적 인식과 거울 이미지

(1) '미인'의 형상과 예술적 창조 정신—김수영의 경우

미적 감상은 정서적 요인과 지적 요인이 결합된 것이다. 특히 우리가 대상을 아름답다고 판단하거나 미적 특성을 인정한다는 것은 지적 평가와 관계된다. 미적 판단은 대상에 어떤 개념을 적용하는 것이 아니라, 대상에 보이는 판단자의 판단과정을 말해준다. 칸트가 「미적 판단력 비판」에서 말한 바와 같이 미적 쾌락의 판단은 단순히 감각적인 만족에 대한 것인 반면, 취미의 판단은 무목적적이며 무관심한 것, 즉 미적 분리로부터 유래하는 것이다. 이것은 그 판단이 공정하다는 뜻이 아니며, 그 대상에서 특별한 감흥을 못 느낀다는 것도 아니다. 이것은 그러한 판단이 대상에 관한 우리의 필요나 욕구에 의해 결정된다는 것을 의미하며, 동시에 대상의 진정한 실체가 중요한 것이 아니라 그것이 우리에게 보이는 그대로를 관조하고자 함을 뜻한다.5)

미적 태도는 대상 자체를 위해서 대상을 주목한다는 특별한 행위와, 감상 대상에 대한 적합한 정서를 상상한다는 두 측면의 독특한 정서적 반응으로 나타난다. 그러나 미적 감상에는 사물에 대한 미적 태도를 갖는 그 이상의 것이 있다. 그것은 미적 체험의 주체로서 개인의 주관적 가치 판

---

5) 앤 세퍼드, 유호전 옮김, 『미학개론』(동문선, 1989), 89~92면 참조.

단과 평가, 혹은 새로운 의미의 생산이라는 현실적 맥락의 경험 내용을
수반한다는 것이다.

(가)
부인의 비취 팔찌가 무색하게
지금 그녀의 손에는 한아름
활짝 철쭉꽃이 불타고 있다
꽃을 바쳤을 때의 노인의 눈빛처럼

— 박희진, 「헌화가」 부분

(나)
미인을 보고 좋다고들 하지만
미인은 자기 얼굴이 싫을 거야
그렇지 않고야 미인일까

미인이면 미인일수록 그럴 것이니
미인과 앉은 방에선 무심코
따놓은 방문이나 창문이
담배연기만 내보내려는 것은
아니렷다

— 김수영, 「미인—Y여사에게」 전문

'미인'을 소재로 한 위의 두 작품에서 (가)는 미적 체험의 주체로서 시적
화자가 대상의 아름다움에 도취되는 주관적 감정의 상태를 그대로 드러
내고 있는 바, 여기서 '수로부인'이라는 설화적 존재는 '철쭉꽃'과 동일한
대상이자 동시에 '눈빛' 역시 일체성을 이루도록 함으로써 서정시의 전형

적인 낭만적 상상의 실체로서 시적 주체의 정서적 반응을 형태화한다.

그런데 (나)에는 (가)의 경우와 같은 '미인예찬'과는 사뭇 다른 어조와 관점이 나타나 있다. 이 시의 화자는 대상으로서 '미인'을 바라보는 주관적 감상 주체로서가 아니라, 그 대상 자체의 의미에 대해 성찰하는 객관적 의미 생성자로서의 역할을 하고 있다. 말하자면 일종의 '미인론'이라는 담론의 서술자와 같은 평가적 존재로서의 감상자가 되어 있는 것이다.

김수영은 하이데거의 릴케론을 인용하면서 그 속에 나오는 릴케의 다음과 같은 시구에 특별히 주목한 바 있는데, 여기서 그는 하나의 고정된 체계나 진리 개념에 얽매이는 것은 진정한 존재의 본질을 탐구하는 데 걸림돌이 됨을 인식한다.

> 참다운 노래가 나오는 것은 다른 입김이다.
> 아무것도 바라지 않는 입김. 신의 안을 불고 가는 입김.
> 바람.6)

시란 욕망이 아니며 사물에 대한 애걸도 아님을 말한 릴케의 인식에 김수영이 공감하였음은 '다른 입김'의 존재에 대한 가치를 토로한 이 대목에서 선명하게 드러난다. 시란 곧 본질로서의 언어와 연관된 것이라는 하이데거의 견해를 참조한다면, 이 입김은 인간적인 동시에 신적인 것이라고할 수 있다.7) 진정한 시인은 현실의 질서 속에 안주하며 생활하는 인간들이 좀처럼 꿈꾸기 어려운, 하나의 열린 세계를 창조하기 위해 시작에 몰두한다.

---

6) 김수영, 「반시론」, 『김수영전집2』(민음사, 2001), 261~2면에서 재인용.
7) 김유중, 『김수영과 하이데거』(민음사, 2007), 166면.

이 시에서 미인과 마주앉은 방의 문틈으로 새어나가는 것에 대한 시인의 인식은 곧 현실적 미의식이나 재현적 혹은 가공적 대상으로서 미인에 대한 의식을 초월하는 미지의 세계를 고양하는 절대적인 미감과도 통하는 것이다. 아울러 그것은 미 자체가 아니라 그것으로 인하여 유래하고 창조되는 또 다른 미적 인식이라 할 수 있다.

이처럼 현대시에서 현실적 대상이 미적 대상으로 인식되는 과정과 방식은 미적 인식의 객관성을 담보하는 이성적 주체의 확립과 더불어 형성된 자율적 예술론의 토대로부터 자유롭지 않다. 그러나 한편으로 외부 세계가 인간의 의식에 의해 인식된다는 믿음이 근간이 된 근대적 계몽의 사유체계는 인간으로 하여금 진리의 빛이 그 자신의 내면에서 스스로 점화되는 것으로 여기도록 하였지만, 동시에 그것은 그 의식의 주체로 하여금 끊임없이 대상을 향한 자기동일화의 욕망과 부딪치게 하였고, 그 동화와 이화의 긴장된 변증법 속에서 역설적이게도 대상의 절대적 객관성을 넘어서는 시적 인식으로서 의미에 대한 탐색이 가능해진 것이다.[8]

(2) 거울 이미지와 자기초상의 발견—이상(李箱)의 경우

인간은 자기 존재의 발견에 대한 욕망과 자기애의 욕망을 동시에 가지고 있다. 그 연원은 그리스 신화에 나오는 나르시소스로부터 비롯된다. 신화에 따르면 그는 사냥으로 지친 피로와 갈증을 해소하기 위해 우물을

---

8) 이런 의미에서 현대시가 추구하는 현대성(혹은 근대성, modernity)이란 서구의 합리주의적 계몽성이 지닌 변증법적 양면성, 즉 세계의 이성적 질서와 그 부정, 혹은 초월의 갈등 속에서 그 내용성을 확보한다고 볼 수 있다. 이에 대해서는 김성기 편, 『모더니티란 무엇인가』(민음사, 1994), 89~93면 참조.

찾게 되고, 그때 우물 속에서 우연히 아름다운 자신의 모습을 발견하고 호기심을 저버릴 수가 없게 되는 바, 인간의 자기의식과 존재에 대한 탐구는 여기서부터 시작된 것이라 할 수 있다.

자기 존재에 대한 발견과 관심은 현재 뿐만 아니라 지나간 과거를 거슬러 올라가 다가올 미래로까지 이어지게 된다. 이런 질문에 답하기 위해 가장 손쉽게 이용할 수 있는 도구가 바로 거울이다. 그런 의미에서 거울은 욕구를 해결해 주는 도구이자 매체가 된다. 거울이란 그대로 반사시켜 주는 것, 있는 그대로를 냉혹히 보여주는 것, 두개의 나를 인식할 수 있게 하는 것, 동일시를 알게 하는 것으로서의 복합적 기능과 의미를 지니고 있기 때문이다.

현대시에서 이러한 거울의 이미지를 통해 자아에 대한 인식을 드러내는 것은 무엇보다 거울이라는 소재가 지닌 자기반영적인 본질을 발견한 결과라 할 수 있다. 그 대표적인 예가 이상이다.

거울속에는소리가없소
저렇게까지조용한세상은참없을것이오

거울속에도내게귀가있소
내말을못알아듣는딱한귀가두개나있소

거울속의나는왼손잡이오
내악수를받을줄모르는—악수를모르는왼손잡이오

거울때문에나는거울속의나를만져보지못하는구료마는
거울아니었던들내가어찌거울속의나를만져보기만이라도했겠소

나는지금거울을안가졌소마는거울속에는늘거울속의내가있소
잘은모르지만외로된사업에골몰할께요

거울속의나는참나와는반대요마는
또꽤닮았소
나는거울속의나를근심하고진찰할수없으니퍽섭섭하오
— 이상, 「거울」 전문

　이 작품은 흔히 현대인의 분열된 자의식과 암울한 정신세계를 드러낸
것으로 이해하려는 입장이 일반적이나, 보다 중요한 것은 '거울'이라는 매
개를 통해 자신을 들여다보고자 했다는 점이다. 이상은 위의 인용시 외에
도 「오감도」의 '시제10호 나비'나 '시제15호', 「면경」, 「명경」 등 다수의
작품을 통해 반영된 대상으로서 자아의 형상을 감각적으로 그려내고 있
는 바, 이때 시적 소재로서 '거울'의 존재는 모두 만져볼 수 없으며, 근심
하거나 진찰할 수 없는 '박제된' 대상을 비추는 차가운 물체로 묘사된다.
그러므로 사실상 이상의 시적 주체가 바라보는 대상이 박제된 것이라기
보다는 그 거울의 형상으로 인해, 혹은 그 형상에 대한 감각적 반응과정
을 통해 형성된 주체의 인식이 박제된 것이라 보는 것이 보다 타당할 것

이다. 말하자면 이러한 인식과정은 결과적으로 자아의 정체성을 탐색하려는 시적 주체의 의도를 '반영'하되 그 욕구를 실현시킬 수 없는 현실, 즉 일제 식민통치하의 근대 상황에 직면한 시인의 폐색된 의식과 그에 대한 인식을 드러내는 셈이 되는 것이다.[9]

이러한 모더니즘 문학의 본질적 특징으로서 자기반영성은 현실세계를 재현하는 리얼리즘의 진리 담지성에 대한 회의로부터 비롯된 것이다. 이제 존재와 세계에 대한 인식은 그 현실적 자아로서 주체의 내면의식 속에 구성된 것으로서 의미화되는 바, 그것을 가능하게 하는 것이 이상의 경우 '거울'이다.

그런 의미에서 거울은 단순한 매재가 아니다. 거울 속에서 무엇을 보게 될 때, 그것은 거울을 통해서 보고 있는 것이며, 따라서 보이는 것은 그것이 좌우가 바뀌어 있다는 점을 제외하면 순수한 주제 그대로일 뿐이다. 그런 의미에서 이 시의 화자가 거울 속의 자신을 느끼거나 이해할 수 없음, 말하자면 상호소통이 불가능함을 말한다고 해서 그 현실적 자아, 혹은 근대인으로서의 자의식을 둘러싼 비극성에 집중할 이유는 특별히 없다. 단지 이 '거울'의 존재성에 대한 명확한 인식으로부터 자아에 대한 대상화와 성찰의 가능성이 개진될 수 있었음이 중요하다.

---

9) 이와 관련하여 신범순은 이상의 시에서 '거울'을 "인간과 사물에 종속된 단순한 그림자에 갇힌" 인간세계의 신화에 대한 역설로서 작가의 비판적인식을 드러내는 것으로 보고 있다는 점에서 주목할 필요가 있다. (신범순, 『이상의 무한정원 삼차각나비』, 현암사, 2008, 338~347면 참조)

3. 자기초상의 미적 형상화 방식

(1) '우물'의 상상력과 나르시스적 자기형상—윤동주의 경우

윤동주 시가 지닌 자기성찰의 주제와 그 행위 속에 나타나는 시적 화자의 태도는 자아를 객체화하고 그로 하여금 다시 자아를 관찰하도록 하는 '응시'의 시선을 통해 내성화된 독특한 시적 인식을 구현한다.10) 특히 그의 시에서 이러한 자기응시의 태도가 강화될 때 의식의 분열에 의한 다중의 자아가 공존하는 양상으로 나타나는 바, 「또 다른 고향」, 「무서운 시간」, 「간(肝)」, 「자화상」과 같은 작품이 그 대표적인 예가 된다.

이러한 분열된 자아의 모습은 앞서 살펴본 바 이상의 시에서 그 원형을 찾아볼 수 있다.11) 그러나 윤동주 시에 나타나는 자기응시적 태도의 표출방법은 이상 시의 거울 이미지가 드러내는 차가운 표층적 반영성과는 다른 성질의 형상성을 구축한다는 점에서 의미를 갖는다. 「참회록」과 같은 시에서 나타나는 '구리거울'의 형상이 그것인데, 이 청동거울은 근대적 유리거울과 달리 자신의 모습을 선명히 비추어주지 못한다. 그것은 근대적 문명기술이 발달하지 못한 전근대, 즉 전통의 소산이요 역사적 '유물'이기 때문이다.

---

10) 윤동주의 시에 나타난 자기응시의 문제는 김용직, 「윤동주 시의 문학사적 의의」(『나라 사랑』, 1976.여름호)와 김현자, 「대립의 초극과 화해의 시학」(『한국시의 감각과 미적 거리』, 문학과지성사, 1997)에서 핵심적으로 언급되어 있다.

11) 이에 대해 권오만 교수는 윤동주가 이상 문학이 보여주는 표면과 이면의 상반성, 즉 일종의 아이러니적 구조와 의식에 영향을 받았음에 주목한 바, 화자의 시선에 의해 시적 주체가 대상화되는 방식 역시 이상 시에 나타난 거울 이미지의 자기반영성으로부터 유래된 것이라 할 수 있다. (권오만, 「윤동주 시에서의 이상 시의 영향」, 『윤동주 시 깊이 읽기』, 소명출판, 2008, 139~239면.)

그러므로 「참회록」의 경우 구현되는 자기초상은 화자의 인식에 흐릿한 형상으로 포착될 수밖에 없는 존재가 되며, 이것이 그로 하여금 부끄러운 자아에 대한 성찰의 시선을 동반하도록 유도한다. 그리고 이 '부끄러움'이 민족의 역사에 대한 반성적 의식으로 확대된다는 점에서, 시적 자아가 자신의 모습을 의식하도록 하는 미적 대상으로서 '구리거울'은 그 자신이 역사적 존재성과 전통적 삶에 대한 인식내용을 가능케 하는 미적 가치를 획득하도록 하는 매개체 역할을 한다. 바로 이 깊이를 지닌 자기 반영의 연장선 혹은 그 발단에 「자화상」에 나타나는 '우물'의 이미지가 존재한다.

산 모통이를 돌아
논가 외딴 우물을
홀로 찾아가선
가만히 들여다봅니다.

우물 속에는
달이 밝고
구름이 흐르고

하늘이 펼치고
파아란 바람이 불고
가을이 있습니다

그리고 한 사나이가 있습니다
어쩐지 그 사나이가 미워져 돌아갑니다.

돌아가다 생각하니 그 사나이가 가엾어집니다.
도로 가 들여다보니 사나이는 그대로 있습니다.

다시 그 사나이가 미워져 돌아갑니다
돌아가다 생각하니 그 사나이가 그리워집니다

우물 속에는 달이 밝고 구름이 흐르고
하늘이 펼치고 파아란 바람이 불고
가을이 있고 추억처럼 사나이가 있습니다

— 윤동주,「자화상」전문

이 시의 화자가 자신을 비추어보는 대상은 거울이 아니라 우물이다. 거울 앞의 나르시스에게 거울은 유리로 된 장벽이다. 거기에 그가 이마와 주먹을 부딪치며 그 주위를 한 바퀴 돌아본다 해도 아무것도 발견할 수 없을 것이다. 거울은 볼 수는 있어도 붙잡을 수는 없고 좁힐 수는 있어도 뛰어넘을 수는 없는 가짜 거리에 의해서 오히려 그로부터 떨어져 있는 세계이다. 그와 반대로 샘물은 열려진 길이다. 유리의 거울은 문명화되고 너무나 손쉽다는 그것의 특성으로 인해 너무나 명증한 도구가 된다. 유리의 거울은 방의 강한 빛 속에서 지나치게 안정된 이미지를 준다. 그러나 약간 어슴푸레하고 약간 창백한 반영을 담고 있는 샘물의 거울은 열려진 상상력의 기회가 된다. 자신의 이미지를 비추는 물 앞에서 나르시스는 자신의 아름다움의 현존과 그 아름다움을 계속해 완성시켜 나아가야 함을 느낀다.[12]

그런데 이 시의 화자는 자신의 모습을 '사나이'라는 제3의 인칭으로 대상화함으로써 분리된 자아상을 그려내는 한편, 자신에 대한 애증의 상반된 정서를 객관화하고자 한다. 이 애증은 나르시스적 자아의 입장에서 보면 일종의 자기연민과 동일한 것이며, 이러한 인식은 우물 속에 비친 자기초상을 아름다운 자연의 배경으로 대체하고 정작 자신의 모습은 '추억'으로 전환시키는 결과를 초래한다. 이 추억의 감정은 '그리움'의 정서와 대칭되는 것으로, 시적 자아의 현존재에 대한 부정을 대체할 수 있는 내면적 힘이 된다. 지나간 과거이지만 그것이 자신의 것이라는 점을 확인함으로써 자아의 존재성은 아름다운 대상이 되며, 이 긍정의 사유는 비극적 현실과 불투명한 미래를 견디고 삶을 지속시킬 수 있는 원동력이 되기 때문이다.

(2) 가학적 성찰과 추미(醜美)에의 애착—서정주의 경우

서정주는 『화사집(花蛇集)』(1937)으로 대표되는 초기시를 통해 원초적 생명의식이 강하게 발현되는 시를 추구한 바 있으나, 그 자신의 술회처럼 그가 추구한 생명은 "지나치게 건강하고 또 지나치게 병적이기도"[13]한 것이었다. 「화사」에 구현된 관능과 신성성의 세계는 일종의 전율을 동반한 추(醜)의 미학이라는 독특한 세계를 구축함으로써 반규범적이며 비도

---

12) G.바슐라르, 이가림 옮김, 『물과 꿈』(문예출판사, 1980), 37면.
13) 서정주, 『서정주문학전집4』(일지사, 1972), 199~200면.

덕적인 존재를 미적 대상으로 격상시키는 일탈의 시적 행위를 보여준다. 물론 이러한 일탈의 미학은 일제강점하의 식민지 근대의 파행적 현실과 그에 따른 의식적 굴레에 대한 저항과 비판의 의미를 가지는 것으로 이해할 수도 있지만, 다른 한편으로 식민지 삶의 현실적 한계를 정상적인 미학의 거부를 통해 초월하려 했다는 점에서 보면 현실적 기반이 취약한 것으로 평가할 수도 있다.[14]

그런 의미에서 『화사집』에 실린 작품으로서 「자화상」은 그의 생명에 대한 미적 인식이 현실적 토대를 담지한 채, 심미주의적 탐색의 가능성을 모색한 작품이라는 점에서 주목할 필요가 있다. 이 작품이 현실적 기반을 가질 수 있었던 것은 무엇보다 시인 자신의 꾸밈없는 솔직한 삶에 대한 고백, 즉 자아에 대한 성찰의 목소리를 드러내보였기 때문이며, 동시에 전통적 삶의 역사와 유산이라는 사회역사적 맥락을 수용할 수 있었던 때문이라 할 수 있다.

애비는 종이었다. 밤이 깊어도 오지 않았다.
파뿌리같이 늙은 할머니와 대추꽃이 한 주 서 있을 뿐이었다.

14) 최현식, 『서정주 시의 근대와 반근대』(소명출판, 2003), 73면 참조.

어매는 달을 두고 풋살구가 꼭 하나만 먹고 싶다 하였으나...흙으로
바람벽한 호롱불 밑에
　손톱이 까만 에미의 아들.
　갑오년이라든가 바다에 나가서는 돌아오지 않는다 하는 외할아버
지의 숱 많은 머리털과
　그 커다란 눈이 나를 닮았다 한다.

　스물세 해 동안 나를 키운 건 팔할이 바람이다
　세상은 가도 가도 부끄럽기만 하더라.
　어떤 이는 내 눈에서 죄인을 읽고 가고
　어떤 이는 내 입에서 천치를 읽고 가나
　나는 아무것도 뉘우치지 않을란다.

　찬란히 티워오는 어느 아침에도
　이마 위에 얹힌 시의 이슬에는
　몇 방울의 피가 언제나 섞여 있어
　볕이거나 그늘이거나 혓바닥 늘어뜨린
　병든 수캐마냥 헐떡거리며 나는 왔다.
— 서정주, 「자화상」 전문

　자아에 대한 시적 언급은 서정주의 경우에 있어서도 '숱 많은 머리털'
과 '커다란 눈'과 같이 자신의 용모에 대한 묘사를 통해 이루어진다. 그러
나 이러한 자기묘사는 아버지와 어머니, 외할아버지와 같은 가족사의 맥
락 속에서 형성되고 있다는 점에서 개인적 관념이 사회역사적 의미를 포
괄한다는 특징을 가진다. 그리고 그 의미는 철저히 은유적 대상으로 치환
됨으로써 자기성찰의 결과에 대한 시인 자신의 평가적 관점이 담겨 있기

도 하다. 즉, '바람', '죄인', '천치'는 모두 시인이 자신에 대해 내린 가학적 평가에 해당하는 바, 이처럼 추한 자기 모습을 가감 없이 드러내는 과정에서 가학성은 내밀한 자기애와 결합된다.

이러한 시인의 자기초상은 '병든 수캐'의 이미지로 초점화되는데, 그것은 힘겨움과 강인함, 삶에 대한 회의와 열정 사이의 분리할 수 없는 긴장 관계로 구조화된다. '땀방울'과 '피', '아침이슬'과 '시'를 동일시하여 자신의 얼굴 한 복판에 형상해 놓고자 하는 이러한 시인의 태도야말로 자기초상을 통한 미적 인식의 궁극적 내용으로서 도달한 추한 것 속에서 생명력의 본질을 탐구한다는 자아성찰의 결과라 할 수 있다.

그러므로 시인이 가학성과 자기애의 모순적이고 역설적인 결합을 통해 현재의 상실된 삶에 대한 비극적 인식을 극복하고자 할 때, 그 가능한 출구는 자긍심이라는 인간적 측면을 절대미의 추구라는 미학적 측면과 동일시하는 방식을 통해 나타날 수 있다. 그런 의미에서 이 작품에서 '시의 이슬'에 대한 의지를 천명하고 있는 시적 화자는 독백적 자기초상의 표명을 통해 심미적 자아의 형태화를 도모한 것이라 볼 수 있다.

그러나 이처럼 '병든 수캐'로부터 '시의 이슬'이라는 지고지선의 절대미로 초월하고 도약하는 경지는 시인 자신의 삶의 편력의 처음과 끝을 이루면서 동시에 영원성이라는 또 다른 진리에 대한 욕망을 배태하기도 한다. 그런 의미에서 시인이 천명하는 자기초상의 심미적 정당성은 초월적 지평에 의지한 자기동일성의 유지와 강화의 위험성을 동시에 드러낸다는 지적15)은 음미할 필요가 있다.

요컨대 서정주의 경우 자기초상의 형태화는 표면적으로 역사적 자아

---

15) 위의 책, 78~79면 참조.

를 재현하고 있으면서도 현상적 화자 스스로 추미(醜美)에 대한 극도의 과장된 애착을 드러냄으로써 내면적으로 심미적 자아의 절대화를 추구하는 모습을 드러낸다. 이 과정에서 적극적인 자기옹호의 목소리를 드러내는 화자의 모습 그 자체는 역동적인 존재로 현재화되어 구현되는데, 이 현재화된 자기초상이야말로 시인의 관념이 재구성된 것으로서 초월적이고 절대적인 생명성에 대한 지향을 최소화하면서 미적 존재로서 자아를 대상화하는 데 기여할 수 있도록 해주는 것이다.

(3) 일상의 내면화와 문화로서의 미용의식—노천명의 경우

1930년대를 대표하는 여성 시인으로서 노천명 시인은 잘 알려진 대로 「사슴」을 통해 나타난 것처럼 근대적 신여성으로서의 자부심을 고고한 사슴의 자태로 의인화하여 표현한 바 있다. 이 시의 주체로서 화자가 시적 대상인 사슴을 '너'로 호명함으로써 일정의 표면적 화자—청자의 소통구조를 형태화하고 있다는 점은 서정적 자아를 대상에 투영하고 동일화를 구축하는 근대 서정시의 형식으로서 매우 중요한 의미를 갖는다. 즉 "모가지가 길어서 슬픈 짐승"으로 대상화한 사슴의 자태가 감정이입된 시인의 자의식, 즉 그 자신이 들여다보는 자아의 내면을 객관화(혹은 외화)한 것이라는 점이야말로 개인의 관념을 내면의식 속에 형상화하는 근대적인 시의식을 보여준다는 것이다.

특히 '슬픈 눈망울'을 초점화하는 시적 화자의 세밀한 관찰적 묘사는 의식의 주체로서 화자의 눈과 시적 대상인 사슴의 눈을 마주치게 함으로써 동일시된 자아정체성을 확보하도록 이끈다. 그것은 곧 거울에 비친 자신의 모습을 들여다보는 한 여성의 시선과도 같은 것이며, 이 과정에서 윤동주 시에서 보이는 나르시스의 형상은 자기도취의 의미를 지닌 채 고독한 자아의 모습으로 구체화되어 시인 스스로 자신의 정체에 대한 일정한 형상적 의미화를 시도하도록 한다는 점에서 주목할 필요가 있다. 말하자면 이로써 작가로서 노천명 시인의 자기초상에 대한 언급은 자의식을 대상화된 관념으로 대체하는 결과를 초래한다는 것이다.

오척 일촌 오푼 키에 이 촌이 부족한 불만이 있다. 부얼부얼한 맛은 전혀 잊어버린 얼굴이다.

몹시 차 보여서 좀체로 가까이하기 어려워한다.

그린 듯 숱한 눈썹도 큼직한 눈에는 어울리는 듯도 싶다마는…

전시대 같으면 환영을 받았을 삼단 같은 머리는 클럼지한 손에 예술품답지 않게 얹혀져 가냘픈 몸에 무게를 준다. 조그마한 거리낌에도 밤잠을 못 자고 괴로워하는 성격은 살이 머물지 못하게 학대를 했을 게다.

꼭 다문 입은 괴로움을 내뿜기보다 흔히는 혼자 삼켜 버리는 서글픈 버릇이 있다. 세 온스의 살만 더 있어도 무척 생색나게 내 얼굴에 쓸 데가 있는 것을 잘 알건만 무디지 못한 성격과는 타협하기가 어렵다.

처신을 하는 데는 산도야지처럼 대담하지 못하고 조그만 유언비어

에도 비겁하게 삼간다. 대처럼 꺾어는 질망정

구리처럼 휘어지며 구부러지기가 어려운 성격은 가끔 자신을 괴롭
힌다.

— 노천명, 「자화상」 전문

이 작품에서 보듯 노천명의 자기초상에 대한 인식은 윤동주나 서정주
의 경우와 사뭇 다른 자리에 존재하고 있다. 어떤 의미에서는 「사슴」에서
의인화된 미적 대상을 통해 간접적으로 투영된 자기초상의 실체를 보다
직접적인 산문적 어조와 문체로 드러낸 셈이라고 할 수도 있다. 이러한
산문적 글쓰기는 대상의 실체에 대한 객관적 해명으로서의 본질을 구유
한다는 점에서 시인의 의식은 마주하는 대상에 대해 감정이입이나 주체
의 의식 투영과 같은 서정적 동일화의 과정을 벗어나게 되며, 거울에 비
친 자신의 모습을 투영된 미적 대상으로서가 아니라, 구성되고 의미화된
현실적 대상으로 재현하도록 유도한다.

이러한 미적 자의식은 위의 인용된 시에서 보다 일상화된 생활의식의
편린으로 확장되어 나타난다. 즉 '숱한 눈썹', '큼직한 눈', '삼단 같은 머
리', '클럼지한 손'과 같은 신체의 부분적 묘사와 '가냘픈 몸', '오척 일촌
오푼 키', '세 온스의 살' 등의 자신의 전신에 대한 설명적 제시의 표현들
은 모두 미에 대한 인식이 단순한 관념에서 벗어나 일상생활의 한 부분으
로 체화되어 있음을 보여준다.

여기서 중요한 것은 시인이 자신의 모습에 대한 묘사를 통해 차가운 성
격을 부각시키면서 자신의 고고함에 대한 자부심을 역설적으로 드러내고
있다는 점이다. 이처럼 스스럼없이 자신의 용모를 현실적 인식의 대상으
로서 가시화한다는 것은 미용에 대한 의식을 '문화화'함을 의미한다. 즉

시인 개인으로서 미용의 문제를 일상화하면서도 그를 신여성으로서 바라보는 사회적 시선은 이미 그 용모에 특정한 미적 형상을 부가함으로써 일정한 문화적 의미를 창출시키게 되는 것이다.

본래 문화란 예컨대 자연의 초목으로서 장미꽃을 사랑의 징표로 기호화하도록 변화시키는 의미작용과, 그것을 가능케 하는 사회적 관습과 다를 바 없다. 그처럼 문화는 인간의 역사 속에서 형성된 것이며, 끊임없이 변화하는 역동적 실체이다. 그럼에도 불구하고 다른 한편으로 모든 문화는 보통 특정한 사회 속의 인간들에게 마치 그것이 생활 속에서 자연스럽게 의식되고 누리게 되는 자연적인 현상으로 여겨지게끔 작용한다. 이러한 자연화된 것으로서의 문화의식16)은 창작 주체로서 노천명 시인으로 하여금 미적 대상을 일상화된 현실적 대상과 동일시하도록 작동한다. 그러나 이러한 의식이야말로 당대 신여성의 자의식이라는 범주에서 벗어날 수 없으며, 다만 그것은 '미'에 대한 일정한 의식으로서 자아의 존재성을 형상으로 구현했다는 점에서 의미를 가질 따름이다.

4. 결론

현대시가 구현하는 미적 형상성은 미적 대상에 대한 근대적 인식으로서 시인의 자의식을 반영한다. 구체적으로 우리 근대시사를 살펴보면 시인이 자기초상을 소재로 하여 텍스트로 표현한 경우가 꽤 발견되는 바,

---

16) '자연(nature)'이라는 개념의 문화적 의미는 근대사회 이후 인간의 자유의지 그대로의 삶이 영위되는 소위 '자연 상태'의 질서가 깨지는 사회적 혼란을 통제하고 인간 이성의 우위를 강조하는 계몽정신을 그 사회의 유지수단으로 이념화하기 위해 '문화'의 개념 이면에 굴절된 의미로서 존재하게 되었다. (앤드류 에드거 외 엮음, 박명진 외 옮김, 『문화 이론 사전』, 한나래, 2003, 339~342면 참조.)

그 형태화방식을 살펴보면 서정적 주체의 동일화를 향한 욕구와 자기반영성을 매개로 하는 과정에서 나타나는 객관화된 미적 대상에 대한 구현의 지향 사이에 일정한 상관관계가 나타남을 볼 수 있다. 그 내용을 정리해보면 다음과 같다.

우선 현대시에 나타난 자기초상에 대한 표현과 그 과정에서 드러나는 시적 주체의 자기인식 및 미에 대한 객관적 인식은 결코 단순한 대상이 지닌 아름다움에 대한 예찬이나 감정이입의 방식을 통한 낭만적 주체의 관념 표출에 국한되지 않는 미적 인식과 형상성을 보여준다. 그것은 무엇보다 '거울'의 존재에 대한 인식이 자기반영적 의식의 소산이며, 그를 통한 현실적 자아에 대한 객관적 성찰의 과정을 거침으로써 가능한 것이었다.

이것은 현대 시인들이 자기초상(자화상)을 시적 소재로 함으로써 현실화된 바, 이상의 시로부터 비롯되어 윤동주의 '청동거울'과 '우물'의 이미지로 심화되어 나타난다. 아울러 이 과정에서 관념적인 자아인식은 서정주 시의 경우 개인적 차원을 넘어서 사회역사적인 맥락을 포괄하는 한편, 노천명의 시에서는 보다 일상화된 생활의식으로 변화됨으로써 아름다움에 대한 관념이 하나의 문화의식으로 자리 잡게 되는 계기를 마련해주었다.

이런 의미에서 이러한 대상 인식과 시적 표현상의 특징은 한국현대시가 어떻게 시의 서정적 본질을 체득하고 변화시키며, 그것이 지닌 자기동일화의 견고한 틀로부터 혁신을 꾀하고자 했는가를 확인할 수 있는 유의미한 단서를 제공한다. 그것은 말하자면 현대의 시인이 신라시대의 수로부인을 흠모하는 자기화의 환상으로부터 미인의 자태를 열어둔 문틈으로 흘러나가는 연기처럼 체험하는 미적 태도에 이르기까지의 거리와 통하는 것이기도 하다.

이런 맥락에서 한국현대시를 바라보고 읽어내는 과정은 현대시 교육의 현장에서 시사의 맥락을 시적 표현과 발상의 방법과 인식이라는 조명의 틀을 통해 이해하는 데 도움을 줌으로써, 현대시의 감상을 시적 의미의 해석이라는 측면에 국한하여 접근하는 탈맥락적 이해의 한계를 극복할 수 있도록 할 수 있으며, 동시에 한국근대사의 흐름 속에 구현된 현대시의 문화적 의미에 대한 총체적 인식을 가능하도록 함으로써 현대시 읽기를 문학사교육과 문화교육의 자장 속에 보다 활성화시키는 데 중요한 역할을 할 것으로 기대한다.

한국 현대 대중시 생산/수용의 변화 양상과 사회문화적 맥락

1. 서론

지난 세기말의 시기에 시란 결코 이해할 수 없는 난해 담론이 아님을 강력하게 천명한 '신화'의 실제가 있었다. 그 시집들은 출간과 동시에 문학사상 유례없는 베스트셀러의 행진을 계속하였고, 유독 청소년층의 여린 감성에 파고든 아련하고도 애틋한 시구들은 늘 그래왔던 연습장 표지의 시화처럼, 책받침의 인기배우 사진처럼, 그리고 아이돌 가수의 대형 브로마이드처럼 시대를 거슬러 입시로 찌든 대한민국 청소년들의 정신적, 정서적 위안이자 중요한 문화적 인식소로 자리 잡았다. 한껏 들떠 이것이야말로 우리 서정시의 고질적인 한계를 극복할 수 있는 새로운 지평이라느니, 시가 문화변동의 외곽에서 현실의 한복판으로 내려와 대중과 호흡할 수 있는 공간을 창출했다느니 호의로 치장한 평자들은 많았지만, 정작 맥락 부재의 모호한 진술의 나열이 빚어낸 감성적 호소력이 무엇을 의미하는지에 대해 솔직하고도 설득력 있게 파헤친 사람들은 없었다.

다소간의 부침은 있었으나 새로운 세기를 맞은 지금 오히려 '대중시'의 호황은 더욱 강한 장악력을 보이고 있으며, 새삼 소비문화 시대에 직면한 시의 정체성에 대한 비판적 성찰의 공간이 필요함을 요청받고도 있다. 이

현상이 환기하는 문제의식은 우선 시 쓰기보다 시 읽기의 문제에서의 접근을 요함으로써 '소비문화'의 일환으로서 시의 향유 방식의 문제를 전면으로 부각시킨다는 점에 있다. 이런 의미에서 당대 대중들의 시를 향한 '쏠림 현상'을 진단한 아래의 한 신문기사는 시사하는 바가 크다.

> 이젠 시집도 내용과 담는 방식이 바뀌어야 팔리는 시대가 되었다. 단적인 예가 시인 김용택 씨의 경우. 김 씨는 '섬진강' 등의 시집으로 많은 독자를 가진 이른바 '인기 있는 정통시인'이다. 그는 지난해 후반기에서 올해 중반기까지 시집 세 권을 냈다. 한 권은 '창작과 비평사'(이하 '창비')에서 펴낸 시집『나무』, 나머지 두 권은 '마음산책'에서 펴낸『연애시집』과『시가 내게로 왔다』. 창비에서 펴낸 시집은 이른바 전통적인 형태의 시집으로 '창비시선' 214번째다. 『시가 내게로 왔다』는 김 씨가 감명 깊게 읽은 시를 골라 뽑은 시모음집이다. 『연애시집』은 말 그대로 김 씨의 연애시만 모은 시집. 같은 시인이 펴낸 시집인데도 창비에서 펴낸 전통 형태의 시집『나무』는 아직 초판을 다 소화하지 못했다. 반면 '말랑말랑한 시'인『시가 내게로 왔다』는 무려 5만부가 나갔으며,『연애시집』은 나온 지 3개월 만에 약 3만 부가 팔렸다[1)]

크리스마스 선물과도 같은 시집, 그리고 연애담에 '꽂히는' '말랑말랑한' 시들을 선호하는 이러한 독자의 시 향유 방식의 변화는 시인들로 하여금 소비주체로서 대중들의 취향을 외면할 수만은 없도록 하고 있다. 그것은 어쩌면 산정에 외롭게 서 있는 존재로서, 혹은 세상의 비의를 홀로 통찰하고 예언자처럼 바람결에 속삭이던 자로서 서정시인의 고고한 위의를 전면적으로 바꾸어 놓을지 모른다. 다만 중요한 것은 그 '소비자'가 누

---

1) 배문성, 「'가벼운 詩'의 시대」,『문화일보』, 2002.12.18.

구인가에 대한 정의를 시인 스스로 다시 세우는 일이 되고 있다.

하지만 이 문제를 조금 다른 시각에서 바라본다면 한국 현대시 100년 사를 관통하며 흘러온 서정시의 주류, 혹은 시적 서정의 본질적 의미에 대한 천착의 과정과 그 결과에 대한 당대 독자들의 새로운 접근과 이해를 요구할 필요가 생기는 지점에 다다랐음을 뜻한다고 볼 수도 있다. 그것은 시 쓰기와 읽기의 문제가 모두 일종의 문화적 실천의 산물로서, 즉 생산 과 수용의 특정한 소통경로 속에 창출되는 의미망을 구성하는 과정이라 는 점을 고려할 필요가 있다는 의미와 통한다.

이런 관점에서 본 연구는 한국현대시사에 나타난 '대중시'의 양상을 검 토하면서 '대중시'의 의미 규정과 성격, 시를 '대중시'로서 존재하도록 하 는 사회문화적 맥락과 수용 환경, 혹은 유통 경로의 변화 추이를 살펴봄 으로써, 한국현대시사의 흐름 속에 형성, 변화되어 온 대중시적 지향의 양상들을 재조명하고, 이를 통해 대중시의 현실적, 수용론적 조건을 재구 성할 수 있을 것으로 본다.

2. 프로문학에서 대중문학론의 인식과 '단편서사시' 생산

(1) 김기진의 대중화론과 '단편서사시' 창작

1920년대 중반 이후 KAPF(조선프로레타리아예술동맹)를 중심으로 전 개된 프로문학의 이론화과정에서 중요한 변곡점이 되는 것이 1928년부 터 1930년 즈음까지 논의된 '대중화론'이다.[2] 김기진의 평론 「통속소설

---

2) 김기진의 대중화론에 동참한 논의들은 다음과 같다. 김팔봉, 「통속소설소고」(『조선

론」으로부터 촉발된 이 논의는 프로문학의 여타 논의에 비해 대체로 비논쟁적으로 전개되었는데, 그것은 이 논의가 열악한 외부 환경에 부딪친 프로문학의 강경한 이념투쟁 지상론이 새로운 전환의 돌파구를 모색할 수 있도록 하는 계기로 작용한 때문으로 보인다.

김기진의 대중화론이 '통속소설'에 대한 재인식의 문제로부터 출발된 것은 표면적으로는 일제의 탄압에 대한 적절한 대응전략의 모색으로서 의미를 갖는 것으로 되어 있으나,[3] "우리들은 대중을 저들의 의식의 감염으로부터 구출할 의무를 느끼지 않으면 안 된다."[4]라는 천명이나, "우리는 처음부터 작용할 수 없고 성장할 수도 없는 것을 가지고 프로레타리아 예술이라 하지는 안 했다."[5]는 술회를 동반한 점을 감안하면, 지식인적 문학지상주의의 계몽성보다 독자대중에의 공감적 영향력의 현실성을 인식한 결과로 볼 필요가 있다.

그의 소론은 비록 대중의 한국적 파악, 사회적 구조와의 관련에 대한 해명이 뒤따르지 못한 점과, 대중을 막연한 무지의 독자층으로 바라보았

일보』, 1928.11.9.~20), 「대중소설론」(『동아일보』, 1929.4.11~20), 「프로시가의 대중화」(『문예공론』2호,1929.10), 「단편서사시의 진로」(『조선문예』, 1929.1), 「예술운동의 1년간」(『조선지광』, 1931.1), 이성묵, 「예술대중화문제」(『조선일보』, 1929.3), 유완식, 「프로시의 대중화」(『조선일보』, 1929.2), 유백로,「프로문학의 대중화」(『중외일보』, 1930.9.4.), 박영호,「프로연극의 대중화문제」(『비판』1권8호, 1930.8), 민병휘,「예술의 대중화문제」(『대조』, 1930.9)

3) 이는 김기진이 그 전략으로서 '통신소설'과 같은 양식을 제안한 데서 알 수 있는 바, 이는 일종의 '壁小說' 혹은 '벽신문', 즉 노동조합 등의 일터에 뉴스, 르포 등의 신문 형식 등사판 강령에 예술성을 가미한 새로운 양식을 일컫는 것으로 탄압을 피할 수 있는 기민한 대응과 전파력을 염두에 둔 것이라 할 수 있다. (김팔봉, 「통속소설소고」, 『조선일보』, 1928.11.20. 참조.)

4) 위의 글.

5) 김팔봉, 「프로시가의 대중화」, 『문예공론』2호, 1929.10.

다는 한계6)를 지닌 것임에도 불구하고, 문학의 내용과 형식에 걸쳐 세부적인 창작방법론을 제시했다는 점에서7) 당대 문인들에게 현실적 대중으로서 노동자, 농민에 대한 문학적 인식의 가능성과 필요성을 재확인하도록 하는 매개로서의 역할을 충분히 한 것으로 볼 수 있다.

그러나 사실상 프로시가의 대중화론은 오히려 임화의 창작시「네거리의 순이」(『조선지광』, 1929.1)로부터 시작된 일련의 산문적인 시(「우리옵바와 화로」, 「어머니」, 「우산밧은 요꼬하마의 부두」, 「양말 속의 편지」)를 창작하고, 이에 대해 김기진이 프로시가 대중화의 새로운 방법론을 보여주었다고 평가함으로써 구체적인 실체를 얻게 되었음은 주목할 필요가 있다. 이들 작품은 모두 서술자로서의 화자가 존재하며, 시적 화자와 시적 대상이 여인으로 되어 있다는 점, '우리'라는 집단의 입장을 취하고 있는 점에서 그 시적 서사 구조가 독자에게 감정적 호소력을 얻을 수 있는 핵심 요인이 되었다는 것이다.8) 김기진은 이러한 시 형식을 '단편서사시'라는 용어로 개념화한 바, 그가 개념화한 '서사'의 단편적 제시란 곧 프로문학 대중화의 전략이 곧 대중독자를 향한 격한 감정의 직서적 서술과 감정적 동

---

6) 김윤식,『한국근대문예비평사연구』(일지사, 1974), 79면.
7) 김기진은「대중소설론」의 '무엇을 써야 할 것인가'의 항목에서 ① 제재를 노동자,농민의 일상견문에서 취할 것, ② 물질생활의 불평등과 그 제도의 불합리로 야기되는 비극을 주요소로 하고 그 원인을 명백히 인식하게 할 일, ③ 숙명적 정신의 참패를 보이고 동시에 새로운 힘찬 인생을 보일 것, ④ 신구도덕의 가정적 충돌에서 반드시 신사상의 승리로 할 것, ⑤ 빈부갈등은 정의로서 다룰 것, ⑥ 연애를 취급함도 좋으나 배경으로 사용할 것 등을 거론하였으며, '어떻게 써야 할 것인가'의 항목을 통해 ① 문장은 평이할 것, ② 한 구절이 너무 길지 않을 것, ③ 운문적일 것, ④ 화려할 것, ⑤ 묘사나 설명은 간략할 것, ⑥ 성격묘사보다 사건의 기복을 중시할 것, ⑦ 전체의 구상성과 표현수법은 객관적·현실적·실제적·구체적인 변증법적 태도를 취할 것 등을 열거하였다. (김팔봉,「대중소설론」,『동아일보』, 1929.4.18~19 참조.)
8) 김윤식, 앞의 책, 552면 참조.

화의 유발을 유도하는 산문체의 대중적 현실의 이야기를 가리키는 것과 다름없다.

(2) 이야기의 현실성과 감상주의적 정서화

그런 의미에서 임화의 '단편서사시'는 현대적인 대중시가의 가장 전형적이자 선구적인 모습을 갖추고 나타난 시사상의 고유한 양식이라 할 수 있다. 대체로 이 양식과 같은 소위 '이야기시' 속에 제시되는 이야기 내용은 시 속에서 그것을 전달하는 화자의 위상에 의해 시적 의미가 구현된다. 특히 이야기를 듣는 청자로서 독자 입장에서 볼 때, 서정시의 특징인 정서적 동화의 측면은 시적 주체와 대상 사이의 문제로부터 화자 및 그의 이야기와 실제 독자로서 청자 사이의 문제로 전이되어 나타난다. 「우리 옵바와 화로」(『조선지광』, 1929.2)의 경우 화자의 이야기이자, 동시에 화자가 전달하는 이야기를 통해 청자는 재구성된 이야기로서의 시적 담론을 시의 내용으로 받아들일 수 있다는 점에서 특징적인 바, 그것을 가능하게 해주는 요소는 바로 허구적 인물로서 나타나는 시의 화자이다.

> 사랑하는 우리 오빠 어제께 그만 그렇게 위하시던 오빠의 거북무늬
> 질화로가 깨어졌어요.
> 언제나 오빠가 우리들의 '피오닐' 조그만 기수라 부르는 영남이가
> 지구의 해가 비친 하루의 모든 시간을 담배의 독기 속에다
> 어린 몸을 잠그고 사온 그 거북무늬 화로가 깨어졌어요.
>
> 그리하여 지금은 화젓가락만이 불쌍한 영남이하구 저하구처럼
> 똑 우리 사랑하는 오빠를 잃은 남매와 같이 외롭게 벽에가 나란히

걸렸어요.

　오빠……

　저는요 저는요 잘 알았어요.

　왜 그날 오빠가 우리 두 동생을 떠나 그리로 들어가실 그날 밤에 연거퍼 마른 권련을 세 개씩이나 피우고 계셨는지

　저는요 잘 알았어요 오빠.

— 임화, 「우리옵바와 화로」 1,2연

　위 인용시는 시적 인물로서 '누이동생'이 화자가 되어 청자인 '오빠'에게 말을 건네는 형식으로 자신의 마음과 생각을 진술하고 있다. 여기서 시인이 특정 인물을 내세운 의도나, 청자에게 어떤 행동을 요구하는 화자의 사고와 감정에 대한 독자의 반응보다 앞서서 텍스트의 의미를 규정하는 것은 독자가 수용하게 되는 시적 상황이다. 즉 독자는 시의 화자가 처한 힘겨운 노동의 삶과 절박한 현실 상황을 그리게 될 것이며, 아울러 화자인 누이가 청자인 오빠에게 편지쓰기의 형식으로 말하는 그 슬픈 심정과, 상황을 극복하려는 꿋꿋한 의지에 공감하게 되는 것이다.

　말하자면 화자의 진술 내용은 시인이 만들어낸 허구적 상황으로서 어떤 노동자의 삶의 현실이라는 이야기의 요소로 전이되는 한편, 다시금 화자의 목소리 및 어조를 통해 일정하게 형성되는 정서적 상황과 결합함으로써, 그것이 '이야기시'로서의 텍스트가 지닌 내적 의미로 확정, 전달된다는 것이다. 이것은 독자가 그 상황을 제시하는 주체로서 허구적 인물인 화자의 존재를 의식하게 됨으로써 이루어진 것인 바, 이 시의 제작을 두고 당시 김기진(金基鎭)이 감상적인 목소리와 정제되지 않은 문장의 흠에도 불구하고 일반 대중들에게 큰 호소력을 지니는 시 양식으로 고평한 이

유도 그 전달력, 즉 정서적 감응력 때문이었던 것이다.[9]

특히 이 경우 시적 상황은 독자의 의식 속에 일련의 파노라마와 같은 장면들로 구상화될 수 있으며, 그 각각의 장면들이 전체적으로 하나의 시적 의미, 즉 폭압적 현실과 노동자의 삶의 의지라는 내용성을 구성한다는 점에서 화자는 단순한 이야기의 진술자로서의 위상을 넘어서 메시지 전달자이자, 의미의 1차 구성자로서의 역할을 한다. 결국 이처럼 허구적 화자에 의해 시적 상황이 의미화되는 구조의 경우, 독자의 반응은 곧 화자의 발화 및 화자—청자의 상호소통, 그리고 시인의 메시지 전달 의도에 대한 답변이자 동시에 의미 생산의 과정이 될 수 있다.

3. 대중사회에서 시적 서정성과 비판적 순수주의

일제강점하의 근대문학기에 전개된 대중시의 생산 양상은 피식민국의 민중으로서 일반 노동자·농민층에 대한 계급론적 관념을 '대중'의 개념으로 특정화한 데 그 특수한 사회문화적 맥락이 존재한다. 그렇지만 사회과학적인 시각에서 한국사회의 대중화 및 대중문화의 구조적 정착이 확연해진 시기는 1960년대 후반으로 보는 것이 일반적임을 감안하면,[10] 실

---

9) 김기진, 「단편서사시의 진로」, 『문예공론』, 1929.7.

10) 대체로 현대사회에서 대중문화 형성을 위한 기본 토대는 신문·잡지 및 방송과 같은 대중매체의 보급이 우선된다. 물론 문화생산물이라는 의미에서 일제하의 대중음악 음반 제작이나 영화 상영, 미군정기의 방송 송출 등을 매개로 1920년대 후반부터 대중문화의 실체를 논하려는 입장도 있으나(김창남, 『대중문화의 이해』, 전면개정판2, 한울, 2005), 한국사회에서 민영 및 국영 라디오 및 TV가 전파를 송출하기 시작한 시기가 1960년대 후반 이후라는 점을 고려할 때 다양한 논쟁에도 불구하고 이 시기를 기준으로 보는 것이 일반적이다. (원용진, 『대중문화의 패러다임』, 한나래, 1996, 20~21면 참조.)

제 우리 현대시사상의 작품 생산 양상에서 '대중적인 시'에 대한 관념이 어떻게 형성되고 독자에게 인지·수용되었으며, 그것이 사회적 삶의 일반 양상 속에 어떻게 사회의식으로 내면화되었는가의 관점에서 이 문제를 접근할 필요가 있다.

그런 의미에서 볼 때, 서두에 인용한 신문기사의 화두가 1990년대를 마무리하는 지점에서 제기되었다는 사실은 함축하는 바가 크다. 말하자면 산업화시기를 거쳐 온 한국사회에서 우리 현대시는 그 '현대성'의 의미를 순수 서정의 주류 및 정통성 지키기와 모더니티의 추구라는 의미에서의 현실주의적 거리두기의 상호경쟁을 통해 지속한 것이며, 그것은 결과적으로 대중사회 속의 일반 독자들을 시로부터 멀어지도록 하는 형국으로 귀결되도록 한 것이다.11)

이러한 시사상의 견고한 흐름이 균열되는 양상은 단지 시문학의 위기극복을 위한 전략적 모색으로 바라볼 수만도 없으며, 당대 사회 전반에 나타난 민주화의 흐름이 '자유로운 시 쓰기'나 '즐거운 시 읽기'만을 유도한 것으로 규정지을 수만도 없다. 현대사회에서 대중문화의 생산과 수용이 필연적으로 자본주의적 정치경제 논리가 개입됨을 배제할 수는 없으나,12) 시문학의 경우 나타난 대중지향의 새로운 현상은 어떻게 시가 독자와 소통할 것인가의 문제를 새삼 전면적으로 부각시킴으로써 새로운 시대의 문학적 인식의 전환을 이끄는 전위대의 역할을 했다는 점에서 주목

---

11) 이는 소설 장르의 경우, '신문소설'이라는 특정 양식이 매개가 되기는 했으나, 신문학 초창기부터 1970년대에 이르기까지 독자층의 확대와 아울러 문학의 대중화에 직접적인 역할을 수행해온 것과 선명하게 대비된다. (강창식, 『대중문학을 넘어서』, 청동거울, 2000, 257면 참조.)

12) 김창남, 앞의 책, 99면.

할 필요가 있다. 다음 인용시 두 편은 1990년대 이후 대중시의 흐름과 그 경향성을 단적으로 압축해서 보여주는 작품이다.

둘이 만나 서는 게 아니라
홀로 선 둘이가 만나는 것이다

1
기다림은
만남을 목적으로 하지 않아도
좋다.
가슴이 아프면
아픈 채로,
바람이 불면
고개를 높이 쳐들어서, 날리는
아득한 미소.

어디엔가 있을
나의 한 쪽을 위해
헤매이던 숱한 방황의 날들.
태어나면서 이미
누군가가 정해졌었다면,
이제는 그를
만나고 싶다.

― 서정윤, 「홀로서기.1」 도입부

옥수수잎에 빗방울이 나립니다
오늘도 또 하루를 살았습니다

낙엽이 지고 찬바람이 부는 때까지

우리에게 남아 있는 날들은

참으로 짧습니다

아침이면 머리맡에 흔적 없이 빠진 머리칼이 쌓이듯

생명은 당신의 몸을 우수수 빠져나갑니다

씨앗들도 열매로 크기엔

아직 많은 날을 기다려야 하고

당신과 내가 갈아엎어야 할

저 많은 묵정밭은 그대로 남았는데

논두렁을 덮는 망촛대와 잡풀가에

넋을 놓고 한참을 앉았다 일어섭니다

마음놓고 큰 약 한번 써보기를 주저하며

남루한 살림의 한구석을 같이 꾸려오는 동안

당신은 벌레 한 마리 함부로 죽일 줄 모르고

악한 얼굴 한 번 짓지 않으며 살려 했습니다

그러나 당신과 내가 함께 받아들여야 할

남은 하루하루 하늘은

끝없이 밀려오는 가득한 먹장구름입니다

처음엔 접시꽃 같은 당신을 생각하며

무너지는 담벼락을 껴안은 듯

주체할 수 없는 신열로 떨려왔습니다

그러나 이것이 우리에게 최선의 삶을

살아온 날처럼, 부끄럼 없이 살아가야 한다는

마지막 말씀으로 받아들여야 함을 압니다

우리가 버리지 못했던

보잘것없는 눈높음과 영욕까지도

이제는 스스럼없이 버리고

내 마음의 모두를 더욱 아리고 슬픈 사람에게

줄 수 있는 날들이 짧아진 것을 아파해야 합니다

— 도종환,「접시꽃 당신」 전반부

　여기서 보듯, 이 두 작품의 본질적인 양식 성향은 순수 서정의 세계로부터 한 치도 벗어나 있지 않다. 다만 이것이 하나의 독립된 현실 담론으로서의 언어텍스트로 생산되고 유통되며 독자들에게 수용되는 과정 속에 존재하는 의미구성체임을 인식하고 바라보면, 텍스트를 둘러싸고 형성되는 일정한 소통의 실체가 존재함을 감지할 수 있다는 점이 문제로 부각된다. 그것은 독백의 어조와 일기나 편지글과 같은 산문적 문체로 쓰였다는 언어형식의 측면과, 철저히 화자의 내면에 충실한 담화이면서도 수용자인 독자로 하여금 텍스트 표면에 구현된 세계를 공유하고 감정적 반응을 유도하도록 하는 언어소통상의 심리적 측면이 함께 고려되어야 한다는 점이다. 말하자면 이들 작품은 모두 독자 대중을 의식한 일종의 생산물로서 작용한다는 점에서 공통분모를 가지고 있는 것이다.

　특히 이러한 소위 '소녀감성'을 불러일으키는 작품들의 생산이 도미노 현상화되고, 서점가의 베스트셀러 게시판의 최상 순위를 점령하게 되는 과정은 당시 대형서점에서 시집과 팬시문구용품이 함께 판매되기 시작한 양상과 궤를 같이 하고 있음에 주목할 필요가 있다. 말하자면 시집이 또 하나의 문화상품화되어 일반독자와 청소년층에게 '유통'되기 시작했음을 의미하는 것이다.13) 대중문화 현상의 일환으로 편입 내지 습합되었다는

---

13) 이러한 현상은 마치 1970년대 당대의 유명 배우나 탤런트의 사진이 코팅된 책받침이 청소년층에 열광적으로 수용된 모습을 재현해 보여주는 셈이 되는 바, 이러한 대중문화 현상에서의 초기 팬덤 형성의 양상이 시문학 텍스트에 대한 '마니아적'

의미에서 보면, 「접시꽃 당신」의 경우도 1988년 시집이 발행된 지 얼마 되지 않아 영화로 만들어져 당시 "세상을 먼저 떠난 아내에 대한 시인의 순애보"라는 내용으로 대중들에게 전달되는 동일한 '문화상품화'의 과정에서 자유롭지 못하다.

물론 대중시로서 대중문화 현상의 내부로 스며들어 대중들과 현실적 문화텍스트로서 상호 소통한다는 의미에서 그 생산과 수용의 양상은 긍정적 측면을 가진다. 다만 그 과정에서 수용주체들이 구성하게 되는 의미 내용과 그 현실적 가치화의 양상이 무엇인가를 고려할 때, 두 작품의 점유 위치는 사뭇 다른 내용을 보인다는 점을 살펴볼 필요가 있다.

먼저 담화 형식의 측면에서 볼 때, 두 작품은 얼핏 담담한 독백체의 어조를 통해 화자의 내면적 진술을 진술하게 드러내는 모습을 취하고 있다는 점에서 동일한 양상을 보인다. 말하자면 일기와 같은 글쓰기가 이루어지고 있다는 점에서 독자들은 공감적 읽기의 접근경로를 통해 글쓴이의 내면을 들여다봄으로써 정서적 동화의 과정을 겪는다. 그러나 좀 더 들여다보면, 「접시꽃 당신」의 경우 독백의 주체로서 화자는 대화의 상대인 청자와의 관계를 분명하게 설정하고 있음으로 인해 독자로 하여금 매우 사실적인 이 담화의 실제성 여부를 떠나 그 서사의 한 당사자인 화자의 내면을 또 다른 청자로서 귀 기울일 수 있도록 하는 데 비해, 「홀로서기」의 경우는 마치 아포리즘과도 같은 화자의 단언적 독백만을 매우 감성적인 언어로 제시함으로써 일반 독자(특히 청소년층)들에게 무형의 가상공간

선호현상으로 읽힐 수도 있으나, 동시에 '소비 귀족주의'의 문화자본적 속성을 내포한다는 점을 감안할 때, 한국사회의 민주화 이후 신자유주의시대 사회경제적 환경에서 시문학의 독자 대중이 개인적 취향문화의 범주에 침잠하는 결과를 낳은 것으로 평가할 수도 있다. (위의 책, 321~333면 참조.)

으로서 자아의식의 순수성과 정체성 찾기를 위한 사색이라는 상상의 담론을 유발한다는 점에서 이질적인 모습을 가지고 있다. 특히 후자의 시에서 이 실체 없는 가상성은 일종의 판타지로서의 심리적 공간을 창출하면서 독자들의 의식 속에 막연한 것으로서 '그리움', '방황', '만남' 등의 화소(話素)를 그려 넣음으로써 정작 '홀로서기'라는 제목의 유혹을 현실화하는 것을 가로막는 오류를 빚고 있는 것이다.

이런 맥락에서 1990년대 전후 우리 사회에 형성된 대중시 열풍은 한국현대시사에서 유례없이 일반 독자 대중들과의 익숙한 소통의 경로를 열어놓는 긍정적 역할을 수행한 동시에, 자연스럽게 대중문화 현상의 일부로 편입됨으로써 결과적으로는 그 문화소비층의 요구와 성향에 부응하는 방향으로의 시적 자질을 구유하도록 한 것으로 볼 수 있다.

4. 뉴미디어 시대 텍스트 생산기반의 변화와 사회적 소통의 확대

새로운 세기 뉴미디어 시대가 정착되면서 현대시의 유통 방식은 근본적으로 변화한 모습을 보여준다. 시집이란 전통적인 종이책 형태로만 존재하는 것이 아니라, 전자게시판·카페·미니 홈피·블로그·트위터 등 인터넷 공간상의 다양한 형태로 생산되며, CD-ROM 형식의 전자책으로도 만날 수 있다. 그간 인쇄 기술의 발달로 인해 음성언어를 대신했던 문자언어가 문학 텍스트 생산의 중요한 역할을 했던 것처럼, 디지털 기술의 발달로 도래한 미디어 시대에는 매체언어가 그 역할을 하리라는 예상이 현실화되고 있는 것이다.

여기에는 창작된 언어텍스트로서 시집이라는 고유한 단선적 유통을 넘어서는 복합적인 소통텍스트의 부수적 생산이라는 수용 환경의 변화가 뒤따른다. 전통적인 지식 구안적 시해설서가 아닌 독자들의 생활감성을 유발하는 시안내서로서 주제별 모음집이나, 시인의 애송시 감상문집 등의 2차 텍스트뿐만 아니라, 시화집이나 사진집과 함께 읽는 시집, 드라마나 영상매체에 삽입되어 전달되는 시 읽기 등 다양하고 다층적인 유통 경로[14]는 '시'가 '서정 장르' 혹은 '서정성'의 본질을 넘어서 '시적 감성(혹은 인식, 상황 등)'과 같은 자질이나 요소로서 대하도록 독자의 수용양상 및 태도를 주도하게 된다.

그런 의미에서 인터넷의 발달이나 영상 문화의 발달은 독자의 미적 지각 방식을 변화시킨다. 문자 언어로 표현된 시를 읽으면서 다양한 영상 이미지들을 떠올리거나, 특정 텍스트를 덧글과 함께 읽으면서 의미를 공유하는 방식은 미디어 시대 독자들에게 이미 친숙한 읽기 방식이자 소통 방식이다. 독자들은 무의식적으로 시 텍스트의 문자를 영상화하면서 읽고 있으며, 인터넷 게시판을 통해 활성화된 덧글은 시 텍스트에 대한 덧글 텍스트를 일상적인 방식으로 수용하는 데 많은 역할을 하고 있다.

미디어 시대를 맞이하면서 우리들의 미적 지각 방식에는 미디어 문화에 의해 형성된 다양한 영상 이미지들, 음향, 스펙터클 등이 영향을 미치고 있다. 특히 미디어 문화는 이미지와 음향, 그리고 스펙터클을 통해 일상생활을 구조화하고 여가 시간을 지배하며, 나아가 미적 지각 방식의 변

---

14) 이와 같이 디지털 매체시대에 매체들이 서로 겹치고 뒤섞이며 상호교류하면서 새로운 형식을 창출해내는 문학작품 생산과 유통의 변화된 양상을 장노현은 '문학복합체'라는 용어로 개념화한 바 있다. (장노현, 「문학/미디어 교육과 문학복합체 글쓰기」, 한국문학교육학회 편, 『매체』, 문학교육총서4, 역락, 2013, 41면 참조.)

화를 유도하고 있다. 일상적 감각을 새롭게 구성하면서 미적 감각 또한 새롭게 재편하고 있는 것이다. 독자의 미적 지각 방식의 이러한 변화는 이미 시집 출판의 경향상 새로움을 넘어서 그 형태상의 혁신이 일반화되는 데까지 이르렀다. 시에 걸맞는 그림이나 사진을 같이 결합하는 방식은 물론, 시에 대한 다양한 글을 함께 결합하여 싣는 경우, 그리고 이미지, 배경 음악, 플래시 동영상, 목소리 등을 결합하여 하나의 영상시로 제작하는 경우 등이 그 예이다.15)

이는 궁극적으로 영상 문화가 주도적인 미디어 시대의 문화 소비 경향과 관련이 있다. 물론 이러한 현상이 미디어 시대에만 존재하는 것은 아니다. 이전에도 이런 현상이 드러나곤 했지만 시집 판매의 주도적인 현상 그리고 시집 출판의 주도적인 경향으로 드러난 것은 미디어 사회의 미적 수용 방식과 밀접한 관련이 있다. 즉, 뉴미디어 시대의 독자들은 반드시 서점을 방문하지 않더라도, 인터넷만 접속하면 어디서든 시 한 편쯤은 쉽게 읽을 수 있으며, 나아가 스스로 블로그나 트위터 등의 매체를 활용하여 소위 '나도 시인이다'의 적극적 글쓰기를 실천할 수 있게 된 것이다.

이러한 현상은 한편으로 볼 때 시의, 그리고 시 읽기의 '키치화' 현상을 가속화시킬 수 있다는 점에서 비판의 대상이 될 수도 있지만,16) 다른 한편으로 보면 이는 숨 쉴 틈 없이 바쁘게 돌아가는 현대사회, 한 시도 놓을 수 없는 강도 높은 긴장의 연속에서 대중들에게 요구되는 긴장의 이완이라는 역할을 수행하는 긍정적 의미를 가지는 것으로 볼 수도 있다. 그러

---

15) 디지털 기술 발달에 따른 다양한 시텍스트 생산 형식과 유통 경로에 대해서는 윤여탁 외, 『매체언어와 국어교육』(서울대학교 출판부, 2008), 179~183면 참조.

16) 최미숙, 「키치와 문학교육」, 『선청어문』 23집, 서울대 국어교육과, 1995.12, 151~176면 참조.

므로 '소비생산자'로서의 자기존재성을 확고히 하고 있는 현대사회의 대중에게 한 편의 시작품은 작가적 권위의 전유물이 아닌 독자 자신의 행복추구를 위한 권리로서 수용, 소비되어야 할 문화적 대상이 되는 것이다.

문제는 변화의 중심에 선 시인들의 적극적이고 변화된 창조 행위가 어떤 의미를 창출해내는가에 있다. 그것이 현실추구적이냐 미래지향적이냐의 관건은 일방적으로 단정지을 수 없다. 그 의미는 다만 문화적 실천으로서의 텍스트가 소통되는 현장에서 만들어질 뿐이다. 이런 맥락에서 뉴미디어의 영향 아래 나타난 최근 대중시의 생산 양상과 그 텍스트적 의미는 표현(생산) 매체의 성격과 유통 및 수용의 경로, 그리고 그로 인한 새로운 양식 창조의 세 가지 측면에서 살펴볼 수 있다.

(1) 매체복합을 통한 소통지향의 언어표현

앞서 논의한 것처럼 뉴미디어 시대에 시집 출판 경향은 다시금 변화하는 모습을 보이는 바, 특히 시와 그림(혹은 사진)을 결합하여 시집을 출판하는 경우가 빈번하게 발견된다.[17] 시화집을 표방한 시집은 예전과 동일하게 그림이 시의 단순한 배경으로 존재하는 경우도 있다는 점에서 보면

---

17) 대표적인 시집만을 목록화하더라도 다음과 같이 방대하다.
　　정호승 엮음 · 박항률 그림, 『너를 사랑해서 미안하다』(랜덤하우스, 2005), 김춘수 시 · 최용대 그림, 『김춘수 자선 시화집: 꽃인 듯 눈물인 듯』(예담, 2005), 김남조 시 · 윤정선 그림, 『사랑하리, 사랑하라』(랜덤하우스, 2006), 신경림 엮음, 『처음처럼 : 신경림의 소리내어 읽고 싶은 우리 시』(다산책방, 2006), 안도현 엮음 · 김기찬 사진, 『안도현의 노트에 베끼고 싶은 시 : 그 풍경을 나는 이제 사랑하려 하네』(이가서, 2006), 안도현 엮음 · 박남철 그림, 『잠들지 않은 것은 나와 기차뿐』(랜덤하우스 중앙, 2006), 김용택 엮음 · 선종훈 그림, 『언제나 나를 찾게 해 주는 당신』(랜덤하우스 중앙, 2006), 양성우 시 · 강연균 그림, 『길에서 시를 줍다』(랜덤하우스, 2007)

물론 전혀 새로운 형식은 아니다. 그럼에도 불구하고 특히 기성 화가가 특정시를 자신의 관점에서 해석한 결과를 그림으로 작품화하여 전시회를 열고 시화집 형태로 출간한 『그림으로 읽는 한국의 명시』(실천문학사, 2006)와 같은 경우는 사실상 2차텍스트(해석텍스트)로서 의미화된 그림의 작품성이 원텍스트로서 시작품과의 상호텍스트적 해석의 공간을 창출함으로써 시 읽기의 주체로 하여금 다중적 의미해석의 가능성을 수용할 수 있도록 유도한다. 한 예로 아래의 그림은 이상화의 시 「빼앗긴 들에도 봄은 오는가」를 읽은 화가 신학철이 그린 작품인 바, 시의 전문은 별도의 면에 독립되어 존재하며, 독자는 이 그림이 문자언어적 형상과 의미를 어떻게 시각언어를 통해 구현 내지 변형시켜 새로운 의미를 생산해내고 있는지를 음미함으로써 부가적이자 동시에 독립적이며, 문자텍스트 너머에 존재하는 해석적 의미를 획득할 수 있다.

— 신학철 그림, 「빼앗긴 들에도 봄은 오는가」

시화집의 형태는 여기서 나아가 그림이 시를 보조하기 위한 삽화(揷畵)나 배경으로 머물지 않고 문자언어와 동등한 하나의 기호로 존재하면서 문자와 결합하여 통합적인 새로운 의미 형성에 기여하는 경우로도 나타난다. 이 경우 역시 그림은 시의 의미를 보충하거나 이해를 돕기 위해 넣는 삽화로서의 기능이 아니라 독자적인 의미를 담은 하나의 기호로서의 역할을 한다. 문자 언어와 그림 언어의 결합을 통하여 시 텍스트의 의미를 확장하는 역할을 하는 것이다.

— 김종삼 「묵화」의 시화 텍스트(신경림 엮음, 2006)

이 텍스트에는 양쪽 면에 걸쳐 그림이 펼쳐져 있으며, 왼쪽 면 위쪽에 시가, 오른쪽 면 위쪽에 시 감상을 위한 간략한 도움말이 실려 있다. 그런데 여기서 그림이 단순히 시의 배경 화면에 그치지 않는다는 것을 쉽게 알 수 있다. 시의 의미를 또 다른 방식으로 구조화하고 있기 때문이다. 우선 그림에는 시에 표현된, 물 먹는 소 목덜미에 손을 얹은 할머니의 모습은 없으며, 단지 서로 다른 페이지에, 일을 마치고 홀로 돌아오는 소와 할머니의 모습만을 별면에 보여주고 있다. 즉 문자로 표현된 시가 비록 관찰자적 화자의 목소리를 통해서일지라도 소와 할머니의 감정적 교유와 그 정서를 직접 의미화하고 있다면, 그림은 소와 할머니의 모습을 각각

분리시켜 원경으로 대상화함으로써 독자로 하여금 시적 의미 바깥에서 제3의 의미를 상상적으로 생산하도록 유도하고 있다. 이처럼 시화 텍스트는 단순히 언어의 복합 혹은 중층적 전달과 표현에 머무는 것이 아니라, 독자 대중들을 해석의 주체로서 새로운 의미 생산의 가능성을 확장시키는 중요한 소통 요소로 만들고 있는 것이다.

이런 시화 텍스트의 등장은 전통적으로 활자의 형태로만 출판하던 시집이 미디어 시대의 문화 환경에서 일종의 매체 언어를 활용하여 새로운 문화적 생산물로서 자기 변신을 이룬 것이자, 동시에 미디어 시대 독자들의 미적 지각 방식의 변화가 초래한 소통과 수용경로의 변화를 반영한 것으로 볼 수 있다. 디지털 카메라, 핸드폰 카메라, TV, 영화 등을 통해 다양한 이미지와 접하고 컴퓨터 화면을 통해 일상적으로 영상 이미지와 접하면서 독자들의 지각 구조가 문자언어로만 표현된 시보다는 다양한 그림이나 사진 등의 시각 이미지와 함께 결합되어 표현된 시를 선호하는 방식으로 변화하고 있는 것이다. 말하자면, 문자와 영상이 결합된 텍스트를 선호하는 독자의 미적 감각을 고려한 이러한 시화 텍스트의 생산은 그 자체 대중시의 본질과 성격을 규정하는 새로운 매개변수가 된 것이다.

(2) 시 읽어주기 형식의 변화—인터넷 시 배달과 해설하기

2000년대 중반 이후 최근까지 문학나눔사업추진위원회에서는 인터넷 홈페이지를 통해 지속적인 사업을 펼쳐 시 낭송에 영상과 음악을 곁들인 '영상시'를 독자들에게 전자우편으로 제공하고 있는 바, 이러한 시배달 사업(?)은 주로 기성 시인들의 시를 그림이나 사진, 애니메이션 등을 활용해

움직이는 이미지 플래시로 제작한 것인데, 시인의 육성이나 성우 등의 낭송을 곁들여 독자들이 보고, 들을 수 있도록 제작했다. 도종환 시인이 문학집배원을 자칭하면서 영상시를 올린 바 있으며, 이후 안도현, 나희덕 등 여러 시인의 소위 릴레이 시배달이 이어져 왔다.

한편 시를 배경음악과 함께 낭송한 낭송시집이 CD―ROM으로 제작되기도 했으며, 도종환 시인은 시 배달을 하면서 작성한 플래시 동영상을 모아『꽃잎의 말로 편지를 쓴다:도종환의 시 배달(2007)』이라는 영상시집을 멀티미디어북 형태로 발간하기도 했다. 또 창비에서는 창간 40주년을 맞아 낭송시집「언어의 촛불들이 피어날 때」를 제작했는데, 고은, 신경림, 김정환, 나희덕 등 25명의 대표작을 육성으로 담은 낭송시집 CD는 컴퓨터에서 영상이 담긴 플래시로 감상할 수 있고, 오디오에서도 음악과 어우러진 낭송을 간편하게 들을 수 있도록 되어 있다.

이러한 형태의 시작품들은 디지털 미디어가 인쇄 미디어의 문자 언어를 구조적으로 변화시키면서 새로운 텍스트로의 변형이 이루어지는 현상을 보인다. 변형 과정에서, 문자 언어로 시 텍스트를 읽을 경우 독자의 상상으로 이루어지던 시의 상당 부분이 음향이나 동영상 이미지로 채워지며 때로는 탈락되는 부분도 발생한다. 또 화면 구성을 위해 시행이나 연을 변화시킴으로써 텍스트의 특성이나 구조를 변화시키기도 한다. 이러한 특성은 영상시를 감상하고 표현하는 데 관여하는 매우 중요한 특성이다.

흑백사진―7월

내 유년의 7월에는 냇가 잘 자란 미루나무 한 그루 솟아오르고 또 그 위 파란 하늘에
뭉게구름 내려와 어린 눈동자 속 터져나갈 듯 가득 차고 찬물들은 반짝이는 햇살 수면에
담아 쉽없이 흘러갔다. 냇물아 흘러흘러 어디로 가니, 착한 노래들도 물고기들과 함께 큰
강으로 헤엄쳐 가버리면 과수원을 지나온 달콤한 바람은 미루나무 손들을 흔들어물
아래까지 헤엄쳐가 누워 바라보는 하늘 위로 삐뚤삐뚤 헤엄쳐 달아나던 미루나무 한 그루.
달아나지 마 달아나지 마 미루나무야, 귀에 들어간 물을 뽑으려 햇살에 데워진 둥근 돌을
골라 귀를 가쳐다 대면 허기보다 먼저 온몸으로 퍼져오던 따뜻한 오수, 점점 무거워져 오는
눈꺼풀 위로 멀리 누나가 다니는 분교의 풍금소리 쌓이고 미루나무 그늘 아래에서 7월은
더위를 잊은 채 깜박 잠이 들었다.

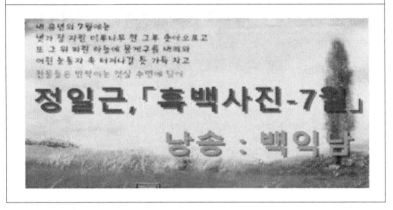

― 도종환의 시 배달, 정일근 「흑백사진―7월」

　위의 인용은 인쇄된 시집에 문자 언어로 표현된 시 텍스트이며, 아래의
것은 '도종환의 시배달'에서 배달한 영상시로 '텍스트의 변형'이 이루어진
경우다. 문자화된 시 「흑백사진―7월」은 제법 긴 만연체의 3개 문장이
하나의 연으로 이루어진 산문시형으로서, 시적 화자의 유년시절 추억의
단편을 정감어린 독백의 어조로 표백하고 있다.

　그런데 이러한 문자 텍스트는 영상언어로 표현되는 과정에서 몇 가지
형태상 변화를 보여준다. 우선 원 텍스트의 긴 호흡의 문장들은 플래시

영상이 제시되면서 각각이 몇 개의 행으로 분절되어 시각화되며, 그에 따라 새로운 그림, 즉 화면이 제시될 때마다 마치 독립된 별개의 연으로 이루어진 시라는 느낌을 받도록 유도한다. 물론 여기에는 시청자로서 독자가 낭송자의 목소리를 영상과 동시에 수용하면서 온라인 화면에서 시를 보기 편하도록 표현한 것이지만, 그 결과로서 새로운 수용텍스트는 원텍스트에서 받을 수 있는 것과는 다른 별도의 의미는 부가하여 창출하게 된다. 잔잔하게 흐르는 음악, 플래시 동영상으로 표현된 시골마을 자연의 고즈넉한 여름 풍경과 회화적 형상은 서정적 상상력을 관념적 이미지가 아닌 생생한 현실적 영상으로 가시화하는 역할을 하는 것이다.

이처럼 온라인상에서 배달된 정일근의 작품 한 편은 텍스트 변형을 거쳐, 또다른 텍스트가 되었다. 그것은 그만큼 인터넷을 통한 가상 네트워크 공간 속에 마주한 독자의 수용과 감상의 현장성과 그 감성적 실체가 시의 의미를 새롭게, 그리고 풍성하게 구축할 수 있게 되었음을 의미한다.

이러한 인터넷을 통한 일반 독자들의 시 읽기 경험의 축적은 자연스럽게 시의 의미 찾기에 대한 관심으로 확대되었다. 최근의 다양한 시해설서가 간행되면서 주목받게 된 이러한 현상[18]은 '시해설서'의 기능을 단순히 찾아내지 못하는 해석적 의미를 지식으로서 알아낼 수 있도록 안내하는

---

18) 시와 '그 시에 대해 쓴 글'을 같이 실은 시집이 독자들로부터 꾸준한 인기를 끌고 있으며, 최근에는 일간지에서도 시와 그 시에 대한 글을 함께 소개하는 경우가 많다. 그 출발이라고 볼 수 있는 신경림의 『시인을 찾아서』가 1998년에 출판되었고, 현재 25쇄를 기록하고 있는 안도현의 『그 작고 하찮은 것들에 대한 애착』은 1999년에 출판되었다. 김용택이 엮은 『시가 내게로 왔다 : 김용택이 사랑하는 시』(2001)는 45쇄를 기록하고 있으며, 도종환의 『부모와 자녀가 꼭 함께 읽어야 할 시』(2005) 역시 제목 그대로 학부모와 청소년층에 함께 교육적 역할을 수행하고 있다.

것으로서 시해설서가 아니라, 대중 독자 스스로 일종의 문화체험의 일환으로 변화시켰다는 점에서 의미가 있다.

일종의 산문집으로 분류할 수 있는 이런 유형의 책들은 기존의 비평적 해석 위주의 해설서와는 사뭇 다른 형태를 가지고 있다. 즉 아주 간략한 해설, 짧은 감상의 글, 시를 이해하기 위한 안내 글, 때로는 시와는 아무 상관없이 시와 관련된 떠오르는 생각을 적는다든지, 아니면 해설의 경우에도 시를 분석하여 알려주는 것이 아니라 시의 세계로 안내하고자 하는 또 하나의 텍스트인 경우가 많다. 몇 가지 예를 들면 다음과 같다.

(가) 김정환의 「유채꽃밭」
80년 초 그의 시 「황색예수」가 『실천문학』에 발표되었을 때, 나는 숙직실에서 그의 시를 밤새워 읽었다. 지금 생각해도 이상한 것은 그날 밤 정말 하얗게 잠이 오지 않았다는 것이다. 그 무렵 그의 사진은 신문마다 미소년이었다. 그를 본 지도 오래되었다. 지금은 배가 좀 들어갔을까. 머리는 왜 그렇게 배토벤처럼 하고 다니는지. 언젠가 그의 집에 갔을 때 영어로 된 책이 하도 많아서 "야, 영어책 진짜 많다인－" 그랬더니 형은 몰라도 돼. 이런 된장(?) 내가 몰라도 되다니 되긴 뭐가 돼.
— 김용택, 『시가 내게로 왔다:김용택이 사랑하는 시』

(나) 나태주 「기도 1」
외롭게 살 때가 있다. 춥고 배고프고 가난하게 살 때가 있다 비천한 모습으로 살아야 할 때도 있다. 힘들고 고통스럽고 원망스러운 마음을 감출 수 없을 때가 있다, 그러나 그런 날 만약 나보다 더 외로운 사람을 생각하며 그 사람을 위해 기도할 수 있다면 반드시 외로움에서 벗어나게 될 것이다.
— 도종환, 『부모와 자녀가 꼭 함께 읽어야 할 시』(2005)

이렇듯 시에 곁들여 쓴 다양한 글을 보면 글의 특성이나 성격이 각기 서로 다르다는 것을 알 수 있으며, 단순히 시 해설로만 보기는 어렵다. 그러나 일차적으로 본래의 작품에 '대하여' 쓴 글로서 원 텍스트의 존재 없이는 의미가 없는 글이라는 점에서는 공통점을 가지고 있다. 또한 시에 대해 쓴 글이 대부분 이해하기 쉽고 편하게 읽을 수 있도록 배려하고 있으며 그 길이 또한 매우 짧음을 볼 수 있다. 시와 관련하여 떠오른 다른 생각을 곁들이는 경우 틀에 얽매이지 않는 자유로운 글쓰기를 보여주며, 시에 대해 해설을 한 경우에도 시 자체에 대한 분석이나 해석 내용을 서술하기보다는 글쓴이의 개인적인 감상 형식으로 쓰고 있다. 이런 특성들은 모두 독자들이 쉽고 편하고 재미있게 읽을 수 있도록 하기 위한 것이다.

이런 점을 고려할 때, 이런 글의 형식은 '시 해설'보다는 원래 글에 덧붙여진 글, 특히 시와 함께 덧붙여 읽는 글이라는 의미에서 '덧글'(혹은 '댓글')의 성격을 지닌다고 볼 수 있다. 이를 통해 독자는 특정 시와 그에 부가된 '덧글'을 분리해서 읽지 않고 일종의 '통합 텍스트'로 읽게 된다. 이렇게 '통합'되는 덧글은 독자로 하여금 시 자체만이 아니라 그것을 읽는 자신의 상황과 현실적 환경이라는 맥락 속에서 구체적이고도 현실적인 새로운 의미들을 발견하도록 이끈다. 특히 독자는 이상적 독자로서 '시를 읽어주는 사람'의 이야기를 통해 그와 시인 사이의 상호 소통과정을 간접 체험하면서 시적 공감의 방식을 내면화하는 계기를 마련할 수도 있다.

(3) SNS의 활용과 소통형 글쓰기의 형식화

주지하다시피 인터넷을 매개로 한 새로운 매체의 확산은 누구에게나 자유로운 민주적 글쓰기 환경을 조성하였다. 그것은 이미 초기 컴퓨터통신

시대에 소위 채팅문화가 형성되기 시작하면서부터 예견된 것이기도 하다. 이 혁신적 글쓰기의 구조는 비로소 일기로서의 글쓰기, 혹은 나만의 은밀한 성채형 글쓰기로부터 편지로서의 글쓰기, 즉 누구에겐가 전하는 소통형 글쓰기로 쓴다는 것의 본질적 의미와 기능성을 근본적으로 변화시켰다.

인터넷상에서 독자적 사이트들이 만들어지던 그 시절 문학동호회 성격의 사이트들이 생겨나고, 일반 대중들의 왕성한 참여와 창작이 이루어진 것은 그런 의미에서 '작가'라는 호칭에 덧씌워진, 그리하여 그들이 생산해낸 '작품'만에 이름 붙여진 신비감이나 고매함과 같은 자질들을 과감히 벗겨내기에 충분하였다. 말하자면 소위 '대중시'라는 명명과 그에 따른 고정관념의 표지와 내용성이 비록 여전한 질적 시비와 통속성 논란에서 자유롭지 못함에도 불구하고, "나도 작가다"라는 긍정적 호명을 가능케 한 결과 참여민주주의의 문화적 실천으로서 문학창작의 위상과 자장의 혁신을 창출해냈던 것이다.

그런데 우리가 사실상 주목해야 할 초점은 소통적 글쓰기로서의 다양한 인터넷 소설이 유통되었던 구조상의 열린 참여 형식과 산문적 글쓰기의 양식성보다는 그 동안 난해한 문학적 의미체로 인식되었던 시 장르에 대한 대중들의 거리 좁히기와 그에 따른 매우 다양한 형태의 양식적 창조로서 서정문학의 확대된 생산 형식에 있다. 그리고 그 중요한 자질이 '서정'에 대한 새삼스런 인식의 구축이라는 점은 '대중시' 논의의 진정한 핵심이 무엇이어야 하는가에 대한 역시 새삼스런 대답을 마련해주기에 충분하다. 이러한 변화된 문학생산의 기반에 뉴미디어의 환경이 큰 역할을 했음은 더 말할 필요가 없다.

흔히 'SNS시'로 명명된 새로운 형태의 시를 보여준 하상욱이라는 시인의 등장은 이 모든 새로운 현상이 가지는 의미와 의의를 함축한다는 점에서 매우 상징적이다. 우선 그의 모든 시작품들은 마치 요즈음 가수들이 곡 하나를 독립해서 미디 음원으로 발표하듯이, 한편 한편이 개체화되어 생산된다. 다만 그의 시는 '단편시집'이라는 이름 아래 쓰인 여러 편의 시들을 묶어서 온라인상에서 발표하였으며, 정식으로 시집의 모양새를 갖춘 것은 「서울시」라는 제목으로 발행된 시집이 유일하다.

아래의 예시에서 보듯, 그의 시작품이 가지는 새로운 자질들은 매우 다양한 국면으로 나타난다. 우선 대체로 1연 2행의 2연시를 주로 하는 단형 서정의 형태가 대부분이다. 이 형태적 자질은 마치 즉문즉답의 'Q&A'와도 같은 성격을 내포한 채, 시적 주체의 내적 성찰과 그 의미인식을 순간적 통찰, 아니 즉자적 대답을 만들어내도록 유도한다. 그런데 이 단형의 개인적 진술들은 온전히 그 상념의 표백과정만을 보여줌으로써 '은밀한 청자'로서 독자에게 가장 순연한 서정의 내용성만을 전달할 수 있도록 한다.

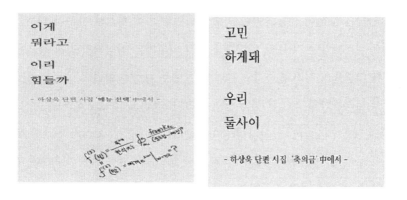

이게
뭐라고
이리
힘들까

- 하상욱 단편 시집 '메뉴 선택' 中에서 -

고민
하게돼
우리
둘사이

- 하상욱 단편 시집 '축의금' 中에서 -

한편, 하상욱의 단형시편들은 단 한편도 예외 없이 표면상 이성 간의 서툰 사랑의 감정에 대한 고민과 상념들을 연상하도록 유도하고 있으며,

그 감정들이 생활의 일상에서 순간순간 자연스럽게 분출되어 나타난 사항들의 자기기록물과 같이 제시되어 있다. 메모와도 같이 기술되는 이 내용들은 일종의 프로토콜처럼 시적 주체의 내면을 마음의 영상으로 가시화시켜주는데, 이 과정에서 표면적 의미를 배반하는 언어유희적인 이면적 의미가 산출되며, 그것은 결과적으로 언어의 일상적 의미를 전복시키는 동시에 현실을 새롭게 바라보도록 하는 삶의 역설적 인식과 새로운 통찰의 지평을 만들어낸다. 말하자면 굳이 깨달음의 인식을 보이지 않아도, 독자로 하여금 깨달음의 공간을 창출해내는 것은 시적 언어 자체의 자율성(자율적 놀이)에 따른 것이 된다.

> 니가/문제일까//내가/문제일까
> — 하상욱 단편시집 '신용카드' 중에서

> 끝이/어딜까//너의/잠재력
> — 하상욱 단편시집 '다 쓴 치약'중에서

> 너인 줄/알았는데//너라면/좋았을 걸
> — 하상욱 단편시집 '금요일 같은데 목요일' 중에서

위의 인용시에서 보듯, 그 '깨달음', 즉 A에 해당하는 대답은 제목에서 드러난다. 이때 시적 주체의 대화 상대는 시적 대상이며, 이 대상들은 모두 현대인의 일상생활에서 누구나 겪게 되는 아주 소소한 문제들이다. 바로 이 소소함이 삶의 근본적인 배려나 내면적 고뇌의 깊이를 가질 때 시적 언어는 현실적 외장을 얻는다. 이 현실성이야말로 오늘의 대중들에게

'대중시'가 유의미하게 다가갈 수 있는 핵심이며, 그것은 공감과 위무의 기능성을 동반할 때 인식적 힘은 배가된다. 이러한 의미화의 공간과 그 수용가능성은 임화의 시에서 보았던 강요된 감상주의를 통한 공감의 유도나, 서정윤 식의 자족적 리리시즘의 공간화 및 동화된 정체성의 형성과 같은 방식의 서정성과는 근본적으로 다른 현실적 의미를 구현한다.

SNS시대 글쓰기의 중심은 휴대전화의 문자와 인터넷 댓글로 집약된다. 2010년부터 포탈사이트에 '제페토'라는 이름으로 기사에 대한 댓글 형식으로 올린 시적인 글쓰기는 이후 『그 쇳물 쓰지 마라』(2016)라는 종이책 형태로 발간되었다. 이 시적 글쓰기의 형식은 '[기사] 댓글보기 — [답글]'과 같이 인터넷상 기사 검색의 형태를 따른다. 이때 [기사]에 해당하는 소제목이 시의 제목이 되는 셈이다. 이 형식의 의미는 분명하다. 사실보도기사가 보여주는 오늘날 삶의 일상적 현실에 대한 대중적 주체의 반응을 보여준다는 것이다.

위에서 보듯 「잉꼬부부…」, 「성큼 다가온 가을」이나, 「겨울이 가장 무서운 사람」, 「가을비 내린 정동길」처럼 사진을 보고 느낀 감상의 형태로 쓰인 서정적인 글도 있지만, 대부분 사회면의 보도기사가 촉매가 되어 한 사람의 일반인이 쓰는 '독자투고'와도 같은 비판적 성찰의 글이 주가 되어 있다. 서정의 언어가 견해 표명의 글이 될 때, 그 '댓글'은 또 다른 '답글'을 유도하면서 답글을 쓰는 수많은 익명의 대중 독자들과의 교감을 창출한다. 이 과정에서 글쓰기 주체의 상념은 '공유'의 형식으로 확대된 공감과 사유라는 문화적 계몽의 역할을 수행하게 된다.

5. 결론—시적 상상력의 확산을 위하여

이상에서 살펴본 바, 한국 현대시사의 흐름 속에 나타난 '대중시'의 전개과정은 의외로 긴 연원과 그 형태나 양식상의 고유성을 확보한 채 진행되었음을 볼 수 있다. 그 내용을 정리해보면 다음과 같은 몇 가지 특징으로 요약할 수 있다.

첫째, 한국 현대시사상에서 '대중시'의 양상이 나타난 배경은 이중적 모습을 보이는데, 일제강점하의 프로문학 내에서 논의된 대중화론의 연장선에서 제기된 대중시 창작론은 피식민국의 민중이 지닌 계급적 특수성을 '대중'의 개념으로 인식했다는 점에서 관념적인 측면을 지니고 있으나, 사회문화적 맥락에서 한국사회가 본격적인 대중사회로 진입한 1960년대 이후 현대시의 주류로서 서정시의 흐름이 1980년대 후반 민주화를 거친 사회변화의 배경 아래 일반 대중의 시민적 의미를 획득하는 과정에서 나타난 독자중심의 작품 생산과 수용의 경로 변화가 새로운 의미의 대중시의 흐름을 주류화할 수 있는 계기를 마련하게 되었다.

둘째, 텍스트의 형태 및 양식의 측면에서 1930년대 전후의 임화의 '단편서사시' 양식이나, 1990년대 집중된 고백체의 서정시 형태, 그리고 2000년대 이후의 디지털 미디어의 영향으로 이루어진 다양한 복합매체 표현양식의 작품들 및 작품집 생산 형태나, SNS를 통한 소통방식이 직접 언어표현으로 구현된 새로운 시 형태들에 이르기까지 유독 '대중시'의 영역에서 형태 혁신 및 양식적 해체의 시도를 보여준 것은 오히려 현대시의 양식적 고정성으로서 모더니티의 혁신을 유발시킴으로써 독자대중으로 하여금 수동적인 수용자에서 머무는 데서 벗어나 소위 '소비생산자'로서의 주체적 소통의 당사자로서 문화적 실천의 공간을 창출하도록 하였다.

셋째, '대중시'의 양식성 확립의 측면에서 임화의 시가 지닌 감상주의적 공감이나 정서적 전파력이 프로문학의 현실적 이념 확산을 위한 전략으로서 당대의 일반적인 대중문학의 고유 자질로서 통속성을 일반화하려한 것에 비해, 한참의 시기를 지난 1990년대의 서정적 대중시는 문체상 일견 자유로운 글쓰기의 실현을 통해 해방후 이어진 기존의 관념적 순수

서정시의 주류를 벗어나 대중친화적인 의미전달의 가능성을 보인 점에서 대중문화 및 대중문학에 대한 엘리트주의적 관점 및 비판적 관점을 넘어설 수 있는 가능성을 보여주었다.

특히 2000년대 이후의 변화들은 시 텍스트의 개념을 확장시키면서 미디어 시대의 독자와 적극적으로 만나기 위한 노력의 결과물이라는 점에서 '대중시'에 대한 새로운 관점과 긍정적 개념 확보의 공간을 창출하는 데 기여한다고 볼 수 있다. 디지털 시대에 들면서 시 텍스트가 매체 변환이나 다른 텍스트와의 결합을 시도하면서 독자와 만나는 방식을 다변화한다는 것은 궁극적으로 독자들이 시를 즐기고 생활화하는 데 도움을 준다. 영상 세대의 미적 감각을 고려하여 시를 즐겨 읽을 수 있도록 하고, 또 시를 '스스로 혹은 제대로' 읽지 않는 현대인의 시 읽기를 활성화하는 데에도 도움을 줄 수 있는 것이다.

이런 맥락에서 독자의 시 향유의 방식에 대한 문제의식을 바탕으로 하여 시가 '소비'되는 현상에 대한 교육적 관점이 요청된다. 그것은 바로 대중문화의 관점 또는 확대된 문화론의 관점에서 문학 읽기를 실천하는 일과도 통한다. 시 텍스트에 대한 교육 역시 다른 미디어 텍스트와의 관계, 나아가 문화적 능력의 신장이라는 관점에서 기획할 필요가 있는 것이다. 시 텍스트 읽기는 한 편의 시를 읽는 데서 그치는 것이 아니라, 자신이 위치하고 있는 문화와 세계에 대한 읽기 행위이며, 나아가 해석 행위이고 사회적 소통 행위로서 자리매김해야 하기 때문이다.

신자유주의 시대 한국시에 나타난 다문화사회의 인식

— 하종오의 최근 시를 중심으로

1. 서론—다문화주의론과 다문화 시에 대한 접근

최근 한국 사회는 이주와 다문화가 중요한 사회적 이슈로 자리하고 있다, 한국 경제가 비약적인 성장을 거듭한 1980년대를 거쳐 1990년대에 들어와 IMF 관리체계를 겪는 과정에서 우리 사회는 신자유주의 경제정책의 기조가 급격하게 확산되었으며, 이에 따라 해외에서 이주노동자를 적극적으로 받아들이게 되었고 이는 곧 단일민족으로서 단일언어권 내에 확고한 자기정체성을 가지고 삶을 영위해왔던 우리 사회 및 사회구성원들의 가치인식에 심각한 혼돈과 '새로운 도전'[1]을 야기하게 되었다.

그러한 가운데 사회 내부에서는 이들의 임금체불이나 인간적 삶을 최소한이라도 담보해주어야 한다는 사회운동이 노동현장에서 기독교인들을 중심으로 이루어졌고, 아울러 농촌 총각 장가보내기 운동으로 다문화 가정이 급격히 늘어나면서 그 자녀들이 취학하기 시작하자 추후 발생할 것으로 예견되는 사회문제에 대한 국가적인 대처방안이 필요하게 되었으며, 2000년대 이후 본격적으로 한국사회에 다문화사회와 삶의 환경에 대한 문제인식이 중요한 관심사로 떠오르게 된 것이다.

---

1) 김현미, 「글로벌시대의 문화번역」, 『또 하나의 문화』, 2005, 39면.

이와 함께 이주노동자와는 달리 경제적이고 정치적인 이유로 북한을 이탈하여 한국으로 건너온 이주민이나, 같은 한민족으로서 '이산의 역사'2)를 겪은 중국내 조선족 동포들의 국내 노동 이입 역시 그 수가 꾸준히 증가하고 있다. 이들은 한국인이 기피하는 힘든 노동 환경에서 열악한 근무 조건과 차별을 경험하면서 경제적 어려움과 불법 체류의 정신적 고통, 국적 취득의 문제에 직면한 채 소수자로서의 삶을 영위하고 있다.

다문화주의에 대한 논의는 "민족주의적 정서에 대한 도전, 근대성에 대한 인식론적 도전, 세계화로 인한 변화에 대처하거나 세계화가 초래한 갈등을 해결할 수 있는 하나의 대안"으로 논의되어 왔으며, 이러한 논의는 다문화 공존이 정치사회적인 문제로 대두되었다는 것과 연관되어 있다.3) 이러한 현상은 그 발생적으로 볼 때 뚜렷한 문화적 차이를 갖는 집단들이 존재한다는 사실을 전제 하는 것이며, 그로 인한 사회적 현실이 정치와 정책에 반영되어야 한다는 정치적, 윤리적 차원과 연결되어 있는 것이다.

그러나 오늘날 북미, 유럽 등에서 볼 수 있듯이 집단 이기주의, 인종과 종교의 갈등은 다문화주의에 대한 회의적인 시선으로 이어진다. 이념과 실제의 거리는 다문화주의 개념에 구조적인 문제점 즉 문화들이 독립적인 동질적인 형성체로서 존재하는 그리하여 여전히 단일 문화의 개념 틀을 벗어나지 못하고 있다는 데서 그 한계를 찾을 수도 있다.4) 나아가 다문

2) 조선말부터 시작된 우리 민족구성원의 해외 이주사는 만주 농업 이민, 일제강점기 만주, 연해주, 일본으로의 노동이주, 해방 후 전쟁고아들의 해외 입양, 한국전쟁 피해 한인들의 이주, 6,70년대 독일 파견 광부 및 간호사들의 영주 등으로 이어져 현재 전 세계 170여 국가 700만 명 이상이 존재하는 것으로 집계되고 있다. (최병우, 『이산과 이주 그리고 한국현대소설』, 푸른사상, 2015, 16면 참조)

3) 최성환, 「다문화주의의 개념과 전망: 문화 형식(이해)의 변동을 중심으로」, 『다문화의 이해: 주체와 타자의 존재방식과 재현양상』, 도서출판경진, 2009, 15면.

화주의라는 문제틀은 "범역적 세계 체계로서의 자본주의의 거대한 현존이 외양하는 형식"에 불과하다는 비판도 가능하다.5) 이와는 다른 위치에서 월 킴리카(Will Kymlicka)는 시민적 연대의 결속을 저해하는 것은 오히려 다문화주의의 부재에 있다고 주장한다. 그는 다문화주의가 복지국가를 저해한다는 신뢰할만한 증거가 없을 뿐 아니라, 다문화주의의 인정이 소수자들로 하여금 연대를 강화하고 정치적 안정성을 높일 수 있다고 본다.6)

다문화주의에 얽힌 이러한 현상은 다문화주의가 자유주의적 다원주의, 코퍼레이트 다원주의(corporate pluralist approach), 급진적 다원주의, 연방제 다원주의, 분리 · 독립 다원주의 등의 특수한 형태로 나타나는 것에 비추어 볼 때 보다 명백해진다. 소수 집단에 대한 인정이라는 측면에서 보면 평등, 독자적인 생활방식의 정도에 따라 각각의 다문화주의는 유

---

4) 위의 글, 19면.

5) Slavoj Žižek, The Ticklish Subject, 이성민 역, 『까다로운 주체』, 도서출판b, 2005, 356면.

6) 이 같은 시각 차이의 근저에는 진보적인 면과 보수적인 면을 동시에 갖는 다문화주의의 양면성이 놓여 있다. 이는 다문화주의의 정치성을 보여주는 측면일 터인데, 보수주의는 변화보다는 문화적, 정치적으로 특권적인 전통을 고수하고 표면적으로는 내부의 다양한 집단들을 받아들이기는 하지만, 근본에서는 집단 내의 다양성이나 차이를 거부한다. 진보주의자는 소수자 집단이 차별과 배제로부터 평등, 다양성, 권리를 획득하는 차원에서 다문화주의를 주창한다. 또한 다문화주의는 때로는 체제순응적인 민족문화의 개념에 대항하기 위해, 때로는 체제순응적인 소수문화의 개념을 옹호하기 위해서 주창되기도 한다. 이러한 현상은 다문화주의가 갖는 정치적 모호성과도 연관될 수도 있다. 가령 '민족 만들기(nation—building)'를 두고 다문화주의는 자유주의적 다문화주의와 보수주의적 다문화주의로 동시에 접근할 수 있다는 것이다. (W. Kymlicka, Contemporary Political Philosophy, 장동건 외 역, 『현대정치철학의 이해』, 동명사, 2006, 506~9면 참조)

형을 달리하지만, 주류 사회의 문화와 정치를 따를 것을 요구한다든지, 소수 집단이 분리 독립을 요구할 경우 갈등이 야기된다든지, 집단 간 경제적, 정치적 차이가 발생할 경우 관계가 악화되고 분열되거나 분쟁과 대립을 일으키곤 한다. 그런데 인간 집단 간 발생하는 문제를 근원적으로 해결할 수 있는 이론은 없다는 현실적인 상황을 고려해 볼 때, 다양성과 단일성, 이질성과 동질성의 장벽을 넘어 다양성, 이질성, 평등성 등을 추구하는 다문화주의는 일견 의미 있는 것으로 보인다.[7]

이와 관련하여 최근 다문화주의 혹은 다문화 교육에 대한 필요성의 인식이 확대되고, 문학과 문학교육, 한국어교육, 사회과학 등 학문 분야와 정부 부처 등 공공 기관의 주요 과제와 정책으로 자리 잡고 있는 것은 무엇보다 일반인들의 현실적 삶의 조건에 대한 첨예한 인식의 소산이 아닐 수 없다는 점에서 매우 본질적인 현상이라 할 수 있다. 특히 외국인 이주민과 노동자들의 급격한 증가로 인해 여러 가지 사회문제가 나타남과 병행하여 다문화 사회에 대한 대응과 처방이 이해 집단 간의 과열 양상으로 첨예화되어 나타나고 있다는 점을 주목할 필요가 있다.

이러한 현실적 문제 상황은 근본적으로 오랫동안 단일 민족 국가로 살아온 한국인에게 감당하기 어려운 일종의 문화적 충격으로 자리잡고 있음을 보여준다. 그렇다면 이러한 현상의 문학적 수용이 의미하는 것은 무엇인가? 최근 우리 현대시에서 특히 이러한 다문화 사회로 급격하게 이동하는 한국사회의 현실을 형상화한 작품들이 두드러지게 나타나는 것은 무엇보다 이러한 사회현상이 인간의 현실적 삶의 문제를 근원에서 위협

---

7) 다문화주의와 국가, 인종, 계급, 유형 등에 대한 자세한 논의는 구견서, 「다문화주의의 이론적 체계」(『현상과 인식』, 2003 가을호) 참조.

하고 있다는 위기의식의 소산인 동시에, 현대적 삶의 질곡으로부터의 해방을 추구하는 지향적 의식의 표현이라 할 수 있다.

그것은 곧 문학이 지닌 계몽적 본질과 맞물려 시의 통찰력이 사회교육적 효용을 획득할 수 있는 공간을 마련하는 데 기여한다. 이러한 점에서 보면 이 시대의 시문학에서 보이는 다문화 사회에 대한 인식은 인간적 삶과 사회적 평등을 목표한다는 점에서 다문화교육이 추구하는 일련의 교육적 지향[8]과 보조를 같이 하는 것이기도 하다. 그러나 다른 한편으로 다문화교육이 소수자들의 교육 기회 확대와 그로 인한 사회 정치 경제 차원의 향상을 도모하는 것야말로 자유주의적 다문화주의 진영과 보수주의적 다문화주의 진영이 원하는 '다문화교육'일 가능성이 크다. 자본주의 국가체제 속에서 기회의 평등은 퇴색될 수밖에 없으며, 국가가 경제적인 위기에 처하게 될 때 다문화교육은 후퇴할 수밖에 없다. 더구나 자본주의 국가는 주류 집단과 소수집단 간의 갈등을 봉합하고, 다국적 자본에 기반한 제국을 전세계에 실현하기 위해서는 다문화교육을 필요로 하기 때문이다.

그런 의미에서 하종오의 최근 시편을 통해 나타나는 한국사회의 다문화적 현실의 형상은 다문화사회론이 인권, 인종, 국적 문제가 계급 문제를 도외시한 국민국가 경계 안에 이루어지는 한계를 새삼 인식하고 이를 벗어나 보다 국민국가의 장벽과 전지구적 자본의 지배라는 현대사회의 보다 본질적인 구조적 문제에 대한 비판적 성찰을 제기하는 중요한 지침이 될 수 있다.

---

8) 세계화는 국가, 사회, 개인들에게 새로운 존재론적 위상을 요구하고 있으며, 이에 따라 학교 교육은 세계 사회의 합리적인 운영과 세계 시민을 육성하는 역할을 하도록 요청하고 있다는 것이다. (차윤경, 「세계화 시대의 대안적 교육모델로서의 다문화교육」, 『다문화교육연구』 1(1), 2008.)

아울러 그의 이러한 시적 시도를 통해 기존의 현대시학 연구에서 시적 인식과 형상화 방법의 상호관련성을 밝히는 데 하나의 중요한 준거틀로 작용했던 리얼리즘 미학에 대해 새로운 관점에서 재평가 내지 재구성할 수 있는 계기를 만들어낼 수 있을 것으로 본다. 말하자면 리얼리즘이 단순한 세계인식 내지 이념구현의 방법적 계기로서만 고착된 적용틀이 아니라, 문학예술에 내제한 인문학적 가치실현의 방법론으로서 인간의 사회적 삶에 대한 가치인식의 결과물로서의 기능을 담당하는 것임을 탐색해볼 수 있을 것이다.

2. 다문화사회의 가치론적 인식

(1) 다문화 시대 문학을 바라보는 관점

다문화 문학을 정의하는 입장은 다양하지만,[9] 이들 다양한 견해들은 모두 지배하는 문화와 지배받는 문화를 구별하며, 인종적, 문화적, 언어

---

9) 다문화 문학의 개념화는 대체로 다인종국가로서 미국의 사회문화적 맥락을 토대로 형성되었다. 이 관점에서 보면 다문화 문학의 정의는 대체로 다음 다섯 가지로 나타난다.
  ① '인종(people of color)'을 주로 다룬 작품들
  ② 미국에서 다수인 앵글로-색슨 백인(주로 미국 문학에서 중산층과 풍습이 재현되는)과는 문화적 사회적으로 구별되는 소수 인종 또는 소수 민족 집단에 대한 문학
  ③ 사람들의 피부 색깔, 노인, 동성애자들, 소수 종교, 소수 언어, 장애인, 젠더, 계급을 기술하는 책들
  ④ 미국의 사회정치적 주류 밖에 있다고 여겨지는 집단 구성원들의 문학이나 그들에 대한 문학
  ⑤ 지배 문화의 것들과는 다른 책들
  (Mingshui Cai, *Multicultural Literature for Children and Young Adults*, Iap - Information Age Pub. Inc. 2006, p.5 이하 참조)

적으로 구별되는 그리고 지배 계급과 문화와는 다른 방식으로 구별되는 사람들의 집단에 대한 문학을 의미한다는 점에서는 공통적이다. 즉 문제의 초점은 '다문화'의 실체 자체가 정치사회적 소수성 혹은 그 사회의 지배적 문화의 이면에 드리워진 변이성의 본질을 지닌다는 데 있다.

그러므로 다문화 문학에 대한 접근은 기존의 문화적 실체로서 지배성과 연속성을 가지고 있는 기성문학과는 다른 시각과 입장을 요구한다. 그것은 우선, 다문화주의를 '다양함과 문화들'(multiple+cultures=multi—culturalism)의 총합으로 보는 관점을 견지해야 한다는 것이다. 다문화 문학은 지배문화와 피지배문화의 구별 없이, 가능한 한 많은 문화들을 포함해야 한다. 이 경우 문화가 많이 포함될수록 문학은 더욱 다양하다고 생각한다. 그러나 다문화주의가 다양성과 포용성을 함의하고 있지만, 중요한 것은 그것이 권력 구조와 투쟁을 함의하고 있다는 점이다. 다문화주의의 목표는 문화적인 차이를 이해하고, 받아들이고, 감상하는 데에 있을 뿐 아니라 궁극적으로 다른 문화적 배경을 갖는 사람들이 진정으로 민주화된 세계 속에서 더불어 행복하게 살 수 있도록 주변화된 문화에 더 큰 목소리와 권위를 부여하고 모든 문화들 간에 사회적 동등함과 정의를 성취하기 위해 사회적 질서를 변형시키는 데에 있는 것이다. 이 경우 다문화주의는 다양한 문화의 종합을 의미한다기보다는 주류문화의 권력을 탈중심화하는 데에 핵심이 놓인다. 그러므로 다문화 문학은 지배적인 주류문화의 문학과 주변화된 문화의 문학 사이의 경계를 그어야만 한다.

이러한 입장에서 다문화 문학을 바라볼 때 우선 필요한 관점은 다문화 문학은 결코 모든 문화를 포함하는 것으로 일반화해서는 안 된다는 것이다. 모든 것을 포함한다는 것은 다문화 문학을 단순한 문학으로 축소시켜

버리는 결과를 낳는 바, 이러한 견해는 다문화주의를 일종의 '여행자' 개념으로 받아들이는 셈이 된다. 즉 우리가 살고 있는 주류문화는 본질적으로 정당한 것이며, 다문화적 접근이란 곧 가능한 한 많은 문화로부터 배우기 위해 많은 문화를 여행한다는 것을 암시한다. 이러한 관점에 설 때 문화의 위계는 존재하지 않으며 사회정의나 사회 변화의 문제는 일차적인 관심이 아니다. 이 경우 따라서 인종, 계급, 성 등에서 유발되는 현실의 갈등을 얼버무리게 되는 결과를 낳고 만다.

둘째, 다문화 문학이 인종에 초점을 두는 경우, 배제되고 주변화된 인종에 집중해야 한다는 것이다. 다문화 문학은 인종들에 대한 책으로 정의된다. 인종 문제는 대단히 중요한 것이어서 다문화 문학의 초점이 되어야 한다고 생각한다. 실제로 다문화 문학은 다민족 문학과 동일한 것으로 취급된다. 따라서 계급, 성, 그리고 다른 차이를 다루는 책들은 다문화 문학으로 분류되지는 않는다. 그러나 인종에 대한 이러한 관심 집중은 다문화주의를 다문화주의의 개념으로부터 많은 문화들을 배제하는 인종적 본질주의로 축소한다고 비판받아 왔다. 이는 다문화주의를 마치 그것이 타자에 대한 것일 뿐 자신들에 대한 것과는 무관하듯이 바라보도록 하는 결과를 초래한다는 점에서 경계해야 한다.

셋째, 모든 문학은 다문화 문학이라는 것이다. 모든 문학은 다문화주의의 다중성을 보여준다고 보는 이 견해는, 다문화 문학을 다중 더하기 문학으로 보는 첫째 견해와 다른 것은 지배적이든 피지배적이든 다양한 특정 문화에 대응하는 문학 유형을 만들 필요가 없다는 점이다. 이 견해는 다문화적 시각에서 문학 이해의 폭을 넓히는 장점이 있다. 우리는 다문화 문학 작품이 포함하고 있는 문화적 문제를 발견하기 위해 문학 작품을 다문화적으로 읽어야 한다. 그러나 다문화 문학은 여전히 분리된 문학 범주를 필요로 한다. 드러나지 않은 문화를 집중적으로 탐구하기 위해서는 그것들을 직접적으로 다루고 있는 것을 필요로 한다.10)

여기에서 다양성과 평등함, 다문화적으로 읽기와 다문화 문학 읽기라는 교육적 시사점을 얻을 수 있다. 다문화주의를 지배문화와 피지배문화로 구별을 하지 않고 다양성에서 구하는 견해는 평등함보다는 다양한 문화를 가르치게 되는 시사점을 얻는다. 비록 피지배문화가 교육과정에서 여전히 주변화되어 왔다는 사실로 인해 모든 문화를 다루기보다는 권리가 박탈된 문화에 초점을 두어야 한다는 주장도 설득력을 가지기는 하지만, 다양성에 초점을 둔 다문화 교육은 동시에 평등함을 고려하지 않는다면 역효과를 낳을 수 있다. 그것은 선입견으로 연결될 수 있으며 오히려 문화적 장벽을 높여갈 수 있기 때문이다.

(2) 인간가치론과 시적 리얼리즘의 현대적 재인식

다문화적 현실에 대한 인식과 그로 인한 교육적 계몽의 가능성은 곧 문학예술이 감당할 수 있는 인간 가치에 대한 형상과 표현의 자유 및 가능성과 직결된다.

예술과 미적 경험에서 생기는 가치는 구체적이며 개별화되어 있다. 하지만 우리는 예술과 미적 경험을 생활의 한 방식으로 생각할 수 있으며, 그 방식이 어떻게 좋은가 하고 물을 수 있다. 이처럼 우리는 예술을 생활방식의 일반적 선(善)이라는 의미에서 말할 수 있을 뿐만 아니라, 예술에 있어서의 가치들, 특수한 예술작품 안에서 형성되고 표현된 가치성질들에

10) 위의 책, 6~12면.

대해 말할 수 있다.11) 이러한 '가치' 개념이 지닌 변증법적 측면은 문학예술이 지닌 현실적이고 인간적인 가치 창출의 본질과 기능성을 증거한다.

예술 속에는 구체적 사실들이 나열되어 있어서 특정한 가치에로 관심을 유도하게 되는데 그러한 가치는 구체적 사실들을 통해서 구현될 수 있다, 예술의 습관은 생생한 가치들을 즐기는 습관이다. 모든 예술작품은 고유한 가치를 창조한다. 독자나 청취자나 관람자는 각각의 예술작품 속에서 새로운 가치를 경험한다. 예술적 변형의 과정은 눈덩이를 굴리는 것과는 다르다. 그것은 새로운 부분들을 첨가하는 것만이 아니라, 그 변형된 형식 속에 인생의 느낌과 인생의 경험을 제시해주고 상기시켜주는 것이 보존되어 있다.12)

그런 의미에서 예술은 자기표현과 자기초월의 양식이며 그것은 인생으로부터 유리됨에 의해서가 아니라 인간 가치의 예술적 표현에 의해서 미적 가치를 창조하는데, 여기서 인간 가치란 자아의 가치뿐만 아니라 비자아의 가치도 포함하며, 실재적 가치뿐 아니라 비실재적 가치도 포함한다. 예컨대 실생활에서의 패배가 예술 세계에서는 승리가 된다. 우리는 고난, 좌절, 패배 같은 것에 관심을 가짐으로써 혹은 그러한 것으로부터 고통만을 느끼는 대신 예술작품 속에 구현시킴으로써 그러한 것들을 미적으로 극복하게 된다.13)

이러한 맥락에서 볼 때, 예술 및 예술창작의 본질을 생활 현실과의 총체적 일치 및 그 재현적 성격에 두었던 리얼리즘 미학은 근대 민족국가의

---

11) Melvin Rader, Bertram Jessup, 김광명 역,『예술과 인간가치』(이론과실천, 1989), 134~5면.
12) 위의 책, 183~6면.
13) 같은 책, 195~9면.

이념을 배경으로 그 비판적 대안의 이상을 절대적 가치실현의 목적에 헌신한 결과, 인간가치의 실체가 지닌 역동성과 현실성에 대한 고려를 결여하게 되는 이율배반을 초래하기도 한 것이다. 따라서 탈민족, 탈국가, 탈경계의 현대사회를 규정하고 인식하는 데 필요한 것은 절대적 가치의 실현 의지나 여부 및 그에 대한 비판적 거리두기의 방식을 통한 삶과 현실의 재현성보다는, 그 삶을 구성하는 주체와 타자의 존재방식과 그 양상에 대한 상호관련적 이해와 해석이 보다 필요하다. 그 핵심으로서 예술의 현실반영 내지 재현적 가치의 새로운 가능성을 제공해줄 수 있는 관점이 바흐찐의 대화적 상상력 이론이다.

> 현실적으로 발언된 모든 단어(담론)는 발화자(작가), 청취자(독자), 언급되는 대상(주인공)이라는 세 참여자의 사회적 상호작용의 산물이며 표현이다. 그리고 예술적 언술의 형식을 결정하는 다양한 양상들, 즉 1) 언술의 내용을 구성하는 사건 혹은 등장인물의 위계질서적 가치, 2) 등장인물 혹은 사건과 작가의 근접성 정도, 3) 청취자와 작가와의 상호관계 및 청취자와 등장인물과의 상호관계―이 모든 국면들은 시의 예술 외적인 현실의 사회적인 힘들이 적용되는 지점들이다.[14]

암시된 가치평가는 개인적인 감동의 산물이 아니라 사회적으로 결정되며 필연적인 행위들이다. 개인적인 감동은 사회적인 가치평가의 주조와 어우러지는 조화적인 것이 될 수밖에 없다. '나'는 '우리들'에 의지할 때에만 담론 속에서 실현될 수 있다.[15] 이러한 성찰과 반성은 주체가 자

---

14) 츠베탕 토도로프, 최현무 역, 『바흐찐: 문학사회학과 대화이론』(까치, 1987), 185
~6면.
15) 위의 책, 168면.

신의 존재론적 입장과 위치를 객관화함으로써 비로소 가능하다. 즉 주체가 스스로 자명하다고 믿어 왔던 자신의 신념, 관념, 이념뿐만 아니라 자신의 취향, 습속, 행동 따위도 역시 의심하고 객관화할 수 있어야 하기 때문이다. 이를 경유할 때 주체는 비로소 존재양식의 변화로 나아갈 수 있다.[16]

이렇게 볼 때 다문화 텍스트로서 하종오의 시를 바라봄에 있어 중요한 측면은 시적 표현의 대화적 구조에 대한 인식과 그에 따른 해석적 구성이라 할 수 있다. 그러므로 시작품의 형식은 작가가 그의 주인공을 감지하는 방식에 따라 광범하게 결정되며, 바로 이것이 시적 언술을 구성해주는 핵심이 될 수 있다.[17] 그것은 곧 시인의 이주노동자와 그의 존재공간인 한국사회의 현실을 바라보는 인식적 토대이자 소통하고자 하는 의지의 내용을 결정해준다.

3. 하종오 시의 현실인식과 이주 노동자의 삶에 대한 가치화 방법

(1) 관찰자로서 화자의 기록과 성찰: 『국경 없는 공장』, 『아시아계 한국인들』

하종오가 오늘의 현실이 이루는 다양한 문제들에 대해 또다시 생생한 시선을 돌리기 시작한 것은 시집 『반대편 천국』(문학동네, 2004)에서부

---

16) 류찬열, 「다문화시대와 현대시의 새로운 가능성」, 문화콘텐츠기술연구원 다문화콘텐츠연구사업단 편, 『다문화의 이해』(도서출판 경진, 2009), 243면.

17) "객관적 서술의 형식, 돈호법의 형식(기도, 찬가, 서정시의 몇몇 형식들), 자기표현의 형식(고백, 자서전, 연애시)들은 모두 바로 작가와 주인공 사이의 근접성 정도에 의해 결정된다." (츠베탕 토도로프, 최현무 역, 앞의 책, 181면 참조.)

터이다. 이 시집의 시들은 서울을 주된 거주지로 하되 강화도 불은면에 마련한 땅과 집을 오가며 겪은 체험을 담고 있어 훨씬 더 현장감을 준다. 그중에서도 제2부에 수록되어 있는 일련의 연작시 「코시안 가족」 및 「코리안 드림」은 한국에 거주하고 있는 외국인 노동자들의 삶과 아픔을 담아내고 있는 바, 그러한 현실을 드러내는 중요한 표현 기제는 관찰자로서 그들을 바라보는 화자의 웅시의 시선이다.

> 면목동 한갓진 골목길 걸어갈 때
> 거무스름한 한 아시안 다가와 말을 걸었다
> 파키스탄이나 스리랑카나 네팔 말로 들려서
> 나는 손 내젓고 내쳐 갔다
>
> 일요일 낮에 이따금 국제공중전화 부스에
> 줄 서서 통화하던 외국인 노동자들이
> 평일날 밤에는 목재공장 일마치고 거리에 나와
> 서로 알아듣지 못하는지 손짓발짓하며
> 내가 더욱 알아들을 수 없는 말들을 했었다
> 같은 말을 하는데도 달리 듣는 이방인 때문에
> 평생 슬퍼한 사나이 지저스 크라이스트
> 젊은 한때 집을 떠나 다른 나라 떠돌며
> 나무를 다듬다 지치면 저렇게 떠들었을 거라고
>
> 오래전 내가 워싱턴 다시 번화가에 갔었을 때
> 백인에게 말을 걸자 두 손 펴 보이고 가버렸었다
> 발음 틀리게 주절거렸던 영어 단어가
> 한국이나 일본이나 중국말로 드렸었겠다 싶으니

거무스름한 한 아시안 너무 서툴게 우리말을 해서
내게 파키스탄이나 스리랑카나 네팔 말로 들렸다는 걸
큰길에 나와서야 알았다
다시 돌아가니 한 아시안 이미 없었다

　　　　　　　　　　　　　　　　— 「한 아시안」,『반대쪽 천국』

　이 작품은 서술자 역할을 하는 화자가 '한 아시안'을 취재한 일종의 기
록과도 같이 진술되어 있다. 결코 텍스트 내에서 '말을 건네는' 청자의 목
소리는 존재하지 않지만, 그 '희미한 존재성'을 화자인 '나'의 행동과 사변
적 진술들이 암시적으로 형상한다. 이는 특히 화자의 독백적 어조와 그로
인한 반성적 성찰의 태도가 드러남으로써 구체화된다는 점에서 주목할
필요가 있다.18) 자신의 모습을 들여다봄으로써 타자의 존재성을 이해할
수 있으며, 그 과정에서 '이주노동자가 우리에게 무엇인가'라는 그 존재
의미에 대한 인식이 가능해짐을 생생한 화자 자신의 목소리로 표면화시
키고 있는 것이다.

　이러한 문제의식은 외국인 노동자의 차원에서 이주 노동자의 차원으
로, 나아가 다문화 이주민의 차원으로 심화·확대되어 왔다. 시집『지옥처
럼 낯선』(랜덤하우스, 2006),『국경 없는 공장』(삶이보이는창, 2007),『아
시아계 한국인들』(삶이보이는창, 2007) 등이 그 구체적인 예라 할 수 있
다. 이들 시집에서도 알 수 있듯이 그는 다양한 시적 사유를 통해 우리 사
회의 소외된 삶을 줄곧 응시해 왔다. 이러한 응시의 시선은『국경 없는 공

---

18) "어조는 늘 언어적인 것과 비언어적인 것, 언급된 것과 언급되지 않은 것 사이의 경
　계에 위치한다. (…) 중요한 공통된 가치평가는 생생한 인간적인 담론이 그 어조의
　장식들을 수놓는 화포(畫布)이다."(위의 책, 170면)

장』에서 힘들고 어렵게 살아가고 있는 이주 노동자의 삶을 그려내는 방향으로 나타났으며, 『아시아계 한국인들』에서는 내국 식민지화된 차별 속에서 고통을 겪고 있는 다문화 가정의 이주 여성들의 삶과 그들의 아이들의 생활 주변을 형상화함으로써 보다 구체화된다.

> 변두리 지하철역 근처 새로 조성된
> 공원에 분수대가 만들어져 있었다
> 물줄기가 솟구쳤다가 떨어지고
> 아이들이 들어가
> 그 물보라 받고 있었다
> 나는 구경하며 천천히 걸어가다가
> 어느 지점에서 무지개 쳐다보았다
> 흩어지는 물방울과 내리비치는 햇빛이 부딪치는
> 위치가 시시각각 다르고
> 그때마다 또 다른 공중으로 무지개가 옮겨가도록
> 아이들이 물장난 쳐 바꾸고 있었다
> 나는 재미있어서 공원길 왔다 갔다 하는데
> 아이들 속에서 피부색 다른
> 한 아이가 섞여서 잘 놀고 있었다
> 무지개가 더는 뜨지 않는 해질녘
> 동남아인 어머니가 와서 데리고 가고
> 아이들도 흩어져 떠났다
> 분수가 꺼질 때까지
> 나는 공원에서 떠나지 못하고
> 그 모든 아이들이 무지개 쳐다보며
> 같이 놀았을 성싶어 들떠 있었다
> ─「분수」, 『아시아계 한국인들』

'놀이하는 아이들 속 피부색 다른' 한 아이는 물론 다문화 가정의 아이 임에 틀림없다. 그 놀이하는 아이의 배경에는 결혼 후 한국에 거주하게 된 동남아인 이주 여성의 삶이 자리 잡고 있을 것이나, 이 시에서 그 아이 는 그저 즐거울 따름이다. 보다 정확히 말하자면 화자의 시선에 타자로서 그 아이가 그렇게 보이는 것이다. 그런데 역시나 담담한 그 응시의 시선 에 포착된 물상의 형상은 색다르다, 즉 '물보라', '흩어지는 물방울', '내리 비치는 햇빛'과 같이 화사한 이미지의 영상들은 인종다양성을 함의하는 '무지개'의 아름다움과 조화를 이루며 가시화 되는 바, 이것이 화자의 인 식과 성찰을 주도한다. 화자는 그 아이의 존재가 사라진 뒤에서, 그 이후 에 그와의 소통 의지를 드러낸다. 그리고 그것은 일종의 기쁨이자 소망이 된다. 이 합일에의 의지와 그 경지의 형상이야말로 '나'의 타자 이해를 통 한 가치인식의 출발점으로 작용한다.

(2) 시적 주인공의 체험 서사와 공감의 시학; 『입국자들』

위에서 언급한 시집들을 통해 확인할 수 있는 것은 한국사회가 제국주의 적 면모를 갖기 시작한지 이미 오래되었다고 하는 점이다. 이들 제국주의 적 면모에 대한 시인의 비판적 시선은 시집 『입국자들』(산지니, 2009)을 통해 전면적으로 확대되어 나타난다. 시집 『입국자들』은 모두 4부로 구성 되어 있다. 탈북과 그 이후의 고난 · 가난 · 그리움 등 탈북자 문제를 소재 로 하고 있는 '국경 너머'가 제1부를 이루고 있고, 몽고 · 중국 등에서 한국 으로 이주해온 이들과, 현지의 가족들을 다루고 있는 '사막 대륙'이 제2부 를 이루고 있다. 그리고 동남아시아에서 이주해온 이들의 한국생활을 소 재로 하고 있는 '이주민들'이 제3부를 이루고 있고, 한국에서 고국으로 귀환한 자들과 한국에 간 사람들을 기다리는 현지의 가족들을 다루고 있는 '귀환자들'이 제4부를 이루고 있다.

이주민들을 바라보는 이러한 시각이 주목이 되는 것은 너무도 당연한데, 이와 관련하여 정작 기억해야 할 것은 그가 이들 이주민 및 그 가족을 하나하나 깨어 있는 인격으로, 살아 있는 개인으로 호명하고 있다는 점이다. 이들을 일일이 호명하는 것은 그가 이들을 저 자신과 조금도 다르지 않은 동등한 존재로 받아들이고 있다는 것을 뜻한다. 그 외양, 혹은 외재성을 인식할 수 있는 기제가 '호명'이다.19)

> 베트남 인 트렁 씨와
> 미얀마인 윙툰 씨는
> 몽골인과 중국인이 부럽다
>
> 다 같이 공장에서 잘렸어도
> 다 같이 불법체류자가 되었어도
> 한국인과 생김새가 닮은
> 몽골인과 중국인은
> 말을 하지 않으면
> 건설현장에 막일하러 가도
> 지하도에 노숙하러 가도
> 거리에 무료 급식 받으러 가도
> 알아보지 못하지만

---

19) "인간의 진정한 외양은 다른 사람들에 의해서 관찰되고 이해될 때에만, 그들의 외재성의 도움으로 그들이 타자라는 사실에 의해서만 가능하다, 문화의 영역에서 외재성은 이해의 가장 강력한 수단이다. 타문화가 더욱 구체적이고 깊이 있게 드러나는 것은 또 다른 문화의 시선에 의해서일 뿐이다." (같은 책, 152면)

한국인과 생김새가 닮지 않은
베트남인과 미얀마인은
어디에서든 금방 드러나
그런 일자리도 찾지 못하고
그런 잠자리도 얻지 못하고
그런 먹을거리도 받지 못하고
불법체류자로 붙잡힐 수도 있어
공장 밖에 찾아가볼 데가 없다

베트남인 트렁 씨와
미얀마인 윙툰 씨는
스리랑카인 친구와 네팔 친구가
임금 체불 당하고도 다니는
기숙사 있는 공장에 취직한다

—「외모」,『입국자들』

이 시에서 베트남 인 트렁 씨와 미얀마인 윙툰 씨는 정확하게 제 이름
으로 불리고 있다. 그가 이들을 이처럼 정확하게 제 이름을 부르는 것은
이들의 인격과 저 자신의 인격이 다르지 않다는 것을 강조하고 싶어서라
고 생각된다. 하지만 이들은 삶의 현장에서 "한국인과 생김새가 닮"지 않
아 몽골인이나 중국인과는 달리 차별을 받는다. "다 같이 공장에서 잘렸
어도/다 같이 불법체류자가" 되지는 않는 것이 이들이다. 외모의 차이 때
문에 먹고 사는 일에 차이가 생기는 것이다.

여기서도 알 수 있듯이 이 시는 나름대로는 커다란 차이로 존재하는 아
시아계 이주노동자들의 심리적인 소외감을 다루고 있다. 물론 그것은 "몽
골과 중국"에서 입국한 이주노동자가 "한국인과 생김새가 닮"아 베트남

이나 미얀마에서 입국한 이주노동자보다 취업에 유리하다는 데서 발생한다. 이 시에는 이처럼 유리한 조건을 갖고 있는 "몽골인과 중국인"을 부러워하는 "베트남인 트렁 씨와/미얀마인 윙툰 씨"의 심리가 중점적으로 다루어지고 있다. 물론 이들의 심리는 근본적으로 취업에 불리하다는 점에서 비롯되는 물질적인 소외감, 즉 경제적인 소외감에 기초하고 있다. 따라서 다양한 형태로 존재하는 이 땅의 이주 노동자들 사이에도 계급문제, 곧 경제적 불평등의 문제가 깊이 도사려 있다고 할 수 있다.

이 땅에서 불법체류자로 살아가다 보면 이주 노동자들은 아무래도 기계화되고 사물화될 수밖에 없다. 이 시에서 "한국인과 생김새가 닮지 않은" "베트남인 트렁 씨와/미얀마인 윙툰 씨"가 결국 "스리랑카인 친구와 네팔 친구가/임금 체불을 당하고도 다니는/기숙사 있는 공장에 취직"하는 것이 이를 잘 증명해준다. 기숙사가 있는 공장에서 취직하지 않고 따로 숙식을 해결하다가 불법체류라는 신분이 밝혀지면 강제로 추방될 것이 뻔하기 때문이다.

이처럼 온갖 차별적 고통을 견디며 살아가고 있는 것이 이 땅에 거주하는 이주 노동자들이다. 인간 이하의 아주 모멸적인 대우를 받고 있는 것이 이들 이주 노동자들의 삶이라는 것을 알 수 있다. 이들에게 이처럼 핍박을 가하는 것은 경제적으로 낮은 국가의 구성원에 대해 거듭해서 배타적인 차별의식이 작용하기 때문이다. 물론 이러한 배타적인 차별의식의 배후에는 천박한 경제적 식민지 의식이 자리해 있다.

이와 같은 '호명'의 시적 방법은 이주노동자 개개인의 체험을 스스로 서사화하게 하는 방식을 통해 보다 적극적으로 의미화된다. 아래의 인용 시에 나타난 것처럼, "한국서 막일하다 다리를 다쳐 일할 수 없는", 지금

은 강제로 추방을 당해 중국의 베이징을 떠돌고 있는 조선족자치주 출신
의 박씨의 주인공화된 형상이 이를 잘 보여준다.

> 한국에서 막일하다 다리를 다쳐 일할 수 없는
> 박씨는 베이징에 와도 할 일이 없다
> 단칸방에서 한데 바람소리 듣는다
> 혼자 속울음 우는 시간이 깊어진다.
> 어머니는 저 세상 어디에 있을까
> 박씨는 한 번 더 건강한 몸으로
> 오로지 한국 가서 돈 벌어오고 싶다
> 다시는 조선족자치주에서 농사지으며
> 푸석한 흙바닥에 몸 부리고 싶지 않다
> 다시는 푸성귀나 키워 뜯어먹으며
> 평생 밭고랑 이끌고 다니고 싶지 않다
> 한국에서도 베이징에서도 무력한
> 박씨는 누구도 돈 빌려는 자신을
> 함부로 손가락질할 순 없다고 소리친다
> 바람소리에서 가느다랗게 흘러나오는
> 귀에 익은 속울음소리 들으며
> 생각해보면 박씨는 눈물 자주 흘렸다
> 오늘밤에는 절름거리는 몸속에서
> 유산 한 푼 남기지 않은 어머니가 와서 울고 가면
> 목돈 챙겨 집나간 아내가 울고 가고
> 그 울음들에 겨워서 눈물 흘리다가
> 박씨는 바람 소리에 속울음소리 묻으며
> 밤 내내 저린 다리 주무르다 벌떡 일어선다
> ─「속울음소리」,『입국자들』

이 시는 조선족자치주 출신의 떠돌이 노동자 '박씨'의 삶을 전형화된 성격으로 형상화하여 드러낸다. 이 시의 재미는 기구한 운명을 지닌 '박씨'의 삶과 캐릭터를 읽어내는 과정에 발생한다. 이미 자본주의의 단물을 맛본, 그리하여 돈을 벌려는 욕구가 강한 것이 이 시의 서정적 주인공인 박씨이다. 박씨는 심지어 "누구도 돈 벌려는 자신을/함부로 손가락질할 순 없다고 소리"를 치기까지 한다. 돈에 대한 집착이 너무도 강한, 말 그대로 전형적인 속물인 이 인물에 대해서는 실제로도 누구 하나 손가락질 하지 않는다. 그가 속물적 특성을 본질로 갖고 있는 자본주주의라는 거대한 톱니바퀴의 일부에 지나지 않는 것을 잘 알고 있기 때문이다. 더구나 "한국에서 막일하다 다리를 다쳐 일할 수 없는" 사람이 그이다. "다시는 조선족자치주에서 농사지으며/푸석한 흙바닥에 몸 부리고 싶지 않"은 것이 그이기도 하다는 것을 잊어서는 안 된다. 이러한 그가 간절하게 "한 번 더 건강한 몸으로/오로지 한국 가서 돈 벌어오고 싶어" 하는데 어떻게 손가락질을 할 수 있겠는가. "절름거리는 몸속에" 들어와서 울고 가는 "유산 한 푼 남기지 않은 어머니"까지, "목돈 챙겨 집 나간 아내"까지 못 잊는 것이 그라는 것을 기억할 필요가 있다.

그러나 이처럼 박씨의 인물형상을 살펴보는 일은 단순한 읽기의 흥미 이상의 의미를 갖는다. 이 시는 아시아 전체에 흩어져 살고 있는 조선족 교포들의 삶에 대한 성찰과 반성의 시선을 바탕으로 하고 있기 때문이다. 하종오의 시집 『입국자들』에는 북조선 출신의 이주 노동자들도 적잖이 등장하고 있는 바, 「재배하우스」, 「목련」, 「말투」, 「초청」 등 이 시집의 모두에 실려 있는 시들에서 살펴볼 수 있는 인물형상이 그 구체적인 예이다.

이 시집에 객관적으로 형상화되어 있는 외국인 노동자들 중에는 고국으로 귀환한 자들도 없지 않다. 이들의 캐릭터와 삶을 객관적으로 그려내고 있는 예는 우선 위의 시 「속울음소리」에서부터 확인할 수 있다. 따라서 그의 시에 그려져 있는 인물형상은 주체로서의 인물형상보다 객체로서의 인물형상이 좀 더 중심을 이루고 있다고 해야 마땅하다. 물론 이는 화자로서의 인물형상보다는 대상으로서의 인물형상이 좀 더 중심을 이루고 있다는 것이 된다.

여기서 말하는 대상으로서의 인물형상은 이른바 '그'로서의 인물형상을 가리킨다. 하종오 시의 인물형상에 '나'로서의 인물형상보다 '그'로서의 인물형상이 좀 더 많다는 것은 그가 그만큼 이들 인물형상을 객관적으로 받아들이고 있다는 뜻이 된다. 이는 무엇보다 그가 이들 인물형상을 주관적인 감정보다는 객관적인 지성으로 수용하고 있음을 의미한다.[20]

> 젊은 여자가 식사 주문을 받으러 와서
> 이북사투리를 쓰면
> 오십년 전 전쟁 때 월남하지 않았으니
> 탈북자라고 나는 단정한다
> 처음에는 수저를 갖다 놓고
> 다음에는 반찬 접시들을 갖다 놓고

---

[20] 이처럼 타자의 시선으로서 작가의 의식 외부에 존재하는 타자의 등장인물로서의 존재성이 그에 대한 가치인식을 가능케하는 구조적 틀이 된다. ("인간 존재와 자아인식은 타자의 존재성에(대한 인식에) 의해 완성된다. (…) 작가는 등장인물이 그의 외부에 있을 때에만 그 등장인물을 완성시킬 수 있다. (…) 모든 미학적 형식에서 구성적인 힘은 타자의 가치론적 범주이며, 외적 함유적 완성에 도달하기 위해 가치론적으로 풍요해진 타자와의 관계이다." (같은 책, 140면.)

마지막으로 밥과 국을 갖다 놓은

젊은 여자는 주방 앞에 손 맞잡고 서서

뭔가 바라본다

손님이 점심 먹든 말든 무관심한

젊은 여자의 눈길 따라

내가 창 밖 내다보니

왼팔로는 어린애를 들어 안고

오른손으로는 우유곽 잡고는

어린애에게 빨대 물린

허름한 한 어머니가 걸어가고 있다

젊은 여자가 북한에 두고 온 자식도 저만한가

갑자기 밥맛이 없어지는데도

끼니때 놓친 나는 숟가락 놓지 못한다

—「젊은 여자」 전문

    이 시의 서정적 주인공은 말할 것도 없이 탈북자인 '젊은 여자'이다. "밥과 국을 갖다 놓"는 것으로 손님의 밥상을 다 차린 이 여자는 지금 "주방 앞에 손 맞잡고 서서" "창밖을 내다" 보고 있다. 창 밖에서는 "왼팔로는 어린애를 들어 안고/오른손으로는 우유곽 잡고는/어린애에게 빨대 물린/허름한 한 어머니가 걸어가고 있다." 이 모습을 바라보며 주방 앞의 젊은 여자는 "북한에 두고 온 자식도 저만한가" 하고 생각한다. 따라서 이 시는 탈북자인 젊은 여자에 대한 시인의 측은지심을 기본 정서로 하고 있다고 할 수 있다.

    하지만 탈북자인 젊은 여자만이 시의 인물형상으로 그려져 있는 것은 아니다. 젊은 여자의 행동에 따라 반응하는 화자, 즉 '나'도 부족한 대로 인물형상으로 존재하기 때문이다. 물론 이 시에 드러나 있는 인물형상처럼 그의 시에 드러나 있는 인물형상이 모두 점잖고 순수한 지는 잘 알 수 없다. 귀환자들 중에는 한국의 고용주에게서 배운 나쁜 버릇을 자국에서 되풀이하며 개인의 욕심을 채우는 자도 없지 않기 때문이다. 더러는 서로 사기를 치기도 하고 위장 결혼을 할 한국 여자를 찾아 밤거리를 헤매기도 하는 것이 이들 이주 노동자들이다. 시인 하종오에 의해 그려지는 아시아의 떠돌이 노동자들이 모두 긍정적인 모습을 보여주지는 않는다는 것이야말로 그의 시가 비판적이고 냉정한 시선에 의해 형상화되고 있음을 말해주는 증거이기도 하다.

(3) 탈이념과 민족인식의 해체 혹은 재구성;『제국, 혹은 제국』

이와 같은 시인의 현실인식은 시집 『제국, 혹은 제국』(2011, 문학동네)을 통해 자본주의의 전지구적 지배에 대한 비판적 인식으로 확대되어 나타나게 된다. 특히 이 과정에서 해외 한국인 이주민들의 이산 과정과 그 후속 세대의 현실에 대한 문제의식이 드러나고 있는 점은 주목할 필요가 있다.

> 한국에선 땅이 없어 식솔들과 몇 날 며칠 걸어
> 자진해서 국경을 넘어 연해주로 간 할아버지는
> 다시 강제로 기차에 실려 몇 달 동안 달려
> 국경을 넘어서 카자흐스탄으로 이주하였다
> 농사를 잘 짓던 할아버지는
> 광활한 황무지에 내버려졌다.

거기까지는 고려인이라면
다 같은 가족사일 뿐이므로
젊디젊은 김예카테리나씨는
못사는 카지흐스탄을 떠나서
잘사는 한국으로 가고 싶다

살아갈 날이 더 많은 김예카테리나씨가
할아버지가 태어난 한국으로 가려는 건
좋은 직업을 가지고 싶어서다
자신이 태어난 카자흐스탄에서는
힘겨운 농업을 물려받아야 한다
학벌이 없는 김예카테리나씨는
한국에 가서 공장에 취직하는 것이
카자흐스탄에 머물러 밭농사를 짓는 것보다
훨씬 큰 목돈을 번다는 정도는 알고 있다

조상은 넘어왔으나
후손은 넘어갈 수 없는 국경을
김예카테리나씨는 두려워하지 않고
비자를 신청하고 기다린다

다른 고려인과 좀 다른 가족사가 있다면
할아버지는 일찍 돌아가시고
아버지는 농사를 잘 짓지 못하여
땅을 별로 넓히지 못했다는 점이다

— 「젊은 고려인」 부분

다민족, 다문화사회에서 고려인들은 다문화를 수용하는 객체적 혹은 비주체적 입장에 놓여 있었다. 조선에서 연해주로, 중앙아시아로, 그리고 다시 연해주에 이르기까지 재이주의 디아스포라 과정은 유토피아로서 고향 찾기의 여정이라 할 만하다.21) 고려인 할아버지를 둔 카자흐스탄의 '김예카테리나'22)의 가족사와 그의 소망, 그리고 그를 바라보는 시인의 최종분석으로서의 담담한 시선은 곧 다문화적 한국사회론의 보고서에 이주 후속세대의 장이 어떤 자리매김을 받게 될 것인지를 포괄적이고도 구체적인 형상으로 보여준다. 김예카테리나의 소망은 한민족의 소망이 아니며, 자본주의적 욕망 앞에 민족사의 아픔이 신속하게 상실됨을 여실히 노정하고 있는 것이다.

이러한 기존 근대국가의 정체성 형성의 주도관념이었던 민족 이념에 대한 해체적 현실인식은 시인 스스로 천명한 '제국(諸國)의 공존'과 '제국(帝國)의 부재'23)라는 이율배반적 역설의 아포리즘을 통해 선명하게 드러난다.

> 우즈베키스탄에서 사는 고려인들에게 지나간 시간은
> 한국에 사는 한국인들에게도 지나갔을 텐데도
> 나는 똑같게 살지 못한 이유가 몹시 궁금하다
> —「국가의 시간」 부분

---

21) 임형모, 『조선사람 소비에트 고려인 고려사람 그리고 "고향"』(신아출판사, 2016), 192면.
22) 고려인 이주자의 성씨 변화에 대해서는 장호종, 「이주 한인 성씨의 변이」, 『이주문화연구』 제1호, (아주대학교 인문과학연구소 이주문화센터, 2009.5) 79~101면 참조.
23) 하종오, 「자서」, 『제국, 혹은 제국』(문학동네, 2011)

인간이 지구와 함께 도는 시간 동안
가난한 나라에 원조된 곡식을
누가 먹는지는,
먼 나라로 수출된 헌 옷이
무엇을 가려주는지는,
전장이 된 나라에서 집을 짓기 위해서는
누구와 같이 일해야 하는지는,
인간만 모른다.

　　　　　　　　　　　　　　　　—「지구의 의식주」 부분

　위의 인용시에서 보듯 이 역설의 현실에 대한 시인의 비판적 인식은 '국가' 혹은 '지구' 개념에 대한 재정의를 통해 구체화되어 나타나고 있다. '국가적 개인'이자 '지구적 인간'인 화자 자신의 무지한 실존성에 대한 고백적이며 신랄한 자각과 자기표백은 곧 국가 개념의 경직된 굴레로부터의 해소 요구이자 동시에 전지구적인 공동체적 삶의 재구성을 향한 희구의 목소리에 해당한다. 그런 의미에서 시인이 화자 자신을 이 역설의 당사자로 존재시키는 시선과 어조를 사용한 것이야말로 탈이념의 해체적 전략을 구현하기 위한 방법적 선택이라 할 수 있다.

　조선족, 탈북인 및 고려인 이산의 문제 외에 특별히 시인은 이 시집을 통해 나이지리아, 티벳, 파키스탄, 방글라데시, 버마, 인도, 인도네시아, 베트남 등 동남아시아인은 물론 나이지리아, 과테말라 등 아프리카, 남아메리카인 등 말 그대로 '전지구인'을 호명한다. 이들은 그야말로 시인의 「자서(自序)」에 천명된 아포리즘의 실천적 존재들이다. 이들의 이산과 이주는 곧 모든 인간과 지구의 삶의 '시간'이자 '의식주'이며 '일상사'라는 인식을 통해 시인이 끈질기게 추구한 다문화 현실에 대한 '시적 보고서'는 현실의 계몽적 가치교육을 위한 살아있는 교재로 탈바꿈한다.

4. 결론—하종오 시의 가치론적 의미

다문화주의에 대한 논의는 다문화 공존이 정치, 사회, 윤리적인 문제로 대두되었다는 인식에서 출발한다. 그런데 그것은 문화적 차이를 갖는 집단들이 존재한다는 사실을 전제 하는 것이다. 이로 보면 우리에게는 인정해 줄만한 소수자들의 다문화가 존재하는가라는 근본적인 질문을 던질 수 있다. 그런 의미에서 이주 담론의 문학은 과거를 재현하는 데 머물지 않고, 과거의 재현을 통해 미래를 예언하게 되고 사회구조와 역사적 패턴의 규명을 통해 현재의 징후를 드러내는 실천적 문학[24]이라는 점에서 의미를 갖는다.

아직까지 한국에서 아시아계 한국인으로서 당당히 살아가는 일은 몇 겹의 차별적 대우를 감내해야 한다. 여전히 피의 순수성을 고집하는 단일민족국가를 에워싼 한국 사회의 지배적 경향은 아시아계 한국인의 존재를 대단히 불편하게 간주한다. 특히 조선족 이주 후속세대나 탈북자 가족들이 한국사회 속에 편입되어 사는 일은 동일성 속의 이질성의 체험이라는 정신적 요인을 넘어서 문화적 정체성의 혼란과 그 이면의 정치적 상실감이라는 중층적 갈등을 유발한다는 점에서 문제적일 수밖에 없다. 그런 의미에서 이들을 바라보는 하종오 시의 시선은 한국사회가 우리 민족이 그토록 경계하고 부정했던 아제국주의(亞帝國主義)를 답습하는 것과 다름없는 현실을 드러내고 있음을 증명해준 것이다.

---

24) 송현호, 『한국현대문학의 이주 담론 연구』(태학사, 2017), 30면.

이처럼 현대 한국사회에서 이주노동자들의 삶의 현실에 대한 시적 의미화를 집약한 하종오의 시편들에 나타난 시적 방법론은 크게 세 가지로 종합할 수 있다. 첫째가 인물 형상을 통한 시적 전형의 창출로 이는 특정 이주노동자를 개성화하여 그의 체험을 서사하는 방식으로 구현되었다는 점이다. 둘째는 이러한 형상성을 뒷받침하는 시적 장치로서 관찰자적 화자의 시선을 통해 타자이해로서의 가치인식을 외화시키는 기제로 활용되었다. 셋째 이러한 가치인식은 궁극적으로 탈이념과 민족 인식의 재구성이라는 제3의 관점에 의해 자본주의의 전지구적 지배에 대한 비판적 인식으로 확대되어 나타나게 된다.

그런 의미에서 하종오 시인의 다문화 시는 현 시대 한국 사회에 대한 인지적 보고서이자, 그 현상에 대한 인간가치의 현실적 과제를 제시하는 한편, 주체의 성찰과 소통에 대한 담론을 통해 리얼리즘 미학의 새로운 지평을 열어주고 있다. 아울러 하종오 시인은 맹목적 혈통주의의 굴레에 갇힌 민족주의에 의한 국민국가가 아니라 아시아의 다른 민족과 상생하며 공존하는 사회를 꿈꾸며, 다민족·다문화와 융합하여 어우러지는 새로운 국민국가로서의 인간가치가 생성되는 것을 바라고 있다. 배타적이며 동일자의 시선을 지양하고 이타적이며 소통가능한 성찰적 태도를 통해서만이 아시아와 인류의 평화적 가치를 구현할 수 있다는 것이 이들 시편을 통한 시인의 궁극적 통찰이다.

하종오 시인의 시편들은 '지금, 이곳'에서 일상적으로 일어나고 있는 아시아 여성들의 삶과 현실을 정직하게 응시해냈으며, 자본을 매개로 한 국민국가의 민족적·인종적·성적 차별의 내적 논리가 버젓이 우리의 일상 속에서 횡행하고 있음을 도시와 농촌을 망라한 한국사회 삶 전반의 재현을 통해 날카롭게 묘파하였다. 이 과정에서 '이제 한국도 다른 제국주의 국가들이 구사했던 폭력의 양상을 재현해내고 있는 게 아닌가'를 묻는 시인의 냉정한 시선이야말로 이 시대 한국사회에 대한 인식적 보고서이자 현상에 대한 인간적 가치화의 새로운 지평에 대한 발언으로서의 역할을 충실히 수행하고 있는 것이다.

참고문헌

참고문헌

1. 기본자료

『시선집』, 연변인민출판사, 1979.

『아침은 찬란하여라』, 연변인민출판사. 1961.

『연변시집(1950-1964)』, 연변인민출판사. 1964.

『창작선집』, 연변교육출판사. 1956.

『해란강』, 연변교육출판사. 1954.

이용악, 『낡은 집』, 동지사, 1938.

이육사, 『육사시집』, 정음사, 1947.

윤동주, 『하늘과 바람과 별과 시』, 정음사, 1946.

주요한, 『아름다운 새벽』, 조선문단사, 1924.

하종오, 『반대편 천국』, 문학동네, 2004.

_____, 『지옥처럼 낯선』, 랜덤하우스, 2006.

_____, 『국경 없는 공장』, 삶이보이는창, 2007.

_____, 『아시아계 한국인들』, 삶이보이는창, 2007.

_____, 『입국자들』, 산지니, 2009.

_____, 『諸國, 혹은 帝國』, 문학동네, 2001.

김규동, 『새로운 시론』, 산호장, 1957.

_____, 『고독과 지성의 문학』, 한일문화사, 1962.

김동석, 『예술과 생활』, 박문서관, 1947.

_____ , 『부르주아의 인간상』, 탐구당서점, 1948.

김영민 편, 『오장환 전집』, 실천문학사, 2002.

김재용 편, 『백석 전집』. 실천문학사, 1997.

박선영 편, 『양명문 시선집』, 현대문학사, 2010.

조선문학가동맹 편, 『건설기의 조선문학』, 백양당, 1947.

한국문인협회 편, 『해방문학 20년』, 정음사, 1960.

김남조 시·윤정선 그림, 『사랑하리, 사랑하라』, 랜덤하우스 중앙, 2006.

김용택 엮음, 『시가 내게로 왔다: 김용택이 사랑하는 시』, 마음산책, 2001.

김용택 엮음·선종훈 그림, 『언제나 나를 찾게 해 주는 당신』, 랜덤하우스 중앙, 2006.

김춘수 시·최용대 그림, 『김춘수 자선 시화집: 꽃인 듯 눈물인 듯』, 예담, 2005.

도종환, 『부모와 자녀가 꼭 함께 읽어야 할 시』, 실천문학사, 2005.

신경림, 『신경림의 시인을 찾아서』, 우리교육, 1998.

신경림 엮음, 『처음처럼: 신경림의 소리내어 읽고 싶은 우리 시』, 다산책방, 2006.

안도현, 『그 작고 하찮은 것들에 대한 애착』, 나무생각, 1999.

안도현 엮음·김기찬 사진, 『안도현의 노트에 베끼고 싶은 시: 그 풍경을 나는 이제 사랑하려 하네』, 이가서, 2006.

안도현 엮음·박남철 그림, 『잠들지 않은 것은 나와 기차뿐』, 랜덤하우스 중앙, 2006.

양성우 시·강연균 그림, 『길에서 시를 줍다』, 랜덤하우스 중앙, 2007.

정호승 엮음·박항률 그림, 『너를 사랑해서 미안하다』, 랜덤하우스 중앙, 2005.

편집부 엮음, 『그림으로 읽는 한국의 명시』, 실천문학사, 2006.

2. 단행본

강창식,『대중문학을 넘어서』, 청동거울, 2000.

고미숙,『한국의 근대성, 그 기원을 찾아서』, 책세상, 2006.

구인환 외,『문학교육론 (제4판)』, 삼지원, 2009.

권영민,『해방직후의 민족문학운동 연구』, 서울대출판부, 1986.

권오만,『윤동주 시 깊이 읽기』, 소명출판, 2008.

김경숙,『북한현대시사』, 태학사, 2003.

김성기 편,『모더니티란 무엇인가』, 민음사, 1994.

김시철,『김시철이 만난 그때 그 사람들 1』, 시문학사, 2006.

김유중,『김수영과 하이데거』, 민음사, 2009.

김용직,『한국근대시사』, 새문사, 1984.

김윤식,『한국근대문예비평사연구』, 일지사, 1974.

_____ ,『한국근대문학사상사』, 한길사, 1987.

_____ ,『한국현대문학사론』, 한샘, 1989.

_____ ,『(속)한국근대작가론고』, 일지사, 1981.

김윤식 편,『해방공간의 민족문학 연구』, 열음사, 1989.

김준엽·김창순,『한국공산주의운동사 4』, 청계연구소, 1986.

김창남,『대중문화의 이해(전면2개정판)』, 한울, 2009.

김학동 편,『한국전후문제시인연구 6』, 예림기획, 2010.

김현자,『한국시의 감각과 미적 거리』, 문학과지성사, 1997.

문학예술연구소 엮음,『현실주의연구 1』, 제3문학사, 1990.

문혜원,『한국근현대시론사』, 역락, 2007.

문화콘텐츠기술연구원 다문화콘텐츠연구사업단 편,『다문화의 이해』, 도
　　　서출판 경진, 2015.

박기훈 엮음,『사실주의 서정시 강좌』, 도서출판이웃, 1992.

박두진, 『한국현대시론』, 일조각, 1974.

박용헌, 『가치교육의 변천과 가치의식』, 서울대학교출판부, 2002.

박윤우, 『한국현대시와 비판정신』, 국학자료원, 1998.

방송문화진흥회 편, 『'한국인과 아시아인' 그 간극을 넘어』, 한울, 2015.

변학수, 『문학적 기억의 탄생』, 열린책들, 2008.

상허학회 편, 『한국현대문학의 정치적 내면화』, 깊은샘, 2007.

서동수, 『한국전쟁기 문학담론과 반공프로젝트』, 소명출판, 2012.

송기한, 『한국 전후시와 시간의식』, 태학사, 1996.

송현호, 『한국현대문학의 이주 담론 연구』, 태학사, 2017.

송현호 외, 『중국 조선족 문학의 탈식민주의 연구 1, 2』, 국학자료원, 2007.

신범순, 『이상의 무한정원 삼차각나비』, 현암사, 2009.

신형기, 『변화와 운명』, 평민사, 1997.

안청시 · 최일섭 편, 『전후세대의 가치관과 이념』, 집문당, 1987.

오세영, 『한국낭만주의시연구』, 일지사, 1987.

_____ , 『20세기 한국시연구』, 새문사, 1989.

원용진, 『대중문화의 패러다임』, 한나래, 196.

유네스코 아시아태평양 국제이해교육원 편, 『다문화사회의 이해』, 동녘,
　　　2015.

윤여탁, 『리얼리즘 시의 이론과 실제』, 태학사, 1994.

_____ , 『한국 근현대시와 문학교육』, 태학사, 2017.

윤여탁 외, 『매체언어와 국어교육』, 서울대학교 출판부, 2008.

_____ , 『현대시교육론』, 사회평론, 2012.

이승훈, 『한국현대시론사』, 고려원, 1990.

임형모, 『조선사람 소비에트 고려인 고려사람 그리고 "고향"』, 신아출판
　　　사, 2016.

정지영 외 편, 『동아시아 기억의 장』, 삼인, 2016.

정한모,『한국현대시문학사』, 일지사, 1983.

조성일·권철 외,『중국 조선족 문학 통사』, 이회, 1997.

조영복,『한국 모더니즘 문학의 근대성과 일상성』, 다운샘, 1997.

조창환,『한국현대시의 운율론적 연구』, 일지사, 1985.

_____,『이육사』, 건국대출판부, 1998.

최병우,『이산과 이주 그리고 한국현대소설』, 푸른사상, 2015.

최현식,『서정주 시의 근대와 반근대』, 소명출판, 2003.

한계전 외,『한국현대시론사연구』, 문학과지성사, 2001.

한국문학교육학회 편,『정전』, 한국문학교육총서2, 역락, 2009.

_____,『매체』, 한국문학교육총서4, 역락, 2013.

한국예술종합학교 예술연구소 편,『한국현대예술사대계 1』, 시공사, 1992.

허윤회,『한국의 현대시와 시론』, 소명출판, 2008.

가스통 바슐라르, 이가림 옮김,『물과 꿈』문예출판사, 1980.

고드스블롬, 천형균 역,『니힐리즘과 문화』, 문학과 지성사, 1992.

루나찰스끼 외, 김휴 엮음,『사회주의 리얼리즘』, 일월서각, 1987.

미켈 뒤프렌, 김채현 옮김『미적 체험의 현상학』, 이화여대출판부 1991.

버질 올드리치, 오병남 옮김,『예술철학』, 종로서적, 1993.

볼프강 카이저, 김윤섭 역,『언어예술작품론』, 대방출판사, 1984.

슈미트·슈람 편, 문학예술연구회 미학분과 옮김,『사회주의 현실주의의
　　　구상』, 도서출판 태백, 1989.

아도르노, 홍승용 역,『미학이론』, 문학과 지성사, 1984.

알라이다 아스만, 변학수 외 옮김,『기억의 공간』, 경북대학교출판부,
　　　2003.

앤 세퍼드, 유호전 옮김,『미학개론』, 동문선, 1989.

앤드류 에드거 외 엮음, 박명진 외 옮김,『문화이론사전』, 한나래, 2003.

에드워드 랠프, 김덕현 외 옮김,『장소와 장소상실』, 논형, 2005.

오카 마라, 김병구 옮김,『기억·서사』, 소명출판, 2004.

이−푸 투안, 구동회 외 옮김,『공간과 장소』, 도서출판 대윤, 2007.

피터 뷔르거, 최성만 역,『전위예술의 새로운 이해』, 심설당, 1987.

H.R. 야우스, 장영태 옮김,『도전으로서의 문학사』, 문학과지성사, 1983.

Kymlicka, Wil, 장동진 외 역,『현대 정치철학의 이해』, 동명사, 2006.

Rader, Melvin, Jesup, Bertram, 김광명 역,『예술과 인간가치』, 이론과실천, 1987.

Wolfgang Kayser, 김윤섭 역,『언어예술작품론』, 대방출판사, 1984.

Žižek, Slavoj, The Ticklish Subject, 이성민 역,『까다로운 주체』, 도서출판 b, 2005.

Todorov, Tzvetan, 최현무 역,『바흐찐: 문학사회학과 대화이론』, 까치, 1987.

Cai, Mingshui, *Multicultural Literature for Children and Young Adults*, Iap - Information Age Pub. Inc. 2006.

3. 연구논문

강호정,「해방기 시의 시적 주체 형성 연구」, 고려대 대학원, 2008.

곽명숙,「해방기 한국시의 미학과 윤리」,『한국시학연구』33호, 한국시학회, 2012.4.

구견서,「다문화주의의 이론적 체계」,『현상과 인식』, 2003. 가을.

김경숙,「북한 시의 형성과 전개과정 연구」, 이화여대 대학원 박사논문, 2002.

김관웅,「중국 조선족문학의 력사적 사명과 당면한 문제 및 그 해결책」,『비평문학』13집, 1999.

김상욱,「문학을 통한 국어교육의 재개념화」,『문학교육학』19호, 한국문학교육학회, 2006.4.

김선학, 「시인 한용운론—님의 침묵 재조명」, 『우리말글』 24호, 우리말 글학회, 2002.

김성윤, 「한국 근대자유시 형성기 연구」, 연세대 대학원, 1999.

김수남, 「외국인 입국자 및 체류자 현황 분석」, 『이주문화연구』 2호, 아주대학교 인문과학연구소 이주문화센터, 2010.5.

김신정, 「국어 교과서와 기억의 구성」, 『현대문학의 연구』 40호, 한국문학연구학회, 2010.2.

김용직, 「윤동주 시의 문학사적 의의」, 『나라 사랑』 1976.여름호.

김재홍, 「한글의 쓰임새와 시적 가능성」, 『세종학연구』 6호, 1991.

김준오, 「중국 사회주의 문화정책과 중국 조선족 시가전통의 변모양상」, 『한국문학논총』 16집, 한국문학회, 1995.

김중신 「문학교육에서의 정전 형성 요건에 관한 시론」, 『문학교육학』 25호, 한국문학교육학회, 2008.4.

김창환, 「'·후반기' 동인의 시론과 영화의 상관성에 관하여—김규동, 조향의 시론을 중심으로」, 『사이間』 제2호, 2007.5.

김현미, 「글로벌시대의 문화번역」, 『또 하나의 문화』, 2005 가을.

김현수, 「현대시정전의 교육내용에 관한 고찰」, 『문학교육학』 26호, 한국문학교육학회, 2008.8.

문영진, 「정전 논의에 관련된 몇 가지 문제에 대하여」, 『민족문학사연구』 18호, 민족문학사학회, 2001.

문혜원, 「전후 주지시론 연구—김규동, 문덕수, 송욱의 시론을 중심으로」, 『한국문화』 3호, 2004.

박윤우, 「오장환 시 연구」, 서울대 대학원 석사논문, 1998.12.

_____ , 「전후 모더니즘 시의 가치 인식과 문학사교육」, 『문학교육학』 34호, 한국문학교육학회, 2001.4.

송무, 「문학교육의 '정전' 논의」, 『문학교육학』 1호, 한국문학교육학회, 1997.12.

오경환, 「집단 기억의 역사:집단 기억의 역사적 적용」, 『아태 쟁점과 연구』, 한양대 아태지역연구센터, 2007.

오문석, 「전후시론의 현대성 담론 연구」, 『현대문학의 연구』 26호, 2005.7.

오태영, 「민족적 제의로서의 귀환―해방기 귀환서사 연구」, 『한국문학연구』 32집, 동국대 한국문학연구소, 2007.6.

유성호, 「문학교육과 정전 구성」, 『문학교육학』 25호, 한국문학교육학회, 2008.4.

윤여탁, 「해방 정국 문학가동맹의 시단 형성과 시론」, 『한국의 현대문학』 2호, 1992.

윤의섭, 「1950―60년대 중국 조선족 시에 대한 탈식민주의적 고찰」, 『현대문학이론연구』 27집, 206.4.

이선이, 「한용운 평전의 과거와 미래, 한중/중한 교류와 인문학 번역의 방향」, 제36회 한중인문학회 국제학술대회 발표자료집, 한중인문학회, 2015.6.19.

이현식, 「김동석론」, 『황해문화』 2호, 1994.6.

_____, 「해방직후 순수문학 논쟁 연구」, 『민족문학사연구』 7호, 1995.6.

_____, 「김동석연구 2」, 『인천학연구』 2권1호, 2003.12.

이희환, 「김동석 문학 연구」, 인하대 대학원, 1998.

장미영, 「디아스포라 공간과 타자 담론」, 『이주문화연구』 2호, 아주대학교 인문과학연구소 이주문화센터, 2010.5.

장호종, 「이주 한인 성씨의 변이」, 『이주문화연구』 1호, 아주대학교 인문과학연구소 이주문화센터, 2009.5.

정덕준,노철, 「중국 조선족 시문학 연구」, 『현대문학이론연구』 30집, 2003.

정우택, 「한국 근대 자유시 형성과정과 그 성격」, 성균관대 대학원, 1998.

_____, 「세계의 혁명을 꿈꾼 제국의 포로, 이육사」, 『해방의 역사, 항쟁의 문학』, 제35회 한중인문학회 국제학술대회 발표자료집, 한중인문학회, 2014.1.29.

조달곤, 「새롭다는 것의 의미—김규동의 <새로운 시론> 비판」, 『동남 어문논집』 9집, 1999.12.

조미숙, 「반공주의와 국어교과서」 『새국어교육』 74호, 한국국어교육학회, 2006.

＿＿＿, 「지배 이데올로기의 교과서 전유 양상」 『한국문예비평연』 21집, 한국문예비평학회, 2006.

조승원, 「한용운 평전」, 『전원』 1호, 1957.2.

조영암, 「일제에 항거한 시인군상」, 『전망』 4호, 1956.1.

조영복, 「일제말기와 해방공간, 6.25전후의 김기림—김규동 인터뷰 및 보유」, 『어문연구』 35권1호, 2007.3.

조지훈, 「한용운론—한국의 민족주의자」, 『사조』 5호, 1958.10.

＿＿＿, 「한용운선생」, 『신천지』 9권 10호, 1954.10.

조희정, 「교과서 수록 현대문학 제재 변천 연구」, 『국어교육학연구』 24집, 국어교육학회, 2005.12

차윤경, 「세계화 시대의 대안적 교육모델로서의 다문화 교육」, 『다문화 교육연구』 1권 1호, 2008.

최동호, 「시집 <님의 침묵>과 현대시사의 갈림길」, 『시와시학』 2호, 시와시학사, 1996.

최미숙, 「키치와 문학교육」, 『선청어문』 23집, 서울대 국어교육과, 1995.12.

최병우, 「중국 조선족 문학연구의 필요성과 방향」, 『한중인문학연구』 20호, 한중인문학회, 2007.4.

최지현, 「학병의 기억과 국가—1940년대 학병의 좌담회와 수기를 중심으로」, 『한국문학연구』 32집, 동국대 한국문학연구소, 2007.6.

한수영, 「1950년대 한국 문예비평론 연구」, 연세대학교 박사논문, 1996.

색인

(인명, 작품, 잡지, 시집, 용어)

색인

ㅅ

변혁의 역사, 월경의 문학

―한국현대시사비판

| 초판 1쇄 인쇄일 | | 2020년 11월 04일 |
| 초판 1쇄 발행일 | | 2020년 11월 11일 |

지은이		박윤우
펴낸이		한선희
편집/디자인		우정민 우민지
마케팅		정찬용 정구형
영업관리		정진이 김보선
책임편집		김보선
인쇄처		국학자료원 새미(주)
펴낸곳		국학자료원 새미(주)

등록일 2005 03 15 제25100−2005−000008호
경기도 고양시 일산동구 중앙로 1261번길 79 하이베라스 405호
Tel 442−4623 Fax 6499−3082
www.kookhak.co.kr
kookhak2001@hanmail.net

| ISBN | | 979-11-90476-04-1 *93810 |
| 가격 | | 28,000원 |